新潮文庫

少年の君

玖《ジウ》月《ユエ》晞《シー》
泉京鹿訳

少年の君

君は世界を守れ、俺が君を守る。

まえがき

少年、いい言葉だ。

どうしてこれを書いたかって？　書き始める少し前のころ、あまりにもたくさんのニュースを見たからかもしれない。気持ちが滅入《めい》ってしまって、どうすることもできなくて、何かしたいと思ったけど、結局は何もできない。自分にできることを考えてみても、ささやかな文章を書くことしか思いつかなかった。

脆弱《ぜいじゃく》な少年時代、人生で最もやり返す力のない時期に、世界の一番醜い面を目にして、人生最悪の痛手を負ったら、どう対処すべきだろうか。互いに支え合って一緒に歩いてゆく？　それから、未来にどう立ち向かう？　そのまま無関心でいるか、それでも信じ続けるか。

ちょっとしたきっかけがあって、書きはじめるとそのうち、書けば書くほど穏やかに、満ち足りていく。

振り返ってみれば、これを書いたのは、誰にもみな十代の頃の夢があるからかもしれない。夢の中の少年はすらりとして痩《や》せていて、その年齢特有の透明感のある白い肌に、洗いざらしの白いシャツを着て、シャギーを入れた髪が目を隠している。

誰にもみな少年の頃の夢がある。夢の中では十代の自分がふるさとの通りを飛ぶように走っている。そしてわたしの青春時代は、曦島《シーダオ》と同じように美しく古い町にあった。白居易の詩に詠まれたような藍色《あいいろ》の川の水が、絶え間なく流れていた。大きな塩漬けの卵黄のような夕陽、一面に雑草の広がる川のほとり、ポプラが立ち並び、セミが狂ったように鳴いている。細い路地が複雑に入り組んでいて、子供たちがはしゃぎながら駆け回り、自転車がチリンチリンとベルを鳴らし、夕暮れ時の家の中からは肉を炒《いた》める匂《にお》いが漂ってくる。

雨の季節になると、雨水はまるで空《そら》をからっぽにするかのように降り注ぎ、傘を差しても、レインコートを着ていてもまったく役に立たない。生徒たちは思い切って雨具をしまい込み、激しい雨の中をばらばらと駆けてゆく。全身がずぶぬれになったときのあのひんやりとした爽《さわ》やかさと内に秘めた熱さは、あの頃のわたしたちしか知らない。

わたしたちがいるのは大人と子供の境界だから、大人になったら、逃げよう。食べ物と飲み物をもって、川が消えてゆく地平線まで走って、鉄道が消えてゆく遠くまで走って。けれど子供の頃の逃避行はいつでも、結局は夕飯前に家に帰ることで終わりを告げる。

ほんとうに大人になって、ほんとうに故郷から逃れると、それきりずっと、二度と戻ることはなかった。

けれど振り返ってみると、逃げ出したことなんてなかったかのように、少年の頃の町はまだそこにある。

こんなふうに美しく。

Contents

主要登場人物

陳念（チェンニェン）…………吃音症を抱える十六歳の女子高生
北野（ベイイエ）………………不良少年
胡小蝶（フーシャオディエ）……自殺した少女
曾好（ゼンハオ）………………胡小蝶の親友
小米（シャオミー）……………陳念の親友
李想（リーシャン）……………陳念の同級生男子
魏萊（ウェイライ）……………いじめグループのリーダー
徐渺（シューミァオ）…………魏萊の仲間の女子生徒
羅婷（ルオティン）……………〃
大康（ダーカン）………………北野の仲間
頼青（ライチン）………………通称、頼子（ライズ）、北野の仲間
鄭易（ジェンイー）……………刑事
姚（ヤオ）………………………女性警官

Chapter 1

逃れられない青春

「共生関係とは、種の異なる生物が互いに利益を受けながらともに生活することで、お互いを失うことが生活にきわめて大きな影響を与え、その影響は死ぬまで続く」

生物の先生の声は、しゃがれているのにはっきりとよく響いて、まるで窓の外のセミの鳴き声のように、一つ一つの音が余すところなく責任を全うしていた。

ひどく熱い夕陽が教室に差し込み、明暗を分ける線を引いていて、陳念《チェンニェン》はその光と暗い部分の境界線上に静かに座っている。

太陽の光が彼女の柔らかな前髪をすっぽりと包み込んで、金色に輝いている。彼女は目を細めて、黒く長いまつ毛でその光を食い止めようとするけれど、どうにもならない。

そこに影が差しこんでくる。担任の先生と、その後ろに二人の警察官。

教室の中がたちまちしんと静かになる。

「陳念」

入り口に立っている先生は、いつも厳《いか》めしい顔つきの人には珍しく穏やかに、彼女に向かって手招きをする。「ちょっと来なさい」

陳念は制服姿の二人を見て、かすかに表情を変える。

前にある空席の方にちらりと目を向けてから、ようやくシャープペンシルを置き、足にまとわりついた制服のスカートをちょっと引っ張って立ち上がる。

生物教師とクラスメート全員が目線で彼女を送りだしたが、見えなくなっても、耳は後をついていって、気になって耳をすましている。

クラス担任は陳念の瘦せた弱々しい肩を軽く叩《たた》くと、いたわるように言った。「緊張しなくていい。少し聞きたいことがあるだけだから」

警察官の一人は厳しい表情をしていたが、もう一人の若い方は、穏やかに彼女に微笑《ほほえ》みかけていて、えくぼも見えた。

陳念は頷《うなず》くと、黙って担任の後について職員室に向かって歩き出した。歩き始めた先生は振り返るとそわそわしている学生たちを蹴散《けち》らすように言った。「授業に集中しなさい」

職員室に着いて腰を下ろすと、クーラーが効きすぎていて鳥肌がたった。

担任が落ち着いた表情で、陳念を見つめながら尋ねる。

「陳念、警察官のお二人がどうして来たのか、わかるね?」

「わ……わ……わかります」陳念にはどもる癖があった。特に緊張しているわけでもないのに、顔が青白いのはもともと皮膚が薄くきめ細かいせいだ。

若い警察官が、気遣うように声をかけた。「君は陳念というんだよね?」

陳念は頷く。

彼は少し笑って言った。「君のお母さんは内陸部のほうに働きに行っているそうだね」

陳念はまたそっと頷いた。

彼が尋ねる。「僕らが胡小蝶《フーシャオディエ》の飛び降り自殺のことで来たのは知ってる?」

陳念は頷いて、黒い瞳《ひとみ》でじっと彼を見つめる。

「僕らがほかの人ではなく君に聞くのはどうしてか、君もわかっているよね?」

「あの日わたしが、そ……掃除当番だったから」

「あの日、胡小蝶、君、それからあと二人のクラスメートが当番だった。掃除が終わった後、その二人は先に帰って、教室の中に残っていたのは君と小蝶だけだった」

陳念が頷く。

「君は胡小蝶よりも先に帰った、そうだね？」

陳念はまた頷く。

「あの日、胡小蝶が何か君に漏らしたことはなかった？」

陳念は首を振った。その目ははっきりと見開かれていた。

「彼女になにか異常は感じなかった？」

やはり首を振る。

もうひとりの警察官が口をはさむ。「あの日、教室で君たち二人だけだったときの胡小蝶の様子をわたしたちに話してくれるかい？」

「全部書い……記録……記録に書いてあります」

担任が口をはさむ。「この子は話すことが苦手なんです。前に一度尋ねて、すべて記録してあります」

陳念は静かに担任の方にちらりと目を向けた。

警察官はちょっと考えてから、尋ねた。「あの日掃除が終わってから胡小蝶の姿が見えなくなった、だから自分は先に帰った、そういうことだね？」

陳念は頷く。

一週間前、警備員が見回りをしていると、校舎の前の地面に血だまりがあり、胡小蝶の遺体がその中にあるのを発見した。

胡小蝶は学校一の美少女だったのに、誰よりも醜い死に方だった。

警察は早い段階で自殺と断定した。しかし、自殺の理由はいまだ不明だった。

他に質問はなく、担任は陳念を授業に戻らせた。

エアコンのきいた部屋を出ると、まるでラップに包まれたように陳念はじっとりと汗をかいた。

彼女は白く輝く太陽の光を眺めたが、胡小蝶の乳白色の体が目に浮かぶようで、足元から冷たい空気が上がってくるのを感じた。

寒気と熱さに同時に襲われる。

歩き出すと、後ろから彼女を呼ぶ人がいる。「陳念」

あの若い警察官だった。彼女に名刺を渡すと、彼は笑った。深いまなざしは、何かを見透かしているかのようだ。「僕は鄭《ジエン》というんだ。今後、何か助けが必要なときには、電話をして」

陳念は内心ドキッとして、頷いた。

教室に入っていくと、まるでミュートボタンを押したように、ボールペン、ノートまでもがみな水を打ったように静かになった。気づかないふりをして、陳念が自分の席に向かうと、数十もの視線の中に、彼女の体を傷つけんばかりの鋭い視線があった。陳念が後ろの列の魏萊《ウェイライ》にちらりと目を向けると、そのアイラインをひいた目がいつになく鬱蒼《うっそう》として深く、冷血な威嚇《いかく》を感じさせた。

陳念が椅子《いす》に座ると、斜め前の席のクラスメート曾好《ゼンハオ》が机の下で彼女の足をつついた。陳念が手をのばしてさぐると、手紙が渡された。「警察に何を聞かれたの？」

陳念は黙って、前の方にある胡小蝶の空席に目を向けてから、そのまま周囲の人を見渡した。

クラスからふいに一人いなくなっても、みんなたいして影響は受けておらず、胡小蝶の親友だった曾好だけがときどきめそめそと泣いているくらいだった。

ほとんどの生徒は悲しみにふさいでいるというより、あれこれと言い合っては、好奇心を抱いたり不可解に思ったり、あるいは戸惑いを感じているくらいだ。十七、八歳なんて、よく分からないことだらけだ。

少年少女の一番の特徴と長所といえば、すぐに忘れ、軽やかに前に向かって進めることだ。

一秒前にはまだひそひそ話をしていた生徒たちも、次の瞬間にはすっかり静かになり、むさぼるように目を光らせ、全神経を集中させて黒板の上の方の壁掛け時計をじっと見つめている――

放課後まであと一分のカウントダウン！　授業が終われば鳥籠《とりかご》を開けてしまうのと同じことだ。教室では私語は許されないけれど、普段から言うことを聞かない生徒は心の中のカウントダウンを声に出しておっぴらに先生を挑発する。「20……19……」次第に、大勢がそれに合流してゆく。まるでハチの大群が遠くから近づいてくるかのように。

生物の先生は収束や同調という動物の習性についてこれ以上ないほどよくわかっているので、意地でも教科書を置こうとはしなかった。

カウントダウンしているグループにどんどん生徒たちが加わっていく。「13……12……」

陳念の心臓は太鼓をたたくように、カウントダウンのリズムに合わせて規則正しく脈打っている。もう机の下でバッグに荷物をまとめてある彼女は、ベルが鳴ったら教室を飛び出そうと待ち構えている。

ひどく暑い夕方で、彼女の小鼻には汗が滲《にじ》んでいた。

生物教師は尋ねることをやめない。「生物の種間の関係は、共生のほか、寄生と競争、あとは何がある？」

クラス全員が勇んで答える。「捕食！」

「捕食！」

「リリリ……」授業の終わりのベルが教室に、けたたましさと、机と椅子の衝突を引き起こす……

陳念は大股《おおまた》で教室を出ていくと、みんなの視線の外に出たことを確認して、さっと走り出し、廊下を走り抜け、階段の踊り場を曲がる。白いズックの靴が階段の上でかわるがわる慌《あわ》てふためいているみたいだった。

彼女のふくらはぎはその速度に耐えられないくらいに細く、いまにも折れてしまいそうだった。

数人の男子生徒が彼女のそばを、大きな声を上げながら駆け抜けてゆく。彼女が見て見ぬふりをして、力いっぱい走りながらも時々振り返るのは、背後からほかの人には見えない悪霊《あくりょう》が彼女の命を、餌食《えじき》として狙《ねら》っているような気がしていたからだ。

放課後になったことを告げるベルが鳴り終わったときには、彼女の白い制服のスカートはすでに校門から消えていた。

陳念は家へ向かってずっと走り続けたものの、家の近くの路地まで来ると、力尽きて、腰を押さえてはあはあと息をつきながら進んだ。

心臓がどんどんと叩かれるようで、彼女は口元の汗をぬぐうと、鞄《かばん》のベルトをぎゅっと握った。

夕霞《ゆうがすみ》の立ち込めた石畳の路地は、油絵の風景のようで、青椒肉絲《チンジャオロースー》の脂《あぶら》のにおいが壁の中から漂ってくる。

カンカンと、フライ返しが鉄鍋《てつなべ》を叩きつける音に混じって、殴ったり蹴ったりするような音がする。

隅っこのほうでチンピラたちが誰かを殴っていて、白いTシャツの男子生徒が抗《あらが》うこともなく、声を出すこともなく、うずくまっている。

陳念は首をすくめると、息をひそめてその横を通り過ぎた。

その連中は口汚く、下品な言葉を吐き散らしている。

陳念はわき目もふらず素早く通り過ぎて、角を曲がると携帯電話を取り出した。二つのキーを押したところで、後襟を誰かにつかまれた。

彼女は一羽のヒナドリのように、さっきの人が集まっている中に引きずり込まれた。

軒下で頭を下げなくてはならず、陳念の頭は胸に埋まりそうだった。

チンピラがピタピタと彼女の顔を叩く。「クソビッチ、誰に電話だ？」

陳念は目を伏せながら言った。「わたしの……母に」

相手が彼女の腕をつかんでひねると、画面には「11」という字が表示されている。

「110だと？」いきなりの平手打ち。「くそったれ、死にてえのか！」

陳念は白いTシャツの体の上に倒れこんだ。頬がヒリヒリするのを感じて、後悔した。余計なことをしなければよかった。殴られて怪我《けが》する人がいようと、死ぬ人がいようと、知ったことではないのに。

「何てヤツだ！」そのチンピラがさらに蹴りを入れようとすると、別の男が手を振ってそれを止めてしゃがみこみ、彼女のポニーテールをつかんで無理やり顔を上げさせる。

そのチンピラが制服を腰に巻き付けているのを見て、同世代なのだと陳念は気づいたけれど、そこには天敵であるかのような、異なる種に属する、越えようのない溝があった。

彼はあごを少しあげ、その殴られている白いTシャツの男子生徒を指す。「こいつと知り合い？」

陳念の髪を引っ張って、彼女の首を動かす。陳念は黒い目に向き合ったけれど、夕《ゆう》闇《やみ》に隠れて表情はよく見えなかった。

「知……」陳念は苦しげに言う。「知らない」

「知らない？」チンピラは彼女の鶏の巣のような髪の毛を持ち上げ、頭を揺さぶる。

「知らないのに、ずいぶんと出しゃばるんだなあ？」

「わたしもう……もう出しゃばったりしないから」陳念の声は小さく、切実な後悔のこもった許しを請《こ》い願う弱々しい声だった。

目を伏せ、白いTシャツの男子生徒の目を見ようともしなかった。

チンピラはたちまち興味を失ったが、それでも彼女を自由にすることはなく、力をこめる。「こいつを知らないのにどうしてお前は助けようとしたんだ？　え？」

よほど彼女にこだわる理由があるかのように。

陳念は言った。「わからない」

彼女はまずい、と気づいた。

「こいつがイケメンだからか？」

陳念は言葉が出てこなかった。頭の中にも答えはなかった。さっき目が合ったときの、射るような彼の目。一瞬で、整った顔立ちの男子学生だと彼女が判断するには十分だった。けれど、それまで彼女は彼の顔を見てはいなかった。

「こいつはもちろんイケメンさ、母親は地元で有名な美女だからな」彼らは視線を交わし、悪意のこもった下品な笑い方をする。

「大勢の人間が彼女のベッドの順番待ち……」

「俺の番はいったいいつになったら回ってくるのやら……」

陳念は歯を食いしばったが、彼女自身のものではない恥ずかしさに顔から火が出るようだった。なおさらその白いTシャツの男子生徒の方を見られなくなった。ようやく彼らはせせら笑うのに飽きると、陳念の襟首を引き上げた。

「金は持っているか？」

「え？」

「こいつは金がない。お前は持ってるか？」

イジメと金目当ての不良学生だったのか。陳念の家の経済状況は良くはなく、余計なお金は使えないのに、彼らに身体検査のように探られるのが怖くて、結局は眼のまわりを赤らめながら、七十元を取り出し、低い声で言った。「これだけ……しか」

相手は不満げに「クソ貧乏×が」と罵《ののし》ってから、金を奪い取った。金が少ないのが気に入らないその男は、自分がたった七十元で許してやるような男ではないと、自分自身を納得させる必要があった。

「オラオラ、こいつを助けたんだろ、ご褒美《ほうび》にキスさせてやるよ」

陳念はギョッとして、力をこめて相手を突き放すと、手をついて起き上がった。不良学生たちが前に来て、寄ってたかって彼女を地面に抑えつける。もはや彼女は水に落ちたみじめな犬だった。

羞恥《しゅうち》と憤怒《ふんぬ》、屈辱。でも屈辱だから何だと言うのか。

陳念は叫び、もがき、抗った。白いTシャツの男子生徒は目を細めながら、冷ややかに彼女を見つめていて、動こうとしない。

彼女の口が彼にぶつかる。柔らかい唇が硬い歯に当たる。

熱い息。

後頭部を抑えつけられ、二人で砂埃《すなぼこり》の中に引きずり込まれる。不良学生たちは楽し気に笑いながら時間を計り、110まで数えた。

彼女は抵抗するのを諦《あきら》めた。涙がポロポロと彼の顔の上で砕けてゆく。

白いTシャツは声も出さずに、静かに彼女を見つめている。

陳念がトイレの個室のドアを開けると、たばこの煙が彼女の顔に吐き出された。顔を背けてせき込むと、煙の向こうから魏萊の尊大で傲慢《ごうまん》な顔が浮かび上がる。あどけない顔に残る落としきれていない化粧のせいで、妙に大人びて見える。

陳念も一晩のうちに年をとってしまいたかった。この弱肉強食のコロシアムから脱出したかった。

けれど青春からは逃れられない、いつも足元はおぼつかない。

陳念は外に足を向けたが、魏萊にぶしつけに押し戻されて個室のドアに叩きつけられた。この一押しは単なる一時的なもの、その場の思い付きで、宣戦布告のサインであってほしくないと陳念は願った。

魏萊は手の中の火のついた煙草《たばこ》を近づけ、陳念のこわばった頬のあたりをすーっとなでるようにしてから、結局ドアに押し付けて消すと、陳念に顔を寄せた。「おまわりさんに何を聞かれたの？」

陳念は静かに言った。「また……また、同じ……前と同じことを、聞かれただけ」

「また、また、また……」魏萊は彼女がどもるのをマネしながら、忌《い》まわしげに言う。「あんたの口はトロすぎて、びびって話もできない？　そんなんじゃ、本当のことを言っても警察はあんたが嘘《うそ》をついてると思うでしょうね」

陳念は首を振った。

「陳念、胡小蝶が飛び降りたあのとき、わたしはどこにいた？」

太陽の光が照らす陳念の顔は、透き通るように白い。彼女は目を上げてちらりと相手を見て、一言で言い切ろうと努力した。「学校の……」魏萊はいまにも引っぱたこうとするかのように、憎々し気にじっと見つめている。陳念は最後の言葉を吐き出す。「……の外」

その日、陳念は帰宅途中、魏萊たちが女子中学生の行く手を遮って、お金を脅し取ろうとしているのを遠くから見ていた。

魏萊は仏頂面《ぶっちょうづら》になる。「あんたは警察にそう言ったの?」

陳念が視線を落とすと彼女の手がぶるぶると震えているのが目に入る。すぐに首を振って言う。「書いた」

けれどやっぱり引っぱたかれた。

陳念が首を傾けると、黒い髪が前の方に振り乱されて、片方は真っ赤でもう片方は真っ白な頬にかかり、彼女の恥じいる気持ちを隠した。

「あんたは無責任なことは言わないと思ってる」魏萊は低い声で言葉を吐き出した。始業のベルが鳴り、見張りをしていた女子生徒徐渺《シューミアオ》が促す。「魏萊、行こう」

魏萊は陳念に歩み寄ると、きっちりと結ばれた髪から数本を抜き出し、指に巻き付ける。引きちぎれるまで、ゆっくりと引っ張ってゆく。「陳念、無責任なことは口にしないのが一番よ」

…………

どのクラスにも小さな社会があって、話好きの目立つ性格の人も、平凡な人も、おとなしくて内向的な人もいる。その一方で異端者も、ごく普通の人も、さらにはみんなの目には入らない人もいる。

陳念は後者に属している。

陳念は始業のベルが鳴り終わるころに急いで教室に戻った。ばたばたと忙しくしている先生とクラスメートの方にちらりと目を向けたが、彼女の方を見る人は誰もいない。席に戻って腰を下ろす。

胡小蝶は自殺したのだ。彼女は自分自身に言い聞かせた。

最初は気持ちが掻き乱されて、殴られた頬がまだひりひりと痛んだ。

やがて少しずつ落ち着いてくる。

うつむいて紙の上で数式を計算する。鉛筆がサラサラと音をたてる。

数学の教師が彼女のそばを通りすぎようとして、彼女の解答のプロセスにちらりと目をやると頷き、少し歩み寄ってから名前を呼ぶ。「陳念」

陳念が顔を上げる。

「この問題の答えを言ってみなさい」

紙には「$\alpha+3\beta$」と書いてある。陳念はゆっくりペンを置くと、立ち上がり、低い声で答える。「あ……あ……アルファプラス3」

「あ……あ……あ……」魏萊は喘《あえ》ぎ声のように陳念がどもるのを真似《まね》する。目を細めながら、いかがわしさを感じさせる表情で、生々しく喘ぐ。

クラスメートはみんな面白がって、教室にどっと笑いが起こった。

こうでなくては授業は面白くない、悪意があろうがなかろうがどうでもいいのだ。

陳念は反応しなかった。からかわれながら育ってきた彼女は、こういうことにはとっくに慣れっこだった。

嘲笑《ちょうしょう》され仲間外れになるのは幼稚園のときから始まっていた。「人之初、性本善（人のはじめ、性もと善〔三字経〕）。人は生まれながらに善である）」なんて嘘だ。「彼らはまだ子供なんだから」なんてよく言えたものだ。子供にもヒエラルキーはあり、徒党を組んで、反対派を弾圧するのは、むしろ一番原始的かつ一番残酷なものだ。

彼らは大人のように偽善的ではないから、馬鹿にする相手を、嫌う相手を、公明正大に態度に表し、堂々と虐《しいた》げ、嘲笑《あざわら》い、孤立させ、打撃を与える。

「静かに！」数学の教師が苛立《いらだ》って教卓を叩く。「今はずいぶん楽しそうに笑っているが、大学入試の後まで笑っていられるのは何人もいないだろうな」教師の威力は未来に対する嘲笑に限られている。

「魏萊、罰として外に立っていなさい」

ガタッ、と椅子が音を立てる。傲慢で挑発的な音。魏萊は気だるそうに立ち上がると、ガムを嚙《か》みながら、のらりくらりと出て行ったが、振り返って一瞬、陳念を睨《にら》みつけた。

陳念は席に座る。隣の席の友人小米《シャオミー》が彼女の手を上から握りしめ、悲しそうに彼女を見る。陳念は首を振って「大丈夫」と示した。

大学入試が近づくと、誰もが進学のプレッシャーに耐えながら、悲しみも喜びも一瞬で追いやり、心に留めることなく、あっという間に参考書の海に沈んでゆく。

体育の授業もきちんと受ける必要はなく、ほとんど自由時間になる。勉強したい人は教室に残って続ける。リラックスしたい人は、グラウンドに行って体を動かす。

竹かごの中のバスケットボール、バレーボール、バドミントンの道具はたちまち空っぽになってしまったので、陳念はかごの底から縄跳びの縄を拾いあげた。

「陳念、一緒にバドミントンやる？」そう話しかけてきたのはクラスで一番背の高い男子生徒、李想《リーシャン》だ。彼は体育会系の学生で、百メートル走でジュニア記録を更新していて、文科系科目の成績も悪くなく、いい大学に推薦が決まっている。

陳念は首を振り、背後のポニーテールがゆらゆらと揺れた。

「陳念、君ってほんとうに無口なんだな」李想は笑顔で彼女を見下ろしている。

陳念は見上げる。彼は本当に背が高い。

ほとんどの学生はみんな眼鏡をかけているけれど、李想は視力がよく、生き生きした目を輝かせている。「放たれた矢」という言葉はそのスタートダッシュの速さだけでなく、彼の明るい目を形容することもできる。

「な……なにも話……話すことないから」

舌がもつれるのは生まれつきだった。きれいな声なのに。

陳念は美しい。眉毛《まゆげ》は薄いけれど、まつ毛は黒く長く、口は小さい。李想は彼女を見つめながら、本に書かれていた「サクランボのような小さな口（おちょぼ口）」という表現を思い出した。なるほど無口なわけだ。

李想は言った。「陳念、クラスにはくだらないヤツもいるけど、相手にしちゃだめだ。しっかり勉強して、努力して、入試が終われば、永遠にここを離れられるんだから」

少年の慰めの言葉は、控えめながらも自分を奮い立たせ、満たしてくれるような希望を帯びていたから、陳念は軽く頷いた。

「じゃあ、一緒にバドミントンやらない？」

陳念は首を振る。

李想は笑って引き下がった。「また今度」

そう言うと立ち去った。

魏萊の姿が目に入る。スタンドに座って、目を細めて冷ややかにこちらを見ている。

違う。彼女が見ているのは陳念の後ろだ。

陳念が振り返ると、李想が曾好に話しかけていて、ラケットを彼女に渡し、二人でバドミントンをしに行った。

陳念は縄跳びを手にみんなから遠く離れて、グラウンドの隅にいって跳ぶ。跳んで跳んで、正午の太陽の下から桑の木陰の中に飛びこむ。

頭の上ではセミが鳴いている。ジー……ジー……。

「おい」男の低い声がした。何の感情もこもっていない。

陳念は不意に動きを止める。心臓がドキドキする。周囲を見回してみても、誰もいない。グラウンドの遠くの方で同級生たちが運動している。

少年が軽くフンと鼻を鳴らし、「こっちだ」三割の呆《あき》れと七割の冷やかしのこもった口調で言った。

陳念が振り向いて反対の方向を見ると、あの晩の白いTシャツの男の子が、学校の鉄柵《てっさく》を隔てて、太陽の下に立っている。今日の彼はやっぱり白いTシャツに、制服のズボンを穿いて、上着を腰に縛り付けているけれど、中等専門学校か専門学校のものかはわからなかった。

火のついていない煙草を手にしていて、指でその煙草を軽く弾《はじ》いている。セミの声が空を引き裂く。陳念の小鼻にうっすらと汗が滲み、白い顔と首に健康的であでやかな赤が透けている。縄跳びをしていたせいで、心臓がまだ激しく動いているのかもしれない。彼女は無意識に口をすぼめて、一歩後ろに下がった。

鉄柵の一方の側は太陽の光、もう一方は影。

彼の視線が光と暗闇の境界線を突き抜け、きっぱりと迫ってくる。「ヤツら、お前からいくら持っていった？」

「七……」陳念は一息に言った。「……十元」

彼は制服のズボンのポケットをさぐって、二枚の新札の五十元を取り出すと、手を伸ばして鉄柵の隙間《すきま》から彼女に差し出す。

陳念は受け取らず、首を振る。「ないから、細かい……」

彼は一秒待って、彼女が話を続けないと見ると、冷ややかに言った。「細かいのがないなら、つりはいらない」

陳念はハッとして、口を閉じると、喉《のど》まで出かかった「お金」という言葉を飲み込み、結局また首を振った。

彼は手を宙ぶらりんにしたまま、目を細めてしばらく彼女を見ていたが、ふいに冷ややかに言った。「受け取らないのか？」

陳念が縄跳びを握りしめ、背中を向けて立ち去ろうとすると、彼は手を引っ込め、数歩後ずさりした。

陳念が不審に思った瞬間、彼は突然スピードを上げて向かってくると、軽々と鉄柵の上に登り、さっと身を躍らせ、彼女の目の前の芝生に飛び降りた。

うつむいて手のホコリをはたいている。

陳念は口から心臓が飛び出るほど驚いたけれど、何も言えず、目を見開いて彼を見つめる。

すっきりとした青白い彼の顔は、眉骨にあざがあり、木陰に立つと、目はさらに黒く涼し気で、その邪《よこしま》な雰囲気が立ちのぼってくる。彼が目の前に歩み寄ると、彼の身長は彼女よりも頭一つぶん高く、その気配が頭の上から迫ってくる。陳念が縄跳びをつかんだままで受け取らずにいたので、彼は紙幣を彼女の握った手の隙間から中へと押し込んだ。

新札は硬くて、陳念は手に痛みを感じた。

背を向けて立ち去る彼の後ろ姿を、彼女は見つめる。ほっそりとして背の高い、機敏な少年。

歩いていた彼が、振り返った。

やはりあのよくわからないまなざしで、額の前の不揃《ふぞろ》いの髪を透かして彼女を見つめながら、尋ねる。「なんて名前？」

陳念はちょっとためらった。「陳《チエン》……陳念《チエンニエン》」

彼には伝わらなかった。「成《チエン》　陳　年《チエンニエン》？」中国南部の人々は前鼻音（-n）と後鼻音（-ng）を区別しない。そんな名前だとまるで「陳年老酒（歳月をかけて熟成させた古い酒）」みたいで、年寄りじみて聞こえる。

陳念は頷きもしなければ首を振ることもしなかった。黙って認めたことにすれば、彼は立ち去ってくれると思っていた。

けれど彼は何かを判断しようとするような眼をして、立ち去らずにいる。木の枝を拾い上げると、彼女のそばに戻ってきた。枝で地面をつついてから、今度は彼女に手渡し、「書けよ」と言う。

陳念はしゃがみこんで、自分の名前を書く。

「陳念」彼は一度口にしてから、問いただす。「名前の由来は？」

信念、念旧（古くからの付き合いや昔からの友情を忘れない）、念書（本を読む、勉強する）？

陳念は説明する。「今……」かなり努力したけれども、出てきたのはいつもと同じ小さな声だった。「……今、心」

彼は横目で彼女を見る。さっきの「成陳年」という聞き間違いが起こった理由を理解したらしい。

気づかれたことを知った彼女は、静かに彼を見て、彼が笑い出すのを待ったが、まったく感情が見えない。

学校の鉄柵の外で誰かが呼んだ。名前を呼んでいる。

白いTシャツが鉄柵のそばに歩み寄り、セメントの台に足をかけると、手を上げて柵の一番上の矢尻《やじり》のところをつかみ、少し力をこめると、ほっそりした体が重力に打ち勝って躍り上がる。

陳念はその矢尻のところに彼の身体《からだ》がひっかかるのではと思ったけれど、そうはならず、腰のあたりの制服すらかすめることはなく、燕《つばめ》のようにしなやかに学校の外のコンクリートの地面に降りた。

彼は行ってしまった。今度は振り返らなかった。

陳念が木陰から出て目を向けると、男子のグループが道路の向こうに立っている。手に棒を握っている人もいる。

陳念は手の中のしわくちゃになった紙幣をジャージのポケットに入れる。縄跳びを片付け、教室に戻って勉強することにした。

さっき、彼女の心の声を李想が口にした。「しっかり勉強して、努力して、入試が終われば、永遠にここを離れられるんだから」

努力も、奮闘も、言ってしまえば、今のこの苦境から抜け出すためだ。


午後の日差しにさらされて全身が熱くなる。陳念は竹林の小道へと足を速め、涼しい日陰に逃げ込む。

築山《つきやま》とあずまやのところから教室棟の裏口へ続く道を、陳念が真ん中あたりまで進んだところで、曾好に会った。授業中に彼女にメモを手渡してきた小蝶の親友だ。

彼女が自分に会いに来たのだとわかって、陳念は足を止める。

杏《あんず》の種みたいに腫《は》れた目で、曾好が陳念を見ている。「どうしてメモの返事をくれないの？」

陳念は黙って首を振って、何も言うことはないのだと示した。

曾好はこぶしを握り締める。「警察はわたしにも何度も聞いてきた。わたしは小蝶と一番仲良しの親友だから。だけど、本当に何も知らなくて、何の役にも立たなかった」そう口にしたとたん、彼女は涙をぽろぽろとあふれさせた。「あの頃の小蝶はおかしかった。みんなも気づいていたと思うけど、無口になった。心配事がたくさんあったみたいで。クラスメートとの関係が悪くなったからなのかなとか思ったけど、そんなこともないとも思って。彼女に聞いてみたんだけど、違う、ほかのことだって言われて。それから……」

陳念は無表情で、首を傾けて教室に目を向ける。笹《ささ》の葉が風にゆらゆらと揺れ、日差しが細い葉の中で飛び跳ね、水しぶきのようだった。

「小蝶が自殺したなんてわたしは信じない。でも小蝶が死んだとき、校内は空っぽで、外の人は誰もいなかったって。警備員の疑いも晴れているし。もし本当に自殺なら」曾好は顔を上げる。「陳念、最後に小蝶が生きているのを見た人はあなたなんだよ。彼女はいったいあなたに何を話したの？」

陳念は首を振る。

「陳念、教えてよ」曾好の精神はもう限界だった。

陳念はちょっと黙っていたが、ゆっくりと口を開いた。「何も。わたしは彼女とは親し……親しくないし。あなたでさえ知ら……知らないのに、わたしが知ってるはずないでしょう?」

曾好は譲らない。「もし自殺なら、あの子が誰にも何も言わないなんてありえないよ」

陳念は彼女の目を見て、問い返した。「言うって……何を?」

曾好がぎょっとする。そう、何を言うの?

「陳念、あなたが言っているのは本当のことなの? あの子はあなたに何も言わなかったの?」

陳念は言った。「本当だよ」

成長すればするほど、嘘のつき方がうまくなる。自然に身についてくるようだ。

曾好は陳念を見つめている。ずっと冬ごもりしている人のように、陳念の顔色はいつも青白い。雪の夜のような、黒い、静かな瞳。

曾好は肩を落とした。くじけてしまったのか茫然《ぼうぜん》としているのかわからない。「わかった」

陳念は彼女が光を失ったように落ち込んでいるのを見て、一瞬注意したくなった。あと二か月足らずで受験だから、しっかり勉強することが大事だと。それから、李想から少し離れたほうがいいということも言いたかった。けれど結局、何も言わなかった。

階段の吹き抜けのところまで来ると、後ろから曾好が追いついて彼女の腕を引っぱり、早口に言った。「魏萊のせいじゃない？　そこまでのことではないとずっと思っていたけど、ほかの理由は見つからないし、彼女なの？」

陳念はつかまれた手をさっと引き抜いた。

…………

陳念は三百元をカバンに、百元をポケットの中に入れ、ATMコーナーを出る。

周囲にちらりと目を向けてから、足早に離れる。

交差点を抜けると、陳念は肉まんのにおいにつられて、店の前に並び、夕飯用に肉まんを二つ買うことにした。おつりをもらうつもりで店主に百元を手渡した。

「細かいのはないの？」店主は眉をひそめる。

陳念は口をすぼめ、首を振る。

店主は引き出しの中をひっくり返したが、五十元は見当たらなかった。彼はうんざりしたように背中を向けて財布の小銭を探ってから、振り返るとわしづかみにした紙幣を陳念の手の中に押し込んだ。

陳念が真剣に数えると、九十八元八角あった。彼女は十元と二十元の紙幣をちらっと見て、さらに五十元の、透かし、識別マーク（点字）などを点検する。あまりに古い紙幣だったために、陳念がしばらく時間をかけたので、後ろに並んでいた客がフンとせせら笑った。「そんなにじっくり見るくらいなら、今度からニセ札発見機を持ち歩けって」

店長も催促する。「そこをふさがないでくれ。後ろの人たちはみんな並んであんたを待ってるんだよ」

陳念は少しきまり悪くなって、肉まんをカバンの中に押し込むと、うつむいてそこを離れる。

表面的には落ち着いていてしばらく歩いていたけれど、内心はやはり穏やかでなく、またさっきの五十元を取り出してじっと見つめる。まだ何も発見できないうちに、見覚えのある人物が目についた。あの日、あの白いTシャツの少年を取り囲んでお金を要求していた不良の一味で、つるんで歩きながら笑い声をあげたり、煙草を吸ったりしている。

陳念は内心ドキッとしたが、表情を変えずにお金を握りしめると、また制服のポケットの中に入れなおした。

彼女はカバンのベルトをぎゅっとつかみ、向きを変えて遠回りしようと思ったが、相手は彼女に気づいただけでなく、陳念だと認識してしまった。「おい、止まれよ！」

陳念はやむを得ず足を止めた。

「お前、どもりなんだってな」先頭の少年が笑う。「ちょ、ちょ、ちょっとしゃ、しゃべってみろよ。お、おれたちに聞、聞かせろよ」

みんなげらげらと大笑いする。

陳念はうつむいて彼らの真ん中で、まるでネズミの群れに囲まれた子猫のように立ちすくんでいる。動きはぎこちなく、逃げ場もない。

彼らはしばらく馬鹿《ばか》にして笑っていたが、やがて本題に入った。「金はあるか？」

陳念は首を振る。

「本当にないのか？」

「うん」

「フン、この間は簡単に放してやったんだから、ウソなんかつくんじゃねえぞ」

陳念は唇をぎゅっと嚙みしめ、もう一度首を振った。

「じゃあ身体検査をさせてもらおう」

陳念は走りだそうとしたが、捕まって引き戻された。通り過ぎる人はいたけれど、面倒が起こりそうな場所からそそくさと足早に離れていき、取り合う人などいなかった。勇気なんていつでも贅沢すぎる物なのだ。

すぐに彼女の左側のポケットから五十元を、右側のポケットから四十八元と八角を取り出した。

「これは何だよ？　え?!」先頭にいた男子が顔をゆがめて歯をむき出しにして、陳念を引《ひ》っ叩《ぱた》こうとするように手を振り上げたが、叩かれる前に、陳念は彼の手がつかんでいるお金をとり返そうと飛び掛かった。それは彼女の生活費なのだ。

その男子にも思いもよらぬほど陳念の力はとても強く、つかんだお金を離さず、彼の手の皮膚をひっかいて傷をつけた。彼は襟首をつかんで陳念を持ち上げた。

「もうないのかよ？　ええ?!」

陳念は青ざめた顔で、必死に言葉を吐き出した。「もう……ない」

「このビッチが、ウソつきだな」男子が力いっぱい彼女の顔を引っ叩き、仲間に向かっていった。「カバン！」

陳念はもがいて、ひっくり返されないようぎゅっとカバンを抱きかかえながら、言葉を絞り出す。「もう……ない。本当に！　もう……ない」彼女の言葉には力がこもっていて、まるで神に誓うかのような強い訴えだった。

彼女は自分の嘘を彼らに信じてほしかった。

けれど、彼らは彼女のカバンを引ったくると、ファスナーを開き、さかさまにして振った。陳念にはお金を挟んでおいた化学の本が落ちたのが見えた。お札の角が見えて、頭の中でドンと音がするような絶望と痛みを感じた。

「この五十元はニセ札だ！」大きな声がみんなの注意をそらした。さっき奪った五十元を持った一人が、腹を立てながら言う。「ニセ札だ」

そのお札はみんなの手から手へと渡り、一人一人確認してゆく。「ニセ札だ」「ニセ札だ」「ニセ札だったのか」

陳念を見る目つきが怒りのこもったものに変わった。まるで彼女が騙《だま》したとでもいうように、このずるがしこい女め、と。

「ニセ札なんか出しやがって！」リーダーの男が、手を上げて殴ろうとした。陳念は頭を抱える。

「おい」冷ややかな男の声。

その手が振り下ろされることはなかった。

陳念が覗《のぞ》いてみると、またあの白いTシャツの男の子が、色とりどりに入り乱れる光の中に立っていた。だらりと垂らした左手はすらりと白く、タバコを手にして、ゆらゆらと煙をくゆらせている。

すこし前に、彼らの手下に彼は負けている。母親ともども最低の下品な言葉で侮辱されている。

陳念は事態が悪化してしまうと思ったが、この連中は意外にもおとなしく、カバンとニセ札を地面に投げ捨て、立ち去ろうとした。

「金をそいつに返せ」彼はたばこの煙を吐くと、指ではじいて、足元に灰を落とした。

相手は丸めたお札をカバンの上に投げると、立ち去った。

陳念にはよく理解できなかったが、理解したくもなかった。

彼の眉骨の上にまた傷口が増えているのが目に入った。腕にも出来立てのひどい傷がある。彼はいじめられているのだと彼女は思っていたけれど、そもそも彼らと同類だったのだ。

白いTシャツの彼は元の場所に立ったまま彼女を見つめているけれど、拾ってくれる気はないようだ。陳念はしゃがみこんで、お金を拾い、本についた埃をはたくと、リュックの中に放り込み、背負った。

目の前に近づいてきた彼の影が、彼女をすっぽりと覆う。

陳念の目線の高さでは本来なら彼のあごしか見えないけれど、見上げるつもりもなく、彼女は向きを変え、立ち去りたいという気配をただよわせた。

「おい」

陳念はうつむいたままぽかんとしていたが、とにかくお礼をいわなくては、とも思った。

白いTシャツの彼は眉をひそめ、彼女が反応しないのに耐えられず、声をかける。

「おい、小結巴《どもり》」

陳念は顔をあげ、まっすぐな目で彼を見つめる。

彼は軽く鼻を鳴らしてから、言った。「まだある」

彼はあごで地面の五十元を指した。

陳念はお金を拾いあげると、指の腹で角のところにある識別マークとしわをなでたが、のっぺりとして凹凸感がなかった。彼女は内心ぞっとして、自分の油断と、肉まん屋で抱いたあの安っぽい自尊心にうんざりした。

彼女は言った。「ニセ札」

少年の顔色が変わった。冷ややかに鼻を鳴らす。「ニセ札？」

陳念は彼が誤解したのだと気づいて、説明したくて口を開いたものの、やはり言葉は出てこなかった。彼女はポケットの中から別の二枚の、しわくちゃだけど真新しい五十元札を取り出し、彼の目の前に差し出して見せた。彼を指さして、この二枚の五十元札が彼からもらったものだと示す。

「君のこれは……」彼女は懸命にどもらないように言った。「本物」

少年の顔から不快そうな表情が消え、物憂《ものう》げに尋ねる。「このニセ札はどこから？」

陳念は答えず、三十元のおつりを取り出して彼に渡すと、ささやくような声で、おずおずと言った。「あなたに……返す」

彼はしげしげと彼女を見たが、真っ黒な目を微《かす》かに細めると、あの不快そうな感情を再び浮かびあがらせた。それでも結局、彼はお金を受け取ってポケットに入れた。

彼女の顔がカッとほてった。うつむいて、蚊の鳴くような声でささやく。「ありがとう」

少年は、フンと鼻を鳴らす。軽蔑《けいべつ》しているような、嘲笑っているような。

通りで誰かが名前を呼んだのか、彼は振り返ってちらっと眼を向けると、その方向に向かって歩いていった。

不良っぽい男の子たちのグループ、彼の仲間だ。

陳念は髪を結びなおすと、あの肉まんの袋を取り出し、反対の方向へと歩き出した。肉まん屋の店主がちょうど蒸籠《せいろ》を運んでいるところで、陳念を見ると、顔にさっと不自然な表情がよぎった。

陳念は歩み寄ってお金を差し出す。「あなたのおつり、ニセ……ニセ札だった」

「舌も回っていないくせに、ゆすろうっていうのかい？　そんな見えすいたウソで、この金が、俺が渡したおつりのあの紙幣だって誰が証明できるんだ？」

陳念は顔を赤らめる。「これ……」

店主の声がさらに大きくなる。「それはないよ。見た目もきれいな、立派な生徒さんなのに、このオレをカモにするっていうのかい？」

陳念は相手の目を静かに見つめる。「あなた……後ろ、めたいでしょう」

「あんた……」店主は彼女に図星を指されて、声がさらに大きくなり、いっそのこと真似をして恥をかかせようとした。「後ろ、後ろめたいって……ほら、あんたは口も回ってないじゃないか、あんたこそ……後ろ、めたいんじゃないか」

何人かの客が悪意なく笑ったが、陳念の耳にはすべて悪意として届いた。

店主の奥さんがやってきて事情を聴くと、店主をぐっとにらむ。彼女は弁が立つ人だった。「お嬢ちゃん、あんたが間違えたんじゃないの？　うちは長年商売をやってきたけど、ニセ札なんて見たことないんだよ。別のところでニセ札をもらって、それがまぎれてしまったんじゃないの？」

陳念ははっきりと言った。「それはありません」

「あなたでは、なくて」陳念は店主を指さす。「この人が」

男は大げさに顔をしかめた。肉まんの皮のしわのように。「いつまでもしつこいな。女だからってオレがあんたに何もできないと思っているんだろう？」

奥さんは店主を一言怒鳴りつけたが、穏やかな顔で言う。「銀行のカウンターにも書いてあるでしょう。お金はその場で数えて確認するようにって。その場を離れたら責任は持てませんって。みんながあんたのように言って来たら、うちのような小さな店はいうまでもないし、銀行だってつぶれてしまうよ」

彼らは客に声をかけ始め、陳念のことは放っておいた。

肉まんを買いに来た人たちは興味津々《しんしん》で見ているが、問題には関わらず、自分の買い物が終わるとそこを離れてゆく。

陳念はしばらく黙っていたが、やがて口を開いた。「警察に通報します」

店主の奥さんは忌々しげにため息をついた。「どれだけ丁寧に説明してもあんたは信じないのね？　うちは小さな商売なんだから、面倒は嫌なのに」

陳念がじっと彼女を見つめていると、店主が激高した。「通報しろよ、通報しろって」

陳念はほんとうに通報した。

ほどなくして二人の警察官がやって来て、双方に別々に話を聞く。陳念の話を聞いてくれた人は彼女を信じてくれたが、それでもどうしようもなく、うやむやにされてしまった。証拠がないからだ。

奥さんが警察官に言った。「お嬢さんの勘違いでしょう。彼女を責める気はありませんよ」

警察官が立ち去ろうとしているのを見て、陳念は悔しくてやりきれなかった。「わたしは間違えて……間違えてない。これは本当……本当に……この人たちがおつりでくれたもので」

奥さんは彼女の方にちらりと目を向けたが、肉まんを売りに行ってしまった。

その警察官は陳念を端の方に連れて行って、ぽんぽんと肩を叩くと、仕方がないというふうにため息をつく。「警察としては証拠が大事なんだ。お嬢さん、今度からその場で確かめるんだよ」

陳念の目の周りが微かに赤くなる。彼らが来ないほうがまだよかった。来たけれどまた行ってしまうことで、彼女は前よりもずっと惨《みじ》めな気持ちになった。

どこもかしこも小さな不正に小さな悪。

証拠なんて、どこにでもあるものではない。

こういうことに出くわしたら、もうどうしようもない。陳念は納得できず、その場に突っ立ったまま動かない。

周囲は野次馬が多かったが、店主はこのうえなく熱心に客に声をかけ、さらに強気になっている。

店主がわざとらしく笑顔を装《よそお》っているのを見て、一瞬、店に火をつけたくなった。

そう思うと心がざわめいた。

穏やかな心に悪意が生まれるのは、こんなにも簡単だ。

そのとき、白いTシャツの裾《すそ》が陳念の視界をよぎった。骨ばった手が、タバコを指に挟んだまま、二本の指で彼女の手の中の汗で湿った五十元札を抜き取ると、うっすらとからかうような声が頭の上から降ってきた。「向こうで待ってろ」

彼女が顔を上げると、彼の濃い眉毛と黒い瞳、落ち着いた表情、額の前にぱらぱらとかかる目に入りそうな前髪が見えた。

陳念は動かずにいたが、少年は冷ややかにあごで左の方を指し、彼女に行けと示した。

陳念は道端へと移動した。彼は片方の肩を落とすと、手の中にあったタバコの火をゆっくりと、けれど力を込めて蒸籠の中の白いふっくらとした肉まんに押し付けて消した。

店主と奥さんの表情が曇り、絶句している。

吸い殻が肉まんに刺さっている。

彼は例のお札を蒸籠の中に叩きつけると、何か言った。店主と奥さんの顔が土気色になった。

陳念には少年のすらりと痩せた背中だけが見えた。

すぐに、店主はお札を一枚取り出して彼に渡す。彼は踵《きびす》を返し、階段を下りて陳念のそばにやってくると、彼女に新しい五十元を手渡した。「本物だ」

陳念は言った。「君は、あのひとた……ちに、何……て言ったの?」

彼は口角をつりあげる。教える気はないという意味だ。

陳念が肉まんの店に目を向けると、例の奥さんが顔を覆って泣いている。

少年も振り返って、笑いながら言う。「あの二人は夫婦だろ。男がニセ札を差し出したことを、あの女が知らないと思っているのか?」

「わたしだってわかってた」

少年は眉尻《まゆじり》を持ち上げる。

彼の体が夕陽を遮っている。陳念はうつむくと、黙って歩き出した。歩きながら、ぐっと唇をかみしめる。「五十……元で、そこまで？」

「人間なんてこんなもんだ。長く生きてる分だけ、悪くなる。知らなかったのか？」

陳念はゆっくりと首を振る。「わたし……」彼女は携帯電話を取り出すと、曾好の電話番号を探した。

「なんだよ？」

「成長して、年を……とっても、わたしは悪くなんかならない」彼女はまたどもりそうになったが、なんとか踏ん張って、吐き出した。「わたしは……子供の頃に激しく……憎んだ……そんな人にはならない」

Chapter 2

オレンジ味のキャンディ

少年は彼女を振り返ると、しばらくしてから、不思議そうにふっと笑った。視線を落とし、彼女の手にしている二つの肉まんに目を向ける。それを見て陳念《チェンニェン》は、ビニール袋を彼の目の前に差し出した。「食べる?」

彼は眉《まゆ》をひそめ、嫌悪《けんお》の表情を少しも隠さない。しわくちゃの白いビニール袋は、内側が湿気と水滴まみれで、脂《あぶら》でべとべとでひどいことになっている。

陳念もそれに気づいて、顔を赤らめ、手を引っ込めて言った。「冷めちゃった」おいしくなくなってる。

彼は少し歩き出してから、聞いてきた。「お前は夕飯にそれを食べるのか?」

陳念は頷《うなず》く。

数秒経《た》ってから、彼が言った。「口がきけないのか?」

それでようやく自分が頷いたのを彼が見ていなかったことに気づいた陳念は、「うん」と声に出したが、唐突過ぎて、夕飯のことに答えたのか、それとも口がきけないといわれたことに答えたのか自分でもわからなかった。

彼は足を止め、不快そうに眉間《みけん》にしわを寄せて、しばらく彼女を見つめている。彼女はそれに気づいて顔を上げ、静かに、ただ彼を見返していた。見つめる理由は、彼もよく分かっていないようで、何も言わずにそのまま前に向かって歩いてゆく。

歩くのが遅い陳念は、追いかけるでもなく、交差点のところまで来ると立ち止まった。彼はもう横断歩道を半分ほど渡り終えている。陳念の家へは道路を渡らなくてもいいので、角を曲がって帰る前に声をかけたいと思ったものの、その必要はないと思いなおした。

もう二度と交わることなく、こんなふうに道は分かれるのだから、と。

少年は上着を肩にかけ、途中まで歩いたところで、振り返った。

陳念はまっすぐ静かに道の端に立っていて、まるで小さな苗木のように、彼のほうを眺めている。大きめの制服のTシャツに、痩《や》せた体、風に吹き飛ばされそうなきゃしゃな体を包まれて。

夕焼けの光の中、彼が目を細めた。

彼女は左の方を指さし、自分の家がそっちの方向だということを示す。

彼は親指で自分の背後を指さす。一緒にこっちに行こうと示しているのだ。

彼女はだらんと下がった手に丸めた制服の上着をかかえ、遠くから彼を見つめたまま、動かない。

夕方の残照の中を、人と車が行き交う。

彼は構わず、そのまま通りの向こう側まで行ってから、また振り返る。陳念が人の流れと一緒に歩いてくる。

彼はひとりごとのように鼻を鳴らし、口角を引き上げると、両手をポケットに突っ込んで進んで行った。小さな食堂の前まで来ると、露天のテーブルのところで、プラスチックの椅子《いす》を引いてきて腰を下ろし、煙草《たばこ》を出して吸い始めた。

しばらくすると、陳念がようやく目の前まで歩いてきて、そばに立って彼を見る。

彼は目を上げて彼女を見る。彼女の顔は白く、小さく、髪はきれいに結んであるけれどわずかにおくれ毛がこぼれていて、夕陽の中でふわふわと、金色に輝いている。彼女のことをカタツムリみたいだと彼は思った。話すのも、歩くのも、何をするにものろのろとしていて、誰かに突っつかれたところで、触角を引っ込めるのものろのろと遅い。

数秒後、彼は彼女に向かって手招きをして、座れと示した。

「食べたいものは？」

「なんでも……いい」

「注文しろ」

陳念は首を振って、メニューを彼に押し付ける。メニューといっても、油でべとべとのラミネート加工された紙だ。彼はさっと目を通すと、適当に料理を三品注文した。

陳念はうつむいてテーブルにかけられたビニールシートの油のシミを見ている。道路のクラクションや人の話し声が耳に入りこんでくる。

太陽がもうすぐ山の向こうに消える。夕暮れの最後の一筋の陽光が陳念の顔を真っ赤に照らす。

目が開けられない。

安物のお茶がはいった使い捨てのコップのふちのところにひっかけるようにして、煙草を軽くぶつけながら彼が口を開いた。「何年生？」

陳念はまぶたを持ち上げたが、夕陽のせいでまつ毛のところに光があふれ、彼の顔はよく見えない。指で「三」を示す。

「中三？」やけに意地悪く尋ねる。

わざとからかっているのだと陳念はわかっていたが、それでも首を振った。「高……三」

「ずいぶん幼く見えるな、子供みたいだ」彼は彼女にちらっと眼を向け、まるで服の下まで透けて見えるかのようなまなざしで、冷ややかに言った。「発育してないな」

ふいに彼女は顔中に発疹《ほっしん》が出てしまったような、ひりひりとした恥ずかしさを感じた。

胸から肩までをさらに丸めて縮こまる。

彼はからかうのをやめて言う。「もうすぐ大学入試か」

陳念は頷く。

タバコを吸い終わると、吸い殻を茶色くなったお茶の中に放り込んで、彼女の方を見る。「無口なんだな」

「わたしがしゃべ……ると、みんな……笑うから」

彼は落ち着いて眺めている。彼女が話し終えるのを待って、無表情で「ああ」と声を上げる。

しばらくしてから、尋ねる。「どうして笑うんだ？　お前がどもりだから？」

「……」

彼が初めて彼女のことを「小結巴《どもり》」と言った時、腹が立たなかったのは、その言い方に悪意がないと彼女にはわかったからだ。

料理が運ばれてくると、彼はビールを注文し、ビール瓶の口を彼女のコップの方に向ける素振りをする。「少し飲むか？」

彼女は慌《あわ》てて首を振る。

彼もそれ以上彼女を困らせることはしなかった。

それからは会話することもなかった。食事を終えると、彼が支払いをした。陳念は割り勘にしたくて、口を開こうとしたが、彼の名前も知らなかった。

「えっと……」

彼が彼女を振り返る。黒々とした瞳で、眉毛を素早く少し吊り上げる。「呼んだ？」

「君……なんて……いう名前……？」

「知らないのか？」またあの追い詰めるようなまなざしになる。

名前をどこで知ることができたというのか、陳念にはわからなかった。

「オレの仲間たちが名前を呼んでただろ」彼は言った。「一回も」

学校の外から、そして通りでも。陳念は気に留めていなかった。

彼はじっと彼女を見つめたまま、視線を外さない。まぶたに深いしわが刻まれると、ようやく目をそらして立ち上がり、椅子を蹴飛《けと》ばして歩き出した。

陳念も後をついていく。

ずっと黙ったまま歩く。

彼が前をぶらぶらと歩き、彼女は後ろからおとなしくついていく。時々、彼はさりげなく振り返ってちらりと視線を投げ、彼女がついてきていることを確かめる。

歩くのが遅い陳念を、彼は毎回待っている。何度目かで振り返った彼は、しばらく彼女を見ていたが、口の中のガムを取り出して紙にくるむと、さっと手を振り上げ、彼女の頭をめがけて投げた。陳念はギョッとしたが、丸めた紙屑《かみくず》は彼女の耳元をかすめ、彼女の後ろにあったゴミ箱の中に、「トン」と音を立てて落ちた。

「……」

男子生徒はこんなふうに遠くからものを投げて遊びたがる。

彼が背を向けて歩き出す。陳念はその後ろで苦い顔をして首をなでている。さっき彼に驚かされたせいで、うっかり嚙《か》んでいたガムを飲み込んでしまった。

家の近くの路地まで来たけれど、いつもとは違う道のりで、空も暗くなっている。

彼は路地を眺めてから、振り返って声をかける。「怖い？」

陳念は顔を上げて彼を見る。澄んだ目、軽くひそめた眉、表情がすべてを物語っている。

「行くぞ」

彼はポケットに手をつっこんで進んで行く。かすかな足音が後からついてくるのを聞いて、彼は冷ややかに口角を上げた。

少し歩いてから、彼は不意にポケットから飴《あめ》を取り出すと、彼女に差し出した。

陳念は首を振る。

彼も無理強いはせず、またポケットの中に戻した。

家の前に着いた。旧式のアパートは、明かりもなく真っ暗だ。二階に上がる長い階段は外にむき出しになっている。陳念は二階の部屋を指さす。自分はそこに住んでいるという意味だ。

彼は口に煙草をねじ込むと、背中を向けて歩き出した。

陳念が階段を上り始めると、声が聞こえた。「北野《ベイイエ》」

陳念がはっとして振り返ると、後ろで結んでいたストレートの髪が黒いシルクのスカートのように、ぱらぱらと広がった。

思いがけずそれを目にした彼は、くわえていた煙草を軽く揺らすと、手に取った。

「俺は北野」彼は言った。「覚えといて」

彼が彼女の方に歩み寄る。痩せているけれど、背が高く、まるで壁のよう。顔をあげて彼を見上げた陳念は、思わずあとずさり、うっかり躓《つまず》いて、階段に尻《しり》もちをついた。そのままそっと膝《ひざ》を抱え込む。

　彼は彼女の目の前まで歩み寄り、しゃがみこむと、視線を同じ高さにあわせてから、言った。「言って」

「言うって……何を？」

「俺の名前」

「北……北野……」夜の暗闇《くらやみ》の中で彼の白い顔をじっと見つめながら、どもってしまう。

　彼は微《かす》かに首を振る。

　陳念は彼が何を言いたいのかわかって、手をこすり合わせながら、頑張ってみた。

「北……」また口を開く。「……北……」

「俺の後について言ってみて」彼は言った。「北」

「……北」

「野」

「……野」

「北野」

「……」陳念の目はブドウのように黒く輝いて、彼を見つめている。

「……」彼はまるで言葉を覚え始めたばかりの幼児に教えようとするように、少しも苛立《いらだ》つ様子はない。「北」

「北」

「野」

「野」

「北野」彼は続ける。

「……」陳念は試しに口を開いてみたものの、やはり声は出なかった。

彼も黙りこみ、そのまま陳念を見つめているが、待っているのか張り合っているのか彼女にはわからなかった。

陳念は唇を動かす。「北、野」彼はそれでも黙って彼女を見ている。そこで彼女はまたしばらく準備をしてから、言った。「北野」

「よし」彼は言った。「十回言って」

陳念は彼を見つめる。

「言えよ」

「北野」陳念は言った。ささやくような声で。「北野、北野、北野、北野……」口を閉じる。二人は見つめ合った。彼女はまだ熱の残る階段に座っている。コオロギが草むらで鳴いている。

彼は煙草を取り出すと、彼女の小さな白い耳の上に挟み、指の腹で彼女の耳のあたりをなでる。きめ細かな皮膚がたちまち赤く熱くなる。彼は言った。「続けて」

「北野」彼女は再び口を開いた。少しゆっくりと。「……北野……」

彼は笑っているのか違うのかわからないような顔で聞きながら、例の飴を取りだすと、包み紙をはがして自分の口の中に放り込む。

彼女はおとなしく続けている。「……北野……北野……北野……」

十回言った。

彼女は彼を見る。彼も彼女を見ている。

しばらくたってから、彼女は言った。「終わったよ」

「小結巴《どもり》」彼の掌《て》が彼女の青白い頬をつかむ。「もう一回」

陳念の心臓の音は耳まで届きそうだった。「もう……言った」

「もう一回」

「もう……」

「まだだ」

陳念はどうしようもなかったが、一回で終わらせたかった。「北……」

彼は片膝をつくと、彼女のあごをつかみ、かがみこんで彼女の唇を噛んだ。

この間とは違って、今回は、彼の舌が彼女の口の中に伸びてきた。

オレンジの味が、酸《す》っぱくて、甘い。顔が熱くなり、舌に痛みを感じ、彼女は顔が真っ赤になるまで息を止めていた。

最後に、少年は彼女の唇のにおいをかぐと、立ち上がった。「よくできたな。ご褒《ほう》美《び》だ」

陳念の手足が熱くなっている。口の中にはあのオレンジの味の飴が残っていた。

〝海洋では、クマノミはきらびやかで美しい体の色をしているために、常に捕食者たちのターゲットとなる。イソギンチャクの色はカラフルで、とても美しいが、触手には猛毒があり、海洋生物は近寄ろうとしない。しかしクマノミの体表には特殊な粘液があり、毒の影響を受けることなく安全にイソギンチャクのそばで生活することができる。クマノミに危険が迫ると、イソギンチャクは自分の体でクマノミを包み込み、ほかの魚類の攻撃から守ってくれる。移動できないイソギンチャクはクマノミを餌《えさ》に魚たちを近くにひきつけ、捕食する。クマノミも自分の食べ物をイソギンチャクとシエアするのである。

〝自然界において、このような関係を（　）という〟

陳念はすぐに回答用紙のAの選択肢を選んだ。

後期に入って、毎月半ばに模試がある。

クラスメートたちはもはや前期のように文句を言ったりはしない。成績が悪い者はすでにあきらめていて、その場限り、と適当にやり過ごすだけだ。成績のいい者は腕試しのつもりで、二か月後の最後の試験に向けて弾みをつける。

理科総合は陳念の得意科目なので、一時間足らずで物理の問題も最後の大問までやり終えた。彼女は選択問題をもう一度チェックしてから、マークシートを塗りつぶす。鉛筆の芯《しん》がバーコードの上をかすめた。黒く、すこし艶《つや》のある、メタリックな光がきらめいている。まるで夜の景色の中のあの少年の瞳《ひとみ》のように。

あの夜の彼のディープキスを思い出す。

それはほんの一瞬だけのことで、彼女は思いをひっこめる。

すぐに誰かが立ち上がって回答用紙を提出したせいで、教室の中はいくらか騒がしくなった。魏　莱《ウェイライ》たちも試験では毎回早めに答案を提出して教室から出て遊んでいる。

先生も咎《とが》めることなく、ほかの生徒の迷惑にならないように、音は立てないようにと低い声で注意するだけだ。

でも実際には迷惑になどならない。教室の前半分の生徒は誰も顔をあげたり気にしたりなどせず、みな懸命に問題を解いていて、見向きもしない。後ろ半分の生徒はもぞもぞして、やはり出ていきたがっている。

陳念が化学の答案を埋め終わったとき、曾好《ゼンハオ》が立ち上がった。曾好は成績がいいけれど、まさか彼女が問題を解くスピードがこんなに速いなんて陳念は思ってもみなかった。チェックも終わったの？　早めに提出するの？

答案用紙を早めに提出するといっても、出来る学生と出来ない学生とではっきりと異なる。曾好が立ち上がったことで、少なからぬ生徒にプレッシャーとなったのか、二人、三人と続けて答案用紙から顔をあげ目を向ける。

陳念も早めに解き終えて、淡々とした表情で教壇に向かって歩いていき、目に見えぬプレッシャーをほかの人に与えてきたこともあった。

やるなら一人目でなければならず、二人目では意味がない。

曾好はあごをあげて静かに教室を出て行ったが、それほど遠くない手すりのあるところで空を見上げている。

陳念は視線を落として引き続き問題を解く。生物の答案を書き終えて腕時計を見ると、まだあと四十分ある。窓の外に目を向けると、手すりのあたりには誰もいなくなっていて、曾好の姿は見えなかった。

あの日、肉まんを買ってニセ札のおつりをもらった後で、彼女は知っていることを曾好に伝えた。それ以降、二人はまったく話をしていなかった。

陳念は何度か見直しをする。周りが続々と答案用紙を提出しても、彼女は立ち上がらず、答案の文字を書き直していた。字がきれいに書けていると、作文の印象点が高くなるからだ。

チャイムが鳴る。試験終了だ。

トイレは混雑していた。

女子生徒のトイレは、並ばなければならないので面倒だ。みんなぺちゃくちゃと試験問題と答えについて話し合っているが、長い間待っているうちに、我慢できなくなった人がいて、一番奥のドアを叩《たた》き始める。

「ねえ、どういうこと！　誰よ、中にいるの。こんなにずっと出てこないなんて！便秘なら今ふんばるのはやめてくれる？　こんなにたくさんの人が待ってるんだから」

中から返事はない。

わめきたてているその女子生徒に陳念はちらりと目を向ける。他のクラスの子だ。周囲の女子生徒たちもそれに続いて文句を言い、不満をあらわにしている。とはいえどうしようもなく、蹴とばして開けるわけにもいかない。

教室に戻る途中、すれ違った二人の試験監督の先生が話しているのが聞こえた。

「曾好は提出するのに慌てて、ケアレスミスの見直しもできてなかったね」

陳念は今回の試験では何度もチェックしたので、けっこうできている気がしていた。おそらく750点満点中610点はいってるだろう。試験が終わるたびに、彼女はかすかに思いを馳《は》せる。早く受験してここを離れ、もっと大きくてもっと遠いところに行きたい。北京に行きたい。

同級生たちは教室の外で笑い声をあげて騒いでいる。陳念は席に戻ってぼんやりしていた。前にある胡小蝶《フーシャオディエ》の席は空席のままだ。陳念は再び彼女の白い、震えていた体を思い出していた。

目の前で人影が揺れ、李想《リーシャン》が太陽のようなキラキラとまぶしい笑顔で、彼女の目の前に腰を下ろした。彼は本当にいつでも笑っている。「陳念、テストどうだった？」

「普通」

「ここのところの何回かの試験、君の成績は安定してるよね。600点は堅いだろう」

陳念は唇をすぼめて、笑って見せた。

李想が彼女を見ながら言う。「どこの都市に行くの？」

「点数次第」

「北京にしなよ」李想の目がきらきらしている。「皇帝のお膝元、歴史があって、文化があって、今でも古都北京と呼ばれる。風格があるよ」

陳念は黙っていた。

小米《シャオミー》が近寄ってくる。「李想、自分が推薦で北京に行くからって、陣営に引きずり込もうとしてるってわけね」

李想も隠したりはしない。「もちろん一人も高校の同級生がいないなんていやだからね。週末に誰かと遊んだり食事をしたりすることもできないだろ。でも本当に、北京はいいよ、ここに残るなんてやめたほうがいい、つまらないよ」

小米はふふっと笑う。「心配しないで。わたしも陳念も北京へ行きたいと思ってるから。わたしたちもう入試の願書は出してある。念《ニエン》、そうよね？」

そう言って陳念の腕をつつく。

陳念は淡々と言う。「もしかしたら……受からないかも……」

小米は彼女を睨《にら》みつける。「ありえないよ。あんたが試験を欠席しない限りはね」

「受かるよ。北京で会おう」と李想。

陳念はそれには答えず、窓の外を見る。

「李想、あなたの叔母さんって師範大学付属高校の先生だって聞いたんだけど」小米は言った。「重点高校だから、わたしたちの学校とは比べ物にならないよね。あの学校の模範解答をもらってきてわたしたちにも勉強させてくれないかな？」

李想は新天地での大学生活が楽しみでたまらないらしい。「大丈夫。僕に任せて」

始業のチャイムが鳴ると、李想は自分の席に戻っていった。

自習の時間だったので、陳念は先月解いてみて間違えた問題をあらためて分析していたが、ふと顔を上げると、曾好の席がまだ空っぽだった。

試験が終わって、先生たちは採点に忙しい。自習をするのはあくまでも意欲のある生徒だけだ。授業を受けない生徒はみなわきまえていて、教室の近くで騒いだりすることはなく、グラウンドに出て遊んでいた。

陳念は少し考えたが、結局は自習を続けた。

ずいぶん時間がたっても、曾好は姿を見せなかった。

もうすぐ授業時間が終わるというころになって、陳念は教室を出た。廊下はがらんとしていて、建物全体がひどく静かで、遠くのグラウンドから微かにバスケットボールの音が聞こえる。

トイレは廊下の突き当りにあり、しんと静まり返っているが、しっかりとしめられていない蛇口から水のしずくがぽたぽたと落ち、タイルにぶつかってはじけている。

一番奥の例のドアはぴっちりとしまったままだ。

陳念がそろそろと近づいていくと、鍵《かぎ》の表示は「使用中」の赤になっている。彼女はペーパータオルを床に敷くと、そっと膝をつき、体を伏せ、頭をいまにも床にくっつかんばかりにして、ドアの下の隙間《すきま》から中をのぞき込んだ。

彼女が見たのは二本の脚、そして滴《したた》る赤い液体だった。

ゆっくりと体を起こし、ペーパータオルを拾ってゴミ箱に投げ込み、出口まで歩いていったもののまた引き返すと、ゴミ箱の中のゴミを全部一番奥の個室のドアの前にぶちまけた。

教室に戻ると、小米が声をかける。「トイレに行ったの？　声かけてくれたら一緒にいったのに」

「行ってない」陳念は言った。「問題……できないから、先生のところに」

「会えた？」

陳念は首を振る。

「わたしに見せて」

陳念が適当に問題を指さすと、小米はしばらく首をかしげていたが、やがて説明を始めた。「こうやって解けばいいよ。見て」

このとき、魏萊たちが教室に入ってきた。目が合った。魏萊は冷ややかな目つきで彼女を見たものの、特に感情をこめたわけでもないようだった。

陳念は視線を戻し、問題に目を落とす。〝トンビは野ウサギやヘビを捕食するが、ある生態系内においてウサギの数が激減すると、ヘビが捕食される確率が大幅に上昇する〟

放課後、陳念と小米は一緒に教室を出た。魏萊たちがそのそばを通り過ぎた。小米はそのふんぞり返った姿にちらりと目を向けてから、ふと口を開いた。「念、わたしずっと聞きたかったことがあるんだけど」

「ん？」

「魏萊のせいだと、思う？」

陳念は彼女のほうを振り返る。

「何度か授業中とか休み時間に、魏萊はわざと胡小蝶をいじめる理由をさがしていたから、小蝶は困っていた気がする」

小米は陳念の返事を待たずに、自分からまた首をふると、「そんなはずはないよね。そんなことで自殺なんてしないでしょう？　先生もやたらなことは言わないようにって言ってたし、だからこのことについては他の人とも話したことはないんだけど」

陳念は何も言わなかったが、かすかに危うさを感じていた。

二人は帰る方向が違うので、校門を出ると手を振って別れた。

陳念が学校の塀の角のところを通りすぎたとき、口笛と、バイクのブレーキの音が耳に入ってきた。振り返ると、北野が黒いTシャツとジーパン姿で、黒いギターケースを背負って、赤と黒のバイクに跨《またが》っている。人もバイクもまるで絵のようにキラキラとまぶしかった。

陳念は彼をじっと見つめる。

背中を丸めた彼が、彼女の方を振り返って見る。指で軽くバイクのハンドルを叩きながら、しばらく見ていたが、彼女がその場に突っ立ったまま何の反応もないのを見ると、体を起こし、かすかに眉間にしわを寄せる。「来いよ」

陳念は歩み寄って、道路の端のほうに立つ。

彼はあごで後ろのほうを示す。「乗れ」

陳念は乗ろうとした。

「ちょっと待って」彼が彼女にヘルメットを投げる。彼のと同じもので、黒地に、落書きのような白い数字が書かれていた。

新品だった。

ヘルメットはきつめで、陳念は苦労してかぶり、両手で不器用にあごのストラップをしめようとした。

彼はちらりと目を向けると、彼女の手を押しのけ、ストラップをつかんで引っ張ったので、陳念はよろけて彼にぶつかり、距離がぐっと近くなってしまった。彼は視線を落とすと、指をすばやく動かし、ストラップをきっちりと留めた。

それから彼はギターケースを背中からおろし、彼女の体にかけた。陳念は軽く振ってみた。ケースはやはり少し重かった。

陳念はペダルに足をかけてバイクに跨る。彼の足が地面を踏みしめると、車体がぐらりと揺れたので、彼女は慌てて彼の肩をつかむ。Tシャツの下の堅い骨から熱気が伝わってくる。

バイクのハンドルを握ったまま、彼の背中は動かない。

陳念はしっかりと座ると、彼の肩をつかむ手を緩めた。

バイクはうなりをあげて走り出し、少年は夕方の風の中を疾走した。

北野は陳念を夕飯に連れて行った。バイクを道端に停める。彼女はぱっと降りたが、よろけて何歩か後退《あとずさ》りし、後ろにいた通行人にうっかりぶつかってしまった。相手の足を踏んだ上に、ギターケースをひどく相手にぶつけてしまった。

陳念は慌てて振り返った。「ごっ……ごめんなさい」

三人の男子のうちの一人が言った。「目がついてないのか？」

北野がヘルメットをはずし、バイクから降りる。「お前の頭の後ろには目がついてるのか」

陳念はあきらかに相手が腹をたてているのを見て、北野の前に出て謝った。「ごっ……ごめ……」

「謝ってんのか、謝る気ないのか？」相手がさらにムキになる。「本当にどもってるのか、それとも謝りたくないのか？」

陳念の背中に力が入る。北野を止められないことを密《ひそ》かに恐れていた。

別の一人が北野を見て、少し考えこんでから急に上から目線でからかうように笑い出した。「こいつは誰かさんの息子じゃないか。北野だ。こいつの母親はビッチで、こいつの父親は……」

北野は陳念を押しのけると、不敵な笑いを浮かべてから、キーを投げてきた。「持ってろ」

陳念は慌ててそれを受け取り、握りしめた。

彼は相手にちらっと眼を向けるなり、蹴倒した。陳念は目を見張る。彼はどうして喧嘩《けんか》をするのか、彼自身のためなのか、それとも彼女のためなのか、彼女にはよくわからなかった。

戦火は燃え上がり、屋台の椅子まで巻き添えにして倒していった。

三人はまったく相手にならなかった。しばらくするとすっかり叩きのめされていた。

北野が手を払う。ここで食事をする気分ではなくなってしまった。陳念のそばに歩み寄るとヘルメットとキーを受け取る。再びバイクに跨ってキーを差し込み、ヘルメットをかぶる。ストラップをあごのところで締めながら、横目で彼女を見る。「ここに残って見物してるのか？」

陳念は急いでさっきのようにバイクによじ登った。

交差点のところで、赤信号になってしまった。彼女は停車時の慣性の法則で前の方に滑って、彼とぴったりくっついてしまった。熱いフライパンの上の二枚の烙餅《ラオビン》（小麦粉をこねて焼いたパンケーキのようなもの）のように。

夏物のシャツはとても薄く、二人の距離は近すぎて、汗のにおいの距離から逃れられない息苦しさに陳念は、注意深くお尻を後ろの方にずらしたが、彼女が座っている位置は斜めに傾いたシートの上の方だったし、大きなギターケースを背負っているせいで、ほとんど意味がなかった。

彼女はもとの位置で体をこわばらせていた。

夕陽が西に沈んでゆく。赤信号の時間表示が一秒ずつ減っていって、153から59まで変わったとき、ようやく彼が彼女を振り返って見た。視線がぶつかっても、目を逸《そ》らさない。

「さっきは驚いただろ」

「君が……れるのが……怖くて」陳念は少し口をすぼませて、必死に同じ言葉を繰り返さないように頑張って、なめらかに言った。「殴られてしまうのが」

「俺が負けると思ったのか？」彼は眉を吊《つ》り上げて冷ややかに笑う。薄い唇の口角を引き上げて。

「あの日……」陳念は言った。「初めて……」

彼は後ろを振り向いたままの姿勢をキープしながら、肩越しに彼女に視線を投げる。

彼女が何を言いたいかはわかっているけれど、それでも根気強く彼女が全部言い終わるまで待っている。「会った……時、……殴られ……てた」

「あの日は体調を崩していて熱があったんだ。相手は大勢だったし」彼はいくらか傲《ごう》慢《まん》な感じになり、また聞いてきた。「君子危うきに近寄らずって言葉を知らないのか？」

「ああ」陳念は言った。頭にヘルメットをかぶったまま、頷く。

北野はしばらく彼女を眺めてから、言った。「お前、頭悪そうだな」

「……」

長い間見つめ合っていたが、彼女はうつむくと、低い声で言った。「喧嘩……得意なの？」

「悪いか？」

陳念は低くうなだれた頭をそっと振ってから、顔を上げ、澄んだ瞳で彼を見つめる。

「わたしは……いいと思う」

彼はほとんど無表情のまま、しばらく彼女を見つめてから、顔を背けた。陳念も黙っている。

青信号を、左折した。

陳念はきゅっと口を閉じた。彼女の家はそこからまっすぐのところだった。

バイクが回り込むようにして廃墟《はいきょ》となった金属加工工場に入っていく。道路はでこぼこで、草木も青葉も埃《ほこり》と煤《すす》で覆《おお》われている。

七〇年代から八〇年代には、金属加工工場に勢いがあり、労働者の地位も高く、そこで働いていたら結婚相手に苦労はしなかった。人はいつの時代もランク付けされている。

黄河は川筋が歳月を経て変わることから三十年もあれば東岸が西岸になると言われるが、そんな栄枯盛衰の移り変わりには、実際には三十年もかからない。

新世紀のモデルチェンジ改革で、金属加工工場は「エネルギー消費が大きく、環境を汚染する」ということで、人員が削減され、衰退、破産、閉鎖という道を辿《たど》った。あっという間のことだった。

このあたりは管理する人がおらず、十数年放置されたまま、工場の建物は荒れ果て、いまにも崩れ落ちそうになっていたが、敷地の一番奥にある社員寮の建物だけが残っていた。壁が真っ黒なのは、長年金属加工工場の黒煙で燻されたことによるものだ。

車輪に急ブレーキがかかり、陳念は北野の背中にぶつかり、ヘルメットをかぶったまま座りなおす。彼の肩につかまりながら、立ち上がってバイクから降りる。目の前にあるのは古い社員寮で、夕方近い時間だったので、一つ一つの戸口から台所の煙が漂ってくる。まるで煙がくすぶっている巨大なハチの巣のようだった。

北野が口を開く。「こっちだ」

陳念は振り返った。

こんもりと茂った古木の後ろに二階建ての建物があって、シャッターの入り口があるが、人の住まいには見えず、荷物の集散所か積み替え場所のように見えた。右側の壁面に吹きさらしの鉄骨階段があり、あちこちが錆《さ》びてはいるものの、二階へと通じていた。

その古木の葉はとてもさわやかないい匂《にお》いがした。木陰に細くて白い糸のようなものがたくさんぶら下がっていて、まるでパールのカーテンのようで、とてもきれいだった。近づいてみた陳念は、その糸の先のパールだと思ったものがぷっくりとした白い虫だと気づいた。

背筋にぞわぞわっとしたものが走り、注意深く避《よ》けながら、階段を上っていく。二階の廊下には煤塵《ばいじん》、袋や古い自転車といったゴミが積み重なっている。

北野はしゃがみこんで鍵を開けると、シャッターを持ち上げながら立ち上がる。金属のガラガラという音が響いて、夕暮れのなかをホコリがゆらゆらと舞う。陳念はあっけにとられたが、口角をそっと上げた。

彼が振り返って見ている。「どうした？」

陳念はうつむく。「この入口……いいね」

北野は無表情で、黙ったままだ。

陳念は言った。「バイク……も」

「も？」

「も、いいね」

彼はやはり無表情のまま、ローラーシャッターを上げて中に入ると、彼女に背中を向けたままかすかに口角を上げたが、すぐにまたもとに戻し、言った。「入れよ」

陳念は一瞬ためらったが、後について中に入った。

薄暗く、蒸れて湿った男の人のシーツのにおいがこもっている。外にあった桑の木のにおいのようでも、雨に打たれた埃のにおいのようでもあり、かすかに生臭く、湿っぽく、生命力に満ちている。

彼の方を見ると、手を上げてローラーシャッターを下ろしている。持ち上げた腕と肩に引っ張られてTシャツの裾《すそ》が上がり、彼女にはなじみのないセクシーな筋のはいった、引き締まった脇腹《わきばら》が露《あら》わになり、陳念は目をそらす。

彼はシャッターのふちをつかんで、半分ほど下ろし、足で踏んで、ぴっちりと閉めた。

鍵はかけず、部屋の奥に進むと、ぶら下がっている電気のコードを引っぱる。カシャッと音がして、白熱灯がともった。まるで蛍をいっぱいに詰めたガラスの球のような、ぼんやりとしたほの暗い明かりだ。

一筋の赤い夕陽がカーテンの隙間から差し込み、部屋を二つに分けている。一方には簡易ベッドとクローゼット、もう一方の隅には工具や機械が雑然と散らばっていて、鼻にツンとくるインクのにおいがかすかに混じっている。

窓は西向きで西日があたっていて、部屋の中はひどく蒸し暑い。中に入った瞬間、雨のあとの泥の中からキノコが生えてくるように、皮膚の中から汗が吹き出し、気持ち悪さに身ぶるいした。

北野が扇風機を引きずってきて、最大風量にしてスイッチを入れる。陳念がよろめいてしまいそうなほど風が吹き、髪が首に叩きつけられ、その髪がクモの巣のように汗で湿った皮膚を覆う。

彼女がうろたえているのを見て、彼はフンと鼻を鳴らした。「お前は紙でできてるのか？」薬缶《やかん》を手にして蛇口のほうへ水を汲みに行く。

陳念はギターケースを下ろしてテーブルの上に置くと、顔に張り付いた髪を整えてから、周囲を見回した。壁に貼《は》られているポスターには、『SLAM DUNK』の桜木花道がいて、『ONE PIECE』のルフィ、ゾロもいて、台湾の人気歌手、周杰倫《ジェイ・チョウ》もいる。壁の塗料は経年劣化で黄ばみ、亀裂《きれつ》があり、こぶのように膨らんでいるところもあって、老人の皮膚のようだった。

彼はいくつかカップラーメンを出してきて、陳念に尋ねる。「どれがいい？」

陳念はさっと目を向ける。「酸辣《スアンラー》……牛肉の」

北野はテーブルの横に立って、慣れた手つきで外装フィルムをはがし、調味料の袋を開ける。

陳念も手伝ったが、ペーストを絞り出すときに指についてしまった。北野はそれを見て、ティッシュペーパーで彼女の指をくるむと、手でつかんで何度かこすってから、指の隙間からそれをするっと引っ張り出す。

子供の手をぬぐうようにすみずみまできれいにした。

陳念は彼を見上げた。

彼は背を向けてお湯を取りに行く。麺《めん》にお湯をそそぐと、本を二冊持ってきてカップ麺の蓋《ふた》を押さえる。一冊は中学一年生の英語の教科書で、表紙は破れていて、李雷《リーレイ》と韓梅梅《ハンメイメイ》（中国の人民教育出版社が一九九〇年代に出版した中学生の英語教科書の主要登場人物。二〇一七年にこの二人の名前がタイトルになった映画が話題になったこともある）、それからお婆《ばあ》さんの絵と会話が書かれている。

——How old are you?

——It's a secret.

陳念は彼の方を見る。「君は……」と言いかけると、彼の真っ黒な瞳の光が彼女の顔に移された。陳念の顔が一瞬こわばり、二秒ほど見つめ合ってから、ようやく口が反応する。「いくつ？」

彼は視線を固定したまま、そっけなく聞き返す。「お前はいくつだ？」

「十……六」

彼は口角を上げた。「学年……早くないか？」

陳念は頷いて、飛び級をしていると言おうとしたが、またどもってしまうのが怖くて、そのまま言葉を飲み込んだ。一筋の夕陽が二人を照らす。きらきらと美しく。

「君は？」

「十七」彼はテーブルにだらりと寄りかかり、Tシャツの襟もとを揺らして胸元をあおぎながら、ふいに尋ねた。「勉強はできるのか？」

陳念は言った。「できる」

北野は固まって、しばらく彼女を眺めてから、尋ねた。「嘘《うそ》じゃないよな？」

「嘘じゃない」

彼は黙ったまま、テーブルの上にあった新しい煙草《たばこ》の封を切ると、一本取り出して口にくわえる。何を思っているのかわからないが、またそれを手に取り、言った。

「お前って頭悪そうに見える」

「……」陳念は言った。「前にも言ってた」

北野が彼女を見つめている。「バカなんだから、何度言ってもかまわないよな」

「……」

少年の心は敏感だ。陳念は彼の質問に対する答えを間違えたらしいと認識した。あるいは、答えるのが早すぎたか。

床とテーブルの上の真っ赤な太陽の光が暗くなってゆく。北野はカーテンを開け、窓を押し開く。人の声ががやがやと聞こえてくる。夜の風が吹き込んできて、パンの焼けるにおいを運んでくる。きらきらと金色に輝く太陽は、パンの上のアイシングのよう。

「いいにおい」陳念は言った。

北野は腕時計に目をやる。「あと二分」

「え？」

「二分で、ガラクタ回収業者の自転車が来て、省都に行く汽車が通って、焼きたてのココナツパンがオーブンから出てくる」

彼はひらりと飛び上がると、窓から出て行って、姿を消した。

陳念は怪訝《けげん》な顔をして、窓の外を目で追った。

窓の下には狭いセメントで固めた踊り場があり、非常階段へとつながっている。その階段は金属加工工場の敷地を囲んでいる塀のすぐそばにあって、敷地の外は古い路地だった。

北野は軽々とその塀を跳び越えて、路地の向かいにあるパン屋の中に消えていった。

夕方の路地は忙しい。服の仕立屋、小さな売店、肉まん屋、靴の修理屋、同じような店がいくつもある。自転車のベルが鳴り響き、その姿が見えるより先に、声が聞こえてきた。「いらない鉄くず——回収——」

近くに、遠方へ向かう鉄道の線路が通っている。

陳念はテーブルのところまで戻ると、カップの上の英語の教科書をどかして、紙の蓋《ふた》をはがす。熱い湯気が顔にかかる。まだ大丈夫。麵はのびてない。

プシューッ。

黄昏《たそがれ》の中、汽車の汽笛の音が伝わってくる。陳念は顔をあげ、かすかに笑った。北野は窓を乗り越えようとして、動きを止めた。陳念が夕陽の当たるテーブルのそばでカップ麵の蓋をはがしている。扇風機が首を振ると、強い風が彼女のスカートを一瞬膨らませたかと思うとまたしぼませる。白くて薄い布が彼女の身体《からだ》のさまざまな角度の輪郭を浮かび上がらせる。

窓の外にいる少年の下腹部で火が燃え始める。炎が胸元へ噴き上がり、喉《のど》の奥を焦《こ》がす。煙にいぶされたようにカラカラに干からびてゆく。彼は家の中に入ると、カーテンを引いた。室内が薄暗くなる。

陳念が顔をあげ、ゆっくりと声をかける。「麵はまだ、熱いよ」

北野が焼きたてのパンを彼女に手渡す。「先にこっちを食えよ。熱いうちに」

陳念が一口かじってみると、ふわふわと温かくて柔らかく、ミルクの香りが広がった。ふいに彼女は体をこわばらせた。北野の手が彼女のスカートのすその下を探っている。太腿《ふともも》の内側の肌に沿って上へとなでてゆく。

陳念が振り返ると、北野と視線がぶつかり、手は彼女のスカートの下をどんどん奥へと進んでゆく。低い声で尋ねる。「怖い？」

陳念がつま先立ちで避けようとしても、彼の手はそれを追って上がってくる。体を震わせながら、彼女はずっと目を動かさず、ぼうぜんと不安げに彼を見つめる。

窓の外では、汽車のガタゴトという音が、空気を震わせ、天と地を揺さぶっている。

「怖いならなんで俺についてきた？」片手で彼女を持ち上げようとするように、彼はかすかに力をこめた。彼女はうめき声が出そうになるのを押し殺し、手をテーブルに突っ張って必死に高くつま先立ちをする。

「わかってて、俺と一緒に来たんだろ？」

陳念は首を振る。額に玉のような汗がにじみ、湿った前髪がぐちゃぐちゃになってゆく。

彼女は守ってほしいというぜいたくな望みを抱きつつ、彼からの交換条件を予想していなかった。

彼女のつま先が震え、いまにも崩れ落ちそうになる。崩れ落ちた瞬間、彼は彼女を解放した。

陳念はその場にしばらく突っ立っていたが、意味がないと感じた。彼女は自分の臆《おく》病《びょう》さと軽率さを蔑《さげす》み、恥ずかしく思った。よくわかった。

低い声でつぶやいた。「帰る」

北野は目を細めると、フォークでカップ麵を叩いた。「食べてから帰れよ」

「いら……ない」

反論は認めないという彼の表情を見て、陳念はテーブルのそばに腰を下ろした。

彼女は食べるのが遅い。先に食べ終わった彼は、窓枠に座って煙草《たばこ》を吸い始めた。

食べ終えた陳念は、後片付けをすると、彼に向かって言った。「終わった」

彼は吸い殻を投げ捨て、窓枠から飛び降りると、彼女を連れて外に出る。

ローラーシャッターの外に出ると、陳念は最後のかすかな自尊心から、言った。

「わたし自……自分で帰る」

北野は笑い声をあげたが、笑ってはいなかった。「ほんとに？」

その笑いは残酷で、陳念は何も言えなかった。彼も彼女もよくわかっていた。空は暗く、この工場エリアの中だけでも彼女に歩く勇気はなかった。

季節が変わりつつあるようで、夜の風は思いのほかまだ冷たい。

陳念はバイクに腰を下ろすと、軽く身震いした。帰り道は果てしなくことのほか長く感じられたが、二人とも口を開かず、赤信号のときも北野が彼女を振り返ることはなかった。

家の前に着くと、風が吹き荒れていて、木の葉がざわざわとこすれ合う音を立てている。陳念はヘルメットを脱いで北野に渡す。

北野が言った。「貸し借りはなしだな」

強気だがどこか不安が感じられる口調だった。

陳念は口をすぼめて頷く。

「言葉で言えよ」

「とっくに……貸し借り……なしだよ」

彼が彼女を見る。荒涼とした砂漠のような気配をたたえた目。また前方に目を向ける。世界は透明だ。すぐに、バイクのエンジンが動き出した。

その瞬間、エンドウ豆ほどの大きさの雨粒がぱらぱらと落ちてきて、陳念の頭に当たり、痛みを感じた。雨だ。彼の姿はもうとっくにはっきりとは見えなくなっていたが、赤いテールランプも角を曲がりあっという間に消えてしまった。

雨がにわかに強くなってきて、防ぎきれないほどの勢いになり、地面では砂埃《すなぼこり》が飛び跳ねている。

ああ、雨季がやってくる。

陳念が階段のところまで走ってくると、携帯電話が鳴った。曾好だ。彼女はトイレの個室から脱出できたはずだ、と陳念は電話に出て耳を傾けた。足が止まる。軒に雨水がザーザーと降り注ぎ、泥しぶきがふくらはぎに跳ねる。ひんやりとした空気が足元から上がってくる。

「ねえ……わたしが言ったって……言ったの？」

荒れ狂う風の中で歯を食いしばる。憤《いきどお》り、怯《おび》え、舌が回らない。

「あんたわたしに……なんて言った？　言ったよね……わたしを巻き込むようなこと……しないって！」

電話を切る。背中に悪寒《おかん》が走る。

彼女は心細げに後ろを振り向いた。路地は真っ暗で、すさまじい雨の幕があるだけだった。

勢いよく階段を駆け上がる。何を怖がっているのかわからないままに。急いで鍵を取り出し、鍵穴に挿そうとしても暗闇の中でよく見えなくて、なかなか入らず、言葉にできない恐怖がさらに大きくなる。

手が震え、鍵を地面に落としてしまう。

陳念はしゃがみこんで拾った。暗闇の片隅で光がきらめいたのを目の端で捉える。

煙草の火だ。

首をこわばらせて振り向くと、暗く冷ややかな光を発する二つの目と視線が合ってしまう。

魏莱がタバコの灰を指で弾《はじ》くと、立ち上がった。

Chapter 3

華やかさの下に潜む影

夜明けの空がほんのりと明るい。陳念《チェンニエン》は夢の中で驚いて目を覚ます。心臓の鼓動が頭にずきずきと響いている。

昨夜、魏萊《ウェイライ》が飛び掛かってきたその瞬間、彼女はあたふたと鍵《かぎ》を探し出し、家の中に飛び込んでドアを閉めた。

稲妻が光り、雷が鳴っている。魏萊は外で大きな音を立ててドアを蹴《け》りつけている。陳念がドアを押さえていると、壁の塗料のかけらがポロポロと振り落とされてきて、眼の中に入ってしまい、痛みで涙が止まらなくなる。

やがて魏萊はひとこと言い捨てて立ち去った。「陳念、覚悟しておきなさいよ！」

雨が止《や》んだら今度は乾いて暑い。陳念は寝返りを打って携帯電話を見た。午前五時。首筋の汗をぬぐい、扇風機のスイッチを入れ、ベッドに倒れこんでボーッとしている。空が少しずつ明るくなってきた。六時四十分まで待ってから、彼女は遠く離れた温州（浙江省の都市）にいる母に電話をかける。

「もしもし、念念《ニエンニエン》なのね、この時間まだ学校に行っていないの？」母の声は少しかすれている。電話の向こうは大勢の人が歯を磨いたり顔を洗ったりしている音や声でざわついている。陳念はうつむいて目をこする。「ママ」

「あら？　歯磨き粉が切れてしまったわ。ねえさん、ちょっと貸してね」電話の向こうは相変わらず忙しそうに、歯を磨きながら、もごもごと問いかけてくる。「どうしたの、念念？　まだ学校にいかないの」

「ママ、ねえ……帰って来て……そばにいてよ。わたしの受……験が終わるまで、お願い」

　母が口をすすいだ水を吐き出す。「工場はいつでも納期が迫っていて、休みなんてもらえないのよ。二か月休むなんていったら、辞めさせられてしまう。念念、いい子だから、あと二か月がんばって、いいわね？」

　陳念は何も言わなかった。

　母は落ち着いて、端の方に移動し、同僚たちから離れてから言った。「念念、ママのことが恋しくなったの？」

　陳念は頷《うなず》いて、しばらくしてから、小さく「うん」と声を出した。

母はそっとあやすように言った。「うちの念念は大学に行くんだから、あなたの学費をためるためにママはお金を稼がなくちゃ。仕事をしなかったら、学費、生活費はどうするの？　物乞《ものご》いするの？」

陳念は顔についた汗を拭《ぬぐ》い去ると、震える低い声で尋ねる。「作……作業場には、扇……扇風機はあるの？」

「大丈夫」母は言った。「私の心配はいいから。念念、しっかり勉強して、あなたが大学生になってくれたら、ママは幸せ」

陳念はなんとか気持ちが落ち着いてきた。

母が戻って来てくれたところで、慰めにしかならず、現状は変わらない。だがそれでも、それは過分な望みで、この家にとってあまりに贅沢《ぜいたく》なことだった。

ドアを開けるとすっきり晴れていて、朝の太陽はすでに熱を帯びていた。

陳念は注意深く無事に学校まで行った。教室に入ると、曾好《ゼンハオ》の席にはやはり誰もいなかった。

生徒たちがあれこれとしきりに話し合っている。

小米《シャオミー》が彼女に報告する。「陳念、昨日学校で事件があったんだよ」

「え？」陳念は知らないふりをする。

「掃除のおばさんがトイレのゴミを集めるとき、ゴミが床にぶちまけられていたんだって。それで片付けながら、ゴミ箱を倒されたことに文句を言っていたら、個室から泣きながら助けを求める声が聞こえたそうよ。よく見たら、ドアの隙間《すきま》から赤い液体が見えて、もう生きた心地がしなかったって。その開かずの扉の個室の中に人がいたんだけど、それが曾好だったんだよ」小米はスリリングなところまで話してから、いかにももったいぶって話を止め、ハラハラさせようとする。

陳念は、落ち着いた表情で彼女を見つめる。

「死んではいないよ」小米は言った。「服も、靴もなにもかもなくなってしまって、全身赤いインクまみれだったの。同級生に見られてあれこれ言われるのが嫌で、出てこられずにいたんだけど、掃除のおばさんがきてやっと声を出す気になったみたいね」

陳念は振り返って見る。魏莱の席も空っぽだ。

「聞いてってば」小米は彼女を引き戻す。「曾好は魏莱と徐渺《シューミアオ》たちがやったって言ったんだよ」

「え？」

「彼女たちにいじめられて、警察に行ったのよ。問題はね、曾好はそれだけじゃなくて、胡小蝶《フーシャオディエ》の自殺は魏萊たちのせいだって話したんだって。ほらね、やっぱり魏萊たちのせいでしょ、そう思ってたのはわたしだけじゃなかった。みんなそう言ってる」

そう。クラス中みんながあれこれ言い合っている。どこどこで前に魏萊と胡小蝶が衝突していた、争っていたなどと細かく数え上げている。

奔流をせき止めていたダムが決壊したら、もう止められない。

陳念は自分が川の水の渦の真ん中にいて、泥や砂と一緒に流されていく気がした。

李想《リーシャン》が近づいてくる。輝くような笑顔で、手にしている師範大学付属高校の模範解答をゆらゆらと振っている。「陳念、小米、どうやって僕にお礼してくれるのかなあ？」

陳念はちらりと彼を見たが、何も言わない。

李想は彼女の表情が曇っているのを見て、慌《あわ》てて言いなおす。「いやいや冗談だよ、ほら、あげるよ」

小米が受け取って、大きな声で言う。「ありがとう」

李想はまだ何か言いたそうだったが、始業のベルが鳴って、先生が入ってきたので、生徒たちは席に着く。数学の先生が授業を始めると宣言する前に、担任の先生が教室の入り口に現れ、陳念に向かって手招きをした。「陳念、ちょっと来なさい」

騒がしい教室が一瞬で静かになる。凍りつくほどの静けさ。

陳念も前回は戸惑ったけれど、二回目なのでもう驚かなかった。

担任の後について校舎を出る。先生は言った。「一緒にちょっと公安局に行くよ」

陳念は頷いた。

途中で、担任が口を開いた。「曾好が言うには、君が言っていたと。魏萊、徐渺たち……」言葉選びをあれこれと迷った挙句、ようやくふさわしいものを選び出した。「彼女たちと胡小蝶は意見が合わなかったって」

陳念はしばらくためらって、ようやく「はい」と答えることにしたのに、顔をあげたら担任のまっすぐな視線にぶつかり、何かを察したように、喉まで出かかっていた言葉をまた飲み込んだ。

「君はそんな話をしたことがあるのか？　君も知っているように、わが校ではこれまでこんな問題が起こったことはなかったんだ」

陳念は口をきつく引き結んでから、言った。「曾……曾好も……もいじめられていました」

「では、胡小蝶は？　いじめられたのは一度だけだろう？」

陳念にはよくわからなくて、先生の表情を推し量る。

「そうでなければ、私も教頭も校長も知らないなんてありえないからね」

「クラスメートもみんな……そのことについてあれこれ話しています」

「それは同級生同士の小さな摩擦だろう。わたしが言っているのは、いじめのことだ」

陳念は黙っていたが、しばらくするとうつむいたまま言った。「はい」

曾好が自分を巻き込まないと約束したから、だから胡小蝶のことを話したのに、それなのに。曾好が先に約束を破ったのだから、自分があとで約束を破ったとしても、申し訳なく思うことなんかない。陳念は思った。

エントランスホールに入ると、泣き声が聞こえてきた。胡小蝶の両親と、魏萊、徐渺たちの両親が互いに引っ張りあったり声を張り上げたりしているのを、職員が必死に頑張っても引き離せずにいた。

「殺人犯！　人殺し！」胡家の両親は感情的になっていて、母親はひときわ大声で泣きわめいている。「おたくの子供たちがうちの娘を殺したのよ。その子たちが殺したのよ」

魏萊の母が甲高い声で言い返す。「そんなことというなら証拠を出しなさいよ！　子供同士のけんかくらいどこの学校にもあるでしょう。へえ、罵られたから自殺するっていうなら、通りで罵ってる人はみんな捕まって死刑になるっていうわけ！」

「その子たちはうちの子に暴力を振るったのよ！　ずっとうちの子をいじめてた」胡家の母親は魏家の母親を引っ張って揺さぶっている。「人殺し！　殺人犯！　産んでおいてしつけくらいできないの！」

魏家の母親もさらに言い返そうとして、徐渺の両親に引きはがされた。徐家の母親は顔中を涙でびっしょり濡《ぬ》らしている。「こんなことになるなんて思ってもみなかった。子供にきちんとしつけができていなかった。わたしがいけないのよ。でも、お願いだからすべての責任を子供に押し付けないで。この子たちはまだ若くて、まだこれからがあるのよ。過《あやま》ちを犯したからといってやり直す道は残しておいてあげなくては」

魏家の母は認めず、争いは紛糾し、混乱してゆく。

担任は陳念を連れてエレベーターに乗った。

取調室の入り口で、彼女を待っていたのはあの日学校に来ていた若い警察官だった。制服姿で、たくましく端正で、顔なじみのように微笑《ほほえ》んで陳念を見ている。まだ卒業してから日が浅く、陳念とそんなに年が変わらない。陳念を見る彼は穏やかだけれど鋭さを失うことなく、心のうちを見透かそうとしているかのようだった。

担任がポンポンと陳念の肩を叩《たた》く。「怖がらなくていいから、ちゃんと話をしなさい」

陳念は鄭《ジェン》警官の後について中に入ると、ドアを閉めた。

「胡小蝶が飛び降り自殺したその日、彼女は君に何か言わなかった？」

陳念は首を振る。

「確かかい？」

「はい」証言が一致していなければならないことはわかっていた。

「曾好が言うには、胡小蝶が飛び降りる前の日、君が見たと話していた、と。魏萊たちが彼女を……」鄭警官は少し言葉を止めたものの、濃い眉《まゆ》をひそめながら、言った。「辱《はずかし》めていたと」

その言葉に陳念の心が震えた。

彼女は何も言えなかった。否定したいのに、口を開くことができなかった。

「陳念、もし状況が実際にその通りなら、暴行した人物はしかるべき罰を受けることになる」

陳念は喉《のど》の奥をレンガで押さえつけられたようになった。鄭警官の強い光をたたえたゆるぎないまなざし、胸の名札に書かれた名前が見えた。鄭易《ジェンイー》。

彼がささやく。「陳念、僕を信じて」

部屋の中は彼ら二人だけで、空気が張りつめている。彼の眼は寛容で優しさに満ちている。

まるで輪廻転生《りんねてんしょう》を経て鍛え磨かれてきたかのようだ。陳念は頷いた。

「具体的に当時の状況を説明してもらえるかな?」

魏萊が胡小蝶に狙《ねら》いを定めたのは、最初はただ気に食わなかっただけ、あるいは胡小蝶が美しすぎたから、あるいは男子生徒みんなととても仲が良かったから、あるいは胡小蝶がバスケットコートで李想に惹《ひ》かれて彼に近づいたからかもしれない。その理由はもはやこれ以上突き止めようがない。結果として、同級生たちの見えるところで、嫌味を言ったり嘲笑《あざわら》ったり、手足に何気なくちょっとぶつかってみたり、軽く叩いたりした。みんなが見ていないところでは、たとえばテラスで、たとえばトイレで、たとえば図書館で、たとえば食堂の裏の片隅で、そこで……。

周りの同級生がまったく違和感を覚えなかったなどということはありえない。けれど、さまざまな理由から、みんな無視することを選んだのだ。

同級生同士のごく普通の摩擦にすぎない、気に食わない相手がいない人なんかいない。

それが自分になんの関係があるのか？ 勉強の重圧と忙しさに追い立てられてボロボロだ。

胡小蝶と親しくなければ、誰が他人の心配などするだろう。

強者と弱者が対峙《たいじ》し、孤立させる者と孤立させられる者、いじめる者といじめられる者という構図が生じるとき、生物は無意識に孤立させられる側、いじめられる側から遠ざかろうとする傾向がある。

人は群れを離れることを恐れるが、とりわけ子供は、大人よりもさらに恐れる。往々にして彼らは弱者でもあるからだ。

陳念は魏萊や徐渺たちが胡小蝶を罵倒《ばとう》したり殴ったり、服を引きはがして裸にしたりしていたとき、離れたところに隠れていた。自分も巻き添えを食って、いじめられ、餌食《えじき》になるのを恐れていた。

クラス担任は話を聞くために残され、陳念が一人でエレベーターからエントランスホールへと入っていくと、騒いでいた人たちは去っていった。大理石の床は広々としていて清潔で、夏の午前中の勢いのある太陽の光が、目に刺さる。

学校への帰り道、陳念はかすかに不安を感じながらも、どこか気持ちが軽くなっていた。

物事にはいつだって良い解決策というものがあるはずで、自分とは正反対のあの人に助けを求めたりすることもなく、いずれ後悔するような道を行くこともなく、幸いにも危ないところで回避できたのだ、と考えた。

そんなふうに思っていると、彼が目に入った。

神様はわざと、こういうことをする。

北野《ベイイエ》は道端の花壇のところに座って煙草《たばこ》を吸って、片足は花壇の上、もう一方の足はまっすぐに地面に伸びていて、とりわけすらりと長く見えた。腕を吊《つ》っているギプスがひときわ目を引いた。

彼の周囲には立ったり座ったり何人かの人がだらだらしていて、煙を吐き、げらげらと笑って、「ファッ×」「くそったれ」といった類《たぐい》の言葉が次々に陳念の耳の中に飛びこんでくる。

北野は少しうつむいて煙草を吸っていたから、陳念のことが見えていない。仲間の一人が彼の肩に腕を回し、卑猥《ひわい》な話をささやきながら、のけぞったり前のめりになったりして笑い、彼もいっしょに体を揺さぶられ、笑っている。

視線を上げて、通り過ぎる陳念の姿を見た。白い制服のスカートに、白いスニーカー。

陳念も彼をちらりと見たが、彼の仲間に見とがめられ、言いがかりをつけられてしまった。「何見てんだよ？」

陳念はさっと顔をそむけた。

北野はうつむいて、花壇のふちで煙草の灰をトントンと落とす。

言いがかりをつけた仲間が振り返って、仲間たちがしゃべっているところに口をはさむ。「北兄《アニキ》、ほら、一高の女子はみんな可愛《かわい》いよな」

北野は答えなかったが、黄色い髪の少年がその仲間を笑った。「頼子《ライズ》（ゴロツキの意味）、お前は誰をみても可愛いだろ」

「頼子」と呼ばれた人は低い声で、「女子って腕もふくらはぎもなんであんなに細いんだよ？」彼は親指と四本の指で輪を作りながら、「こんな太さかな？ 捻《ひね》ったらすぐに折れちゃうよ」

みんなで彼の示す細さを見てから、一斉に陳念の方を見ると、ほっそりとした腕と足首が、日差しに照らされて白くみずみずしく、きらきらと輝いているように見えた。

北野はタバコを花壇の土に押し付けると、足を下ろし、体を起こす。「まだ行かないのか？」

「行くよ、行くよ。先にお茶買って来る」みんなは道端の小さな店になだれ込んだ。

北野はゆっくりとその後ろを歩いて、陳念とすれ違った。彼女は彼を見なかったし、彼も見なかった。

すれ違ってから、彼は足を止めた。少し迷いながらも、結局は諦《あきら》めきれず振りかえってしまった。「おい」

陳念が振り向く。

「授業にも出ないで何をふらふらしてんだよ?」そんなふうに説教をする資格が、彼にあるのだろうか。

陳念は答えず、目にちらっと疚《やま》しさを浮かべたが、すぐに彼の眼の中に一線が引かれているのを見て言った。「行くね」

その瞬間、北野はすっかり気が抜けてしまった。

ついさっき彼女を見た時の密《ひそ》かな喜びは跡形もなく消えてしまった。彼らの間には、天と地ほどの隔たりがあった。

彼は軽く手を振るようにして、行っていい、と示した。

〝イソギンチャクは壊死《えし》した組織と寄生虫をクマノミにきれいにしてもらえるし、クマノミはイソギンチャクの触手の間の摩擦で、自分の身体《からだ》についた寄生虫や菌を取り除くことができる〟

復習も最後の二か月になると、いつも似たようなテーマの問題に出くわし、ひと目見て正解の選択肢がわかるけれど、「出題者は定番の過去問を新しい切り口で解かせるのを特に好むから、見慣れた問題も決しておろそかにしないように」と先生は言う。

陳念は李想が持ってきた例の問題をやり終えると、小米と答え合わせをしてから、間違えたところを話し合い、分析した。添削を終えると、ちょうど授業終了のベルが鳴った。

心地よい達成感。

陳念は腕を伸ばし、あごで教室の外を示すと、一緒に外の空気を吸いに行こうと小米を誘う。

二人は手すりにもたれて緑の木々と青い空を眺めた。雨の季節になって、毎日夜になると激しい雨が降るものの、昼間はすっきりと晴れている。

小米が言った。「陳念、公安局から帰ってきたら、なんだか気が楽になったみたいね」

陳念は言った。「やるべき……ことをやったら、筋の通った結果……に……なる」

小米も察して、歯を見せて笑う。

笑いかけて、途中でその笑いが消える。陳念が視線を動かすと、曾好が校門のところに姿を現し、彼女の両親がその肩を叩きながら、何か言い聞かせている。

陳念はしばらく見ていたが、振り返ってグラウンドの方を眺めた。生い茂ったガジュマルの木が、スタンド席を覆《おお》っている。フェンスの隅の向こうを眺めると、学校の外を白い服を来た少年たちが通り過ぎていくが、あっと言う間に姿が見えなくなり、高いフェンスを乗り越えてくる人はいなかった。

あの少年のことは聞いたことがあった。ずっと前に、ある売春婦がレイプされたと警察に通報した。男は刑務所に入り、のちに病死した。女は商売を続け、子供は捨てられて養護施設で育った。

やがて成長したその子は、だからといって何も怖いところなどなかった。陳念を怖がらせるところなどどこにもなかった。

小米の言葉が陳念を我に返らせた。「陳念、わたし思うんだけど、胡小蝶がいじめられているのを見たのはあなただけだったの?」

陳念は静かに彼女の方を見る。

小米は説明する。「あなたのことを責めているわけじゃなくて。もしわたしが見ていたら、わたしも怖くて、巻き添えをくって仕返しされるのが怖くて、黙っているかもしれない。どうなるかわからないし。仮に小蝶が死んでなかったら、このことはあっと言う間に忘れられてしまうようなことだよね。でも彼女が死んでしまったから、深刻なことになってしまって、おおごとになっちゃって」

「そんなふうにわたしも……思ったことがある」陳念は思わず手をこすりあわせる。「わたしはずっと、早く……早くここを離れたいと思って、ほかのことは気にかけないようにして、面倒……は起こしたくないと思ってた。だからって、自分が嫌な自分には……なってしまいたくなかった」

「だから、最終的に話したのね。正しいことを選んだのね」

「でも、個人にとって、正しい道を選ぶことは、たいていの場合、何もいいことなんかなくて、弊害しかない」

陳念は目を閉じる。戸惑っていたのだ。

小米も頬杖《ほおづえ》をついて、深くため息をついた。「そうなのかな」

親友二人は眉をひそめて、黙り込んだ。

「違う、弊害だけなんかじゃない」小米がふいに言う。「良いことをしても悪いことをしても、エネルギーを送るみたいに身近な人に与える影響は、連鎖反応を引き起こすはず。この世界が自分の嫌なふうに変わってなんかほしくない。ちょっとずつであっても、自分のできることから始めれば、一人一人がみんな世界を変えることはできると思う。陳念……」小米が彼女の方を向き、気持ちを高ぶらせたように微笑む。

「わたしたち二人、これからはいい人でいよう、ね？」

小米の手が空に伸びて、太陽の光が指の隙間から差し込む。希望にあふれたピンク色が流れているのが、陳念には見えた。

その瞬間、彼女はとても気持ちが落ちついた。ふいにこの小さな学校から逃げたいとそれほど思わなくなった。手すりのそばに立って空を見上げていた日々、若い頭の中には納得がいかないことがたくさん詰まっていて、一日また一日、一年また一年、社会のことを考え、いろんな人のことを考え、世界のことを考え、正しいことと間違っていることを考え、人生のことを考え、善と悪のことを考えている。

学生時代には、時間はいつもゆったりとして長く、いろいろなことを考えることができる。やがて大人になれば、バタバタと忙しくなり、医師、教師、警察、肉まん屋のおかみさんになり、食べていくための仕事に忙しく、もはやあれこれ考える時間などなくなってしまう。

あるいは、あれこれとくだらないことを考えたり、脳みそを絞ってじっくりと深く考え込んだりする。これこそが学生であることの意義だろう。

陳念が振り返ると、ちょうど曾好が戻ってくるのが見えた。二人の視線がぶつかり合った。彼女は表情を変えず、さっさと教室の中に入っていくと、自分の席に戻って本を取り出し、うつむいて勉強を始めた。

また体育の時間になると、陳念と李想は授業時間の半分はバドミントンをした。

李想は体力があり、男子生徒とさらにラリーを続けている。疲れて汗をかいたので、陳念は教室に戻ってひと休みすることにした。

明るい太陽の光を避け、スタンドに駆け上がると、木陰を黒い影がかすめ、陳念は内心どきっとした。大勢の人がにゅっと姿を現し、先頭にいるのはまさに魏萊で、殺意のような憎しみが目の中に浮かんでいる。

陳念は驚き狼狽《うろた》えた。魏萊、羅婷《ルオティン》たちは監視されているものとばかり思っていたのに。彼女の恐怖は一瞬にして頂点に達した。数秒間、その場に立ちすくんだまま何の反応もできずにいた。

「バドミントンは楽しい?」魏萊が言った。

彼女たちが歩み寄ってきても、まるで、瀕死《ひんし》の、もはや助からない、ネズミ捕り器にかかったネズミのように、陳念は動けなかった。

彼女の耳に轟音《ごうおん》が響いた。陳念は魏莱に頬を引《ひ》っ叩《ぱた》かれたのだ。胡小蝶のこと、李想のこと、新しい嫉妬《しっと》もこれまでの恨みに加わっていた。

魏莱が仲間たちに合図すると、何人かの女の子が上がって来て、みんなで寄ってたかって陳念を引っ張る。陳念は力いっぱい彼女たちを押し返したが、かえって容赦なく何度も叩かれることになってしまった。彼女はまったく立ち向かうことができずにいたが、ふいにこっぴどく叱《しか》りつける声が聞こえてきた。「お前たちは何をやってるんだ?!」

陳念は頭をかばう姿勢のまま、顔を上げようとはしなかった。

「魏莱！　羅婷！　それからお前たちも！　卒業証書はいらないのか？」クラス担任は激しく腹を立てている。

「お前たちは学校に来ることを許されていないはずだぞ、ええ?!」しかしクラス担任の怒りも、彼女たちにはどこ吹く風で、誰も返事をせず、恨めしそうな眼つきのまま、先生を恐れる様子もなく、だらだらと散り、スタンドから降りていった。

陳念のそばを通り過ぎるとき、魏莱がぶつかってきて、眉を吊り上げて睨《にら》みつけながら冷ややかに笑った。「殺してやるから」

陳念は恐怖のあまり、心臓がぎゅっと縮んでしまった。

クラス担任にも聞こえていて、怒鳴り声が上がる。「お前たちはまだ改心しないのか？」

魏萊たちは振り返りもせず、だらだらと去っていった。

クラス担任は腹立たしさを抑えられず、一人ずつ順番に彼女たちの保護者に電話をかけ、しっかりと監督しておくようにと話をする。しかし保護者たちは勤務中のこともあり、適当な言葉でお茶を濁すだけだった。電話をかけ終わっても、怒りをさらに燃え上がらせたままでいる。

陳念はその場に突っ立ったまま、髪は乱れ、さんざんな体たらくだった。

ちらりと彼女のほうに目を向けたクラス担任から、怒りの炎がすっと消え失《う》せた。歩み寄って陳念の肩をポンポンと叩き、ため息をついた。「影響されないように、気をとられないように、もう少しだから頑張りなさい。試験が終われば解放されるから」

かつては、あらゆる望みがその試験に託されていた。けれど今や、希望に向かって登っていく梯子《はしご》はぐらぐらと揺らいでいる。

「先生……」陳念は先生を見上げる。唇が微《かす》かに震えている。「学校が終わったら、わたしを……家まで送ってもらえませんか」

彼女の声は小さく震えていて、まるで扇風機の前にとりつけられたリボンのようにゆらゆらと定まらない。「彼女はきっと……わたしに仕返しをしてくるはずです。わたしにはわかります」

その後の一週間あまり、陳念は一人で登下校する気になれず、クラス担任に送り迎えをしてもらった。彼女は何度も魏莱たちを見かけた。成仏《じょうぶつ》できない亡霊のように、遠くからじっと彼女を見つめている。毎回さっと通り過ぎるが、彼女が指さして先生に教えようとすると、もういなくなっている。

そして帰りの道よりも学校こそが、悪夢の始まりだった。

普段は魏莱との関係は良いものの関わったりしない数人の女子たちが陳念を目の敵にして、攻撃してくるようになった。教室でさらに憚《はばか》ることなく彼女の吃音《きつおん》の真似《まね》をする。宿題を配るときに足をひっかけて彼女を転ばせる。彼女の椅子《いす》の上に赤いインクをぶちまけて、座ったら白いスカートが〝生理の血〟まみれに見えるようにする。

授業が終わると、すれ違いざまにこっそりと彼女の腕をつねっては、首をかしげて知らないふりをする。トイレの個室を外から開かないようにして彼女を閉じ込める。ふざけているうちに「うっかり」彼女に水をかけてしまう。「行く手を遮って」あからさまにぐいぐい押したり突き飛ばしたり、ひいては頭を叩いたりする。

陳念は先生にも言ってみたけれど、もうとっくに抑えられなくなっていた。李想が何度か助けてくれたし、彼女自身も抵抗を試みたりしたが、結果的にはさらにひどくなってしまった。助けてくれた小米もあやうく巻き込んでしまいそうになった。

多くの人は曾好のように離れていることを選んだ。

曾好の両親が彼女に言い聞かせたのは、賢く身を守って「危うきに近寄らず」にいることだった。今大事なのは勉強することだから、誰かを敵に回すことはしないように。あの日公安局で、曾好の両親は魏萊を許し、二人を握手で「仲直り」させ、過ぎたことは咎《とが》めないと決めたのだ。狙われているのは、もはや陳念一人だけだった。

学校とはひとつの生物群であり、その中で生活する動物は利を求めリスクを避け、陳念から離れてゆく。排斥され、虐《しいた》げられる弱者から遠く離れていくのだ。

最終学年の担任はやることが多すぎて、陳念のことは手に負えなくなった。陳念の送迎のことは、先生にやる気はあっても次第に余力がなくなっていった。魏萊もずっと現れないままだった。クラス担任は陳念に、送り迎えはもうできなくなったから、途中でもし何かあれば、すぐに電話をするように、と話した。

その日の放課後、陳念は教室に残る気にもなれず、学校から出る気にもなれず、校門のところに立っていた。リュックを背負った生徒たちが潮の満ち引きのようにどっと押し寄せ、彼女は神さまに守られているかのようにその流れにたった一人で逆らっているけれど、なかなか前に進むことはできない。

最後の一人の学生が学校から出て行った。守衛室に明かりがつき、食事をとりにいこうとしている守衛が、声をかけてくる。「まだ帰らないのかい？」

陳念はうなずく。

足がしびれて、階段に腰を下ろす。周囲は静かで、薄暗くなっていく世界を眺めていると、彼女は自分が墓地にいるように感じられた。

途方に暮れる。彼女はふと思い出して、鞄の中から鄭易《ジェンイー》がくれた名刺を取り出す。

鄭易が来た時には、空は暗くなっていた。

守衛室の窓が薄暗い光を放ち、まるで古ぼけたランタンのようだった。陳念はぽつんと階段に座り込み、縮こまって小さくなっている。

「申し訳ない、仕事が立て込んでいて、遅くなってしまった」鄭易は走ってきたせいで息を切らしていて、二、三歩階段を上がってくると、彼女の痩《や》せた弱々しい肩を軽く叩いた。

「行こう」

陳念は動かなかった。まるでさなぎのように、足を抱え込んだ姿勢で、頭を低く埋めている。

彼女はあまりにも疲れ切っていた。

夜の風がそっと、鄭易警官の汗で湿った背中に吹きつけ、体全体に涼しさを感じさせる。彼は陳念の異様な様子に気づいたし、彼女が正直に話せば、あの連中は罰を受けることになる、と自分が彼女に約束したことも覚えていた。

けれど、彼女たちが罰を受けることはなく、地獄に落ちたのは陳念の方だった。

不本意ながらも約束を破ることになってしまったことが彼の心を苦しめた。今後は全力で彼女を守ろうと彼は誓った。

彼はしゃがみこんだものの、口を開かずにいると、陳念が首を振りながら、小さな声で囁《ささや》いた。「学校が、こんなんじゃいけないのに」

その言葉に、口を開いた鄭易は何も言えなくなった。

「大学に行けば……良くなる？」彼女は顔をあげた。目に涙をためて、問いかける。

「良くなるはずだよね？」

すがるように言う。「きっとそうだよね？」

鄭易は眼の前の少女を見つめながら、ふいに胸を突き刺された気がした。

彼女はまぶたを赤らめ、唇を震わせながら、打ち明ける。「鄭警官、わたし……嘘《うそ》をつきました。わたしが……間違ってた。ごめんなさい。胡……小蝶は、飛び降りたあの日、わたしに……ひとこと言いました」

鄭易はハッとした。「何だって？」

「魏萊たちが、わたしをいじめているのが、あなたたちには見えないの？　って」

あなたたちには見えないの？

どうして何もしてくれないの？

みんなどうして何もしてくれないの⁈

鄭易はやりきれなかった。

曾好の家族が魏萊を許したのは、クラスメートの間での悪ふざけと考えたからだ。胡小蝶は確かに学校で魏萊たちにいじめられていた。しかし、胡小蝶の自殺は、魏萊たちと直接的、必然的な関係はないとされ、法的には裁けない。

魏萊たちが胡小蝶に暴力を振るっていじめたことについても、その体の傷は法医学の鑑定の結果、傷害の基準には程遠いとの判定だった。条例にのっとって加害者を数日間拘留すべきであったが、未成年であることに鑑《かんが》みて、家庭でしっかり教育すべしと保護者に連れ帰らせた。

魏莱は退学になったが、それは陳念にとって、意味のないことだった。学校にいなくても、魏莱たちは鎖につながれていない狩猟犬の群れとなって、帰宅途中の道に潜んでいて、油断すると、飛び掛かってきて取り囲み、嚙《か》み砕こうとする。食物連鎖の上位と下位にいるオオカミと子羊には、戦争はなく、狩る側と狩られる側しかない。

鄭易は毎日陳念の送り迎えをした。彼は優しく、朝食や夕飯を持ってきてくれたりした。彼女のことを、あまりにも痩せすぎだから栄養をつけなくては、と言って、時には食堂に連れて行ったりもした。仕事の性質上、彼の来る時間は規則的ではなく、陳念もそれに慣れて家の前の階段のところに座って、あるいは学校の守衛室の明かりの下で、単語の暗記をしながら、彼が現れるのを待つのだった。

早朝の金色の朝日が彼女の頭を照らし、首の後ろがぽかぽかと温まる。陳念には自分の頭上のふわふわとした細い髪の影まで見えた。

もう一度腕時計に目をやる。今日は遅れそうだ。彼女はひたすら、黙々と単語を覚える。

敷地の外から足音が聞こえてきたが、鄭易ではない。

フェンスのバラの花びらがはらはらと落ちた。陳念は息を凝らし、壁に寄りかかりながらゆっくりと立ち上がる。体を横にして、右足を階段の方に動かし、いつでも屋内に逃げられるようにする。

何気なく、いつものように音のした方をちらりと見ると、びっしりと葛藤《つづらふじ》の絡《から》みつく鉄柵《てっさく》の向こうに少年の横顔があり、釘付《くぎづ》けになる。

二人は大きな目と小さな目で互いを見て、なんとも言えない表情になった。

久しぶりだった。北野の髪は少し伸びて、腕の包帯も取れている。

彼が先に口を開く。「お前ここで何やってるんだ？」

陳念は右足を元に戻し、しっかりと立つと、小さな声で弁明する。「ここ……わたしのうち」

北野は彼女に行く手をふさがれたとでもいうように、一瞬黙ってからようやく口を開いた。「俺が聞いてるのは、学校に行かずにここで何してるのかってことだよ」

陳念は答えない。

「お前に聞いてるんだけど」

彼は手をポケットにつっこんだまま、門を蹴飛ばして中に入ってこようとした。

「あなたに関係……ない」

門がガシャンと揺さぶられて開く。彼はその場に立ち止まっている。風が吹いて、フェンスのバラの花びらが彼の肩に落ちた。

陳念は目を伏せて、単語帳をカバンの中にしまいこんだ。階段を下りていくと、彼のそばを通り過ぎて、学校へ向かって歩き出した。彼はこの前会ったときよりも背が高くなったと内心驚きながら。

北野は振り返って彼女の方を見ていたが、ある程度の距離ができるのを待って、後ろからついていく。

陳念は足を速め、角を曲がったところで鄭易が姿を現したので、ぱっと駆け寄った。

北野は立ち止まり、目を細めて離れたところから観察している。へえ、そういうわけか。

「北兄――」

「北ちゃん――」

彼の友人たちが近づいてくる。頼子《ライズ》と、金髪の大康《ダーカン》だ。大康は北野の肩に腕を回して話しかけるが、彼は反応しない。大康はいぶかしんで、彼の視線を追って目線を向け、しばらく観察する。

「あれ？　この間の……」大康は何か思い出したらしく、北野をつっつく。「知り合いなのか？」

大康に押されて微かに北野の体がぐらついた。振り向いたとき、肩についた淡いピンク色の小さな花びらが目に入り、わけもなく苛立《いらだ》ちを感じ、手で振り払う。

「おい、どうやって知り合ったんだよ？」大康がからかうように彼の肩にぶつかってくる。

「俺が金を借りてるんだ」北野は言った。

「いくら？」

「すげえ金額」北野は顔をしかめて首を傾《かし》げ、手を広げる。

頼子がまだ陳念が走っていった方を眺めているのを見て北野は眉をひそめ、なじった。「何見てんだよ？」

頼子が振り返ると、黄色い髪の大康が彼にウインクして、黙っていろと伝える。とはいえ、大康はただ北野の機嫌が悪いと思っただけで、ほかの可能性は考えていなかった。

なんといっても、北野は仲間うちで女の子に対して誰よりも冷淡なのだ。或《ある》いは母のせいなのか、彼は女の子を嫌い、何人ものきれいな女の子たちが彼を追いかけたものの、嫌悪《けんお》のまなざしを向けられて諦めるしかなかった。

陳念は鄭易の前に駆け寄ると、彼を見上げた。

この数日で暗黙の了解ができていた。彼女はしゃべる必要はなく、鄭易は陳念の目を見れば、彼女の言いたいことがわかった。「僕から先生には話してあるから、遅刻しても大丈夫だよ」

陳念は頷くと、速足で歩き始める。角を曲がるときに何気ないふりをして振り返って見たが、路地はがらんとしていて、少年はもうそこにはいなかった。

鄭易は買ってきた朝食を彼女に差し出した。今日はワッフルだ。

陳念は受け取るとすぐに封を切り、歩きながら食べる。今食べておかないと、朝の自習が終わってからではすっかり冷めてしまうから。

鄭易は陳念より六、七歳年上なだけなので、もうすぐ高校を卒業する生徒と卒業したばかりの元大学生としてなら、共通の話題はあった。とはいえ陳念は口を開くことも、自分から話すこともなく、答えるのも常にひとこと二言だけだった。

鄭易は彼女が吃音のせいで人と関わりたがらないのだと思って、彼女を困らせることはしなかった。

通りに出てくると、彼はそっと彼女の腕を引いて、赤信号だと注意を促した。

「陳念」

「ん？」

「大学では何学科を目指すの？」

彼女は口の中の柔らかくなったワッフルを飲み込んだ。「数……学、それか物……物理」

彼は少し驚いたように、首を傾げて彼女を見て、微笑んだ。「どうして？」

陳念はうつむく。「基……礎学科は、奨学金が……多いから、海外に行……行きやすい」半秒ほどたってから安心させるような言葉を挟む。「……深く研究したい」

鄭易の顔の笑みが固まる。彼女は静かに、のろのろとワッフルをかじり始めた。彼女はいつでもこんなふうで、喜びも怒りも顔に出すことはなく、感情のないぬいぐるみのようだ。

信号が青に変わる。

彼は黙って彼女の細い腕をつかむ。行きかう車に気を付けながら、彼女を庇うようにして道路を渡る。歩道に着くまでずっと、彼は手を放すのを忘れていた。

陳念がそっとその手をほどいた。鄭易はハッとして、ふいに意識した。彼は彼女を子供扱いしていたけれど、彼女にとって、彼は一人の若い男だった。

思わず陳念を見る。彼女が身に着けているのはシンプルなスカートの制服だ。痩せてはいるけれど、女の子らしい身体のラインが瑞々《みずみず》しく柔らかく、この年代特有のさわやかなすがすがしさがあった。

彼は視線を戻した。

しばらく歩いてから、鄭易は尋ねた。「僕のせいでいじめられた？」

陳念はしばらく沈黙していたが、やがて首を振った。

「がっかりした？」

彼女は何も反応せず、言葉を発することなくワッフルをかじる。

枝についた満開の花。彼らは木陰を通り過ぎてゆく。

「陳念、ごめん。この年齢の君に醜くて汚いものを見せてしまって。こんなに若いうちから正義が常に存在するものではないということを君に思い知らせてしまって申し訳ない。我々には多くの嫌なことを、変える力もない。それでも、僕はやっぱり、君には社会に失望してほしくはないし、人間にも失望しないでいてほしい」

陳念はワッフルを食べながら、答えることもなく、足を止めることもなかった。

「他人のためになることと自分のためになることは、多くの場合矛盾するものだ」鄭易は言う。「でも、正しいことをしなければ、この社会には希望がなくなってしまう気がするんだ。僕が子供の頃には、人は環境のなかで少しずつ自分を見失っていくものだ、大人になれば、そんなきれい事は言っていられなくなる、といつも言われていた。僕は納得できなくて、そのときひそかに誓ったんだ。僕は何があっても絶対に、屈しない、変えられたりなんかしない、って。

陳念、君は彼らに影響されてはいけない。彼らによって変えられてはいけない」

あいかわらず陳念は何も反応しなかった。ワッフルを食べ終えて、ポリ袋をゴミ箱に放り込む。

鄭易は不快に感じることもなく、かすかに微笑んで、兄が妹にするように彼女の頭をなでた。彼女が顔を上げる。少しぼんやりとしたまなざしで。

学校の門が見えた。鄭易が尋ねる。「ほかにうまくいってないことはない？」

陳念は首を振る。

「じゃあまた」

授業中なので、校内はがらんとして静かだ。陳念が振り返ると、鄭易はまだ門のところに立っていた。彼女に手を振ってから、背中を向けて去っていった。

この間、彼女は学校でいじめられていることを彼に話し、彼はみずからその女生徒たちを訪ねて話をした。彼女たちがそれで本当に納得したのかどうかわからないが、それ以来、陳念にいやがらせをしなくなった。彼女はどうにか静かに勉強できるようになった。

掲示板の前を通ると、入試まであと四十五日と書いてある。

入試が終わったら、時間ができる。学校に行く必要はないから、テコンドーを習いに行こう。統一試験の点数が出て志望校の提出が終わったら、曦島《シーダオ》を離れてママのところに行こう。でも、ここを離れる前にセレクトショップで見つけたタンブラーを買って、「しっかり水分をとるのを忘れないでね」と鄭易にプレゼントしようと彼女は思った。

その日の放課後、陳念が再びセレクトショップに行ってみると、クオリティも、価格ももっと高い新商品が入荷していた。陳念はしばらく思いを巡らせる。鄭易が彼女にしてくれたことは、タンブラー一つで恩返しできるようなものではない。けれど彼女が彼にあげられるのはタンブラー一つだけで、これ以上高価なものは無理だった。

セレクトショップを出ると、鄭易がすでに校門の階段のところで彼女を待っているのが目に入った。陳念は慌てて走っていく。彼は彼女の方に背中を向け、校門から押し出されてくる生徒たちを見守っている。陳念は少しためらったが、彼の背中をつっついた。

振り返って彼女を見た瞬間、鄭易が笑う。

陳念はかすかに眉を寄せ、尋ねるようなまなざしをする。彼は読み取って、説明する。「今日は定刻に退勤できたんだ」

二人は歩き出す。

鄭易が尋ねる。「めったにない貴重な時間だ。夕飯は何を食べたい?」

陳念は彼に散財させたくなかったので、言った。「家に……麺《めん》があるから」彼女はちょっと考え、言い足した。「一緒に……麺を、食べましょう」

彼女は彼女なりの、お返しのために、招待しているのだ。

鄭易はちょっと驚いたが、頭をかき、しばらくして、恥ずかしそうに笑って言った。

「それもいいね」

家の近くまで来ると、陳念は何かおかずを買いにいこうかと考えた。麺を食べるだけでは、格好がつかない。その時、鄭易の携帯電話が鳴った。電話を受けてしばらく相手の話を聞いていたが、ふっと眉をひそめ、言った。「すぐ行きます」

厄介な事件が起こって、彼は急いで駆けつけなくてはならなかった。陳念は言った。

「こっちはいいから、わたしは明日明後日《あさって》……休みだし」

鄭易が行ってしまったので、陳念は買い物に行くのはやめた。

家まであと二ブロックのところで、突然魏莱の姿が目に入った。ここ数日は鄭易が付き添って送り迎えしてくれていたけれど、それでも警戒心を解いたことはなかった。魏莱を見た瞬間、陳念は向きを変えて走った。

石畳の路地で追いかけっこが繰り広げられる。自転車、歩行者、車、屋台、なにもかも蹴ちらして行く。前を走っている女の子が何から身を隠そうとしているのか誰も知らないし、彼女の後ろから追いかけてくる女生徒たちの目的が何なのかも、誰も深く考えようとはしない。

彼女たちは痕跡《こんせき》を残さず、風のように通りすぎていく。

陳念は石畳の路地を抜けて、大通りに飛び込んだ。あやうく疾走する車にはねられそうになる。ドライバーは急ブレーキをかけ、窓をあけて怒鳴り声を上げる。「死にたいのか！」

陳念が振り返ると、魏莱たちは道端まで追いかけてきていて、まだ彼女のことを諦めてはいなかった。

彼女は慌てて体勢を立て直すと走り出した。古い団地の敷地内に逃げ込んだが、一番奥までやってくると、なんと裏門に鍵がかけられている！

彼女は愕然《がくぜん》としてそれを見つめながら、はあはあと大きく息をつく。汗がどっと滝のように噴き出す。駆け寄って激しくその鉄門をゆすったが、開かない。

積み上げられたゴミの中を蚊やハエが飛び回っている。建物の向こうから魏萊たちの声が聞こえてきて、陳念はためらうことなく、本能的にゴミ捨て場のコンテナの中に潜り込んだ。

ひどい悪臭まみれになって、口と鼻を覆う。炎天下の夏の日、汗がびっしょりとシャツを濡らす。

さっきは走ることで頭がいっぱいで、怖がることすら忘れていた。今になって、その分が襲ってきた。恐怖にかられ、体が震えだした。

「あのビッチは？」

「あっちの建物の後ろに逃げたんじゃない？」

「クソ女！　わたしにこんな手間かけさせやがって！」

ネズミが何匹かゴミの中から走り出してきた。キーキーと鳴き声を上げ、豆のような黒い眼玉でじっと彼女を見つめ、彼女の足元に飛び込んでくる。陳念は恐怖のあまり目を見開き、両手で口を押さえて声を押し殺す。

汗が滝のように、彼女のひそめた眉の間を流れていく。目を細める。

汗で太腿《ふともも》がじっとり湿って、蚊とハエがそこにとまる。

陳念は胡小蝶を思い出した。みんなと同じように、胡小蝶の身に起こっていることに陳念も無関心だった。今、自分も同じ末路を辿《たど》っている。誰にも陳念は見えず、誰も陳念のために何かしてくれはしない。

どれくらいの時間が過ぎたかわからない。いつしか何の声もしなくなって、陳念はゴミのコンテナの中から這《は》い出した。水の中から引き揚げられたように、彼女は全身びっしょりだった。

まるで生ける屍《しかばね》のように、彼女は路地を歩く。家に帰る気にもなれず、通い慣れた道をもう一度歩く気にもなれなかった。

馴染《なじ》みのあるパンの匂《にお》いにはっとする。顔をあげると、でこぼこの低い壁、錆《さ》びた非常階段、そして少年が飛び越えていったあの西日の差す窓が目に入った。夕陽が窓の上の方に差しかかり、半分が明るく、半分が深い淵《ふち》のように暗い。

パンの匂いが空腹を思い出させた。

苦労して壁によじ登る。靴二足分の幅がやっとというコンクリートの板の上に這い上がった。あの窓を引いてみたけれど、鍵がかかっている。

彼女は疲れ切って力尽きて、狭いコンクリートの板の上に座り込んだ。少しでも体を傾けたら、転げ落ちてしまう。けれど、だからといってどうということはなかった。足一本折れたところで、死ぬわけじゃない。

夜の風が吹き付け、彼女の汗を乾かし、ポロポロとした塩に変える。夕陽が彼女の薄汚れた顔を照らす。鄭易が言っていたことを思い出す。「僕はやっぱり、君には社会に失望してほしくはないし、人間にも失望しないでいてほしい」

彼女は呆然《ぼうぜん》としながら口をパクパクさせた。しばらくしてから、音を発してみる。

「君……」

太陽が沈んで、空が少しずつ暗くなってゆく。カシャッ、カシャッ、と店の明かりが一つずつ点《とも》されてゆく。パンの匂いがふわふわと漂ってくるが、北野の部屋の明かりは、いつまでも点《つ》かなかった。

陳念は窓の外に浮かんでいる寄る辺のない、彷徨《さまよ》う魂のようだった。

彼女は小さな声を発し、同じ言葉を練習してみる。「君……」

夏の夜は蚊や虫が多い。顔や首、手足を刺されたけれど、それでも同じ言葉の練習を続けた。「君……」

夜更《よふ》けになると、稲妻が光り、雷が鳴り始めた。ようやく、シャッターをガラガラと開ける音が聞こえた。すぐにぼんやりとした明かりが点いた。

彼女は顔をあげ、じっと窓を見つめる。

部屋の中から様々な音が聞こえてくる。椅子を引く音、扇風機のスイッチを入れる音、トイレのドアを蹴飛ばす音、用を足す音、トイレの水を流す音……。

まるで一世紀もの長い時が過ぎた気がした。すらりと背の高い少年の影がカーテンに映った。カーテンが開かれ、金色の光があふれ出す。

北野が目を見開いて彼女を見つめている。口を開いたが、何も言わない。

陳念はどもることなく、言いよどむこともなく、言った。「君がわたしを守って」

Chapter 4

雨季の晴れ間

陳念《チェンニエン》はあまりに長い間縮こまっていたので、立ち上がったときには全身痺《しび》れていて、危うくコンクリートの板の上から転げ落ちそうになったが、北野《ベイイエ》がタイミングよく歩み寄り、ねっとりとした汗と腐ったゴミのにおいを発している、ボロボロの身体《からだ》を抱きとめた。

嵐《あらし》が近づいて、風が荒れ狂うように吹いている。

彼はまるで麻袋を引きずるように、彼女を窓の外から引きずり込む。それから彼女の頭や服についた葉っぱや紙くず、よくわからないゴミをつまんで窓の外に捨てる。次第に動作に遠慮がなくなっていく。それらをすっかり取り去って、網戸を閉めると、冷ややかな声で尋ねた。「誰にやられた？」

稲妻が二人の蒼褪《あおざ》めた顔を照らす。

「お前に聞いてるんだよ！」彼女が椅子《いす》だったら、彼は彼女を投げ倒していただろう。

「どこのくそったれにやられた?!」

陳念はうつむいて、しばらくしてから、小さな声で言った。「あなたの手、もう大丈夫？」

北野の表情が微《かす》かに変化した。全身から瞬《また》く間に険しさがなくなり、包帯をはずした手を無意識に動かすと、顔を背けた。

「大丈夫だ」

二人はほの暗い白熱電球の下に立ってしばらく向かい合っていた。北野は彼女がどんなに力を込めてもどうにもならない綿のように感じられて、忌々《いまいま》しそうに言った。

「シャワー浴びて来いよ」

陳念はその場でうつむいたまま、もじもじしている。

ほんとにのろいヤツだなと北野は思いながら、寝床を蹴飛《けと》ばし、彼女を押そうとして手を伸ばし、その背中に触れた。風で乾かされた汗《あせ》で服が強張《こわば》っている。

指が触れたままだったが、彼女も避けようとはしなかった。

「何か着る物を探してやる」彼はクローゼットを開けると、無造作に白いシャツを引っ張り出して彼女に手渡す。陳念は手を伸ばしたものの、自分の手が汚れていて、爪《つめ》の隙間《すきま》がすっかり泥だらけなのを見て、手をひっこめる。

北野は背を向けると浴室に入っていき、シャツをフックに引っ掛けた。振り返ると、彼女が心細げに後からついてきていた。

彼は壁際《かべぎわ》に進むと、歪《ゆが》んだシャワーフックからシャワーヘッドを取り外し、蛇口にこびりついた灰白色の水垢《みずあか》を少しこすってから、前かがみになって彼女に指さして示す。「こっちがお湯で、こっちが水」そういいながら水温を調節した。「水圧が安定しないから、気を付けて……」

一瞬、あとに続く言葉を飲み込む。

視界に、少女のひどく汚れた素足が入ってきたからだ。制服のスカートが「パサッ」と音を立てて足元に落ちた。最初は硬い輪郭が残っていたが、水が塩分と泥を洗い流していくと、その生地が次第に柔らかくなっていき、ゆっくりと溶けていく生クリームのような、本来あるべき清潔さと白さが現れた。

少年の心もその服と似ている。

少女のシャツやショーツが次々に落ちていく。

水垢まみれのタイルの上を、水音が蛇行してゆく。

北野は息を吸って、瞼を持ち上げた。視線は彼女の柔らかくみずみずしい肌にぴったりと張りついた。上に向かって、雪景色の絵巻物がゆっくりと広げられてゆくように。象牙色《アイボリー》の曲線、薄い灰色の墨、連綿と連なる白い雪、暗闇《くらやみ》の中で光る茂み、つぼみをつけた紅梅のような、二粒の辰砂《しんしゃ》。

彼の視線はようやく彼女の目までたどり着いた。彼女が彼を見ている。落ち着いているようで張りつめていて、探るような慎重さもある。

激しい痛みに、彼は思わず一歩後退《あとずさ》った。水温があまりに高くなりすぎて、シャワーヘッドでやけどしたのだ。彼は急いで蛇口を引き戻し、腰をかがめると、さりげなく、いまにも悪さをしようとうごめいているズボンをTシャツで覆《おお》い隠す。温度調節ができたので、彼はシャワーヘッドをフックにもどし、すばやくそこを離れた。

北野はテーブルのところまで歩いてきたが、何秒かぼうっとしていた。無意識にタバコをまさぐって取り出し、火を点《つ》ける。

浴室のドアは開いたままで、水音がぱらぱらと聞こえる。

彼は深く煙を吸いこむと、ゆっくりと長く吐き出し、明かりのついた浴室に顔を向ける。しばらくして、近づいていくと、彼は床板の光の線の上に立った。その明暗がまるで塀のようで、彼は最後までそこから踏み出すことはなかった。

壁に寄りかかって煙草を吸いながら水音を聞いていたが、しばらくするとそこに座り込んだ。かがみこむと、片手を膝《ひざ》の上に置き、もう片方の手をズボンの中に伸ばし、とっくにカチコチになっていたモノを繰り返し前後に動かす。汗が鼻筋をつたって流れ落ち、眉間《みけん》に強いしわが刻まれた。最後には、両足を震わせ、苦し気なうめき声を漏らした。

陳念は耳をそばだてていて、よくわかってもいなくて、シャワーヘッドの下に立っていたが、しばらくして意味がわかって身震いした。

シャワーを浴びてきれいになった陳念は、汚れた服を洗濯機の中に放り込んだ。洗濯用洗剤をあちこち探しているうちに、洗面台の下の引き出しを開け、うっかり見るべきではない見慣れないものを目にしてしまった。

呆然《ぼうぜん》として、引き出しを閉じる。やっとのことで洗濯用の洗剤は見つかった。

彼女が彼のシャツを着て浴室から出てくると、ちょうど彼が窓を乗り越えて外から入ってきたところだった。手にはパンの袋を下げている。彼女の方を見もせずに、犬か猫に餌《えさ》を与えるかのように、鬱陶《うっとう》しげに、そっけなく紙袋をテーブルの上に放り投げる。

陳念はパンを取り出し、食べ始めた。袋の中には牛乳パックも入っている。ストローを差しこみ、大きく吸い込んで飲む。

半分まで食べたとき、テーブルの上に花露水（虫よけローション）の瓶が置かれていることに気づいた。北野が目につく位置に動かしたのだろう。

陳念は体中を、特に脚を、虫に刺されてあちこちに腫《は》れがあった。

ボトルの蓋《ふた》をひねって開け、花露水を塗る。

扇風機の風に吹かれて、部屋中がさわやかな花の香りでいっぱいになる。

北野はその間ずっと窓枠の上に座って、タバコを吸いながら室内に背中を向けていた。吹き荒れる風が彼のシャツを膨らませている。

稲妻が続けざまに光り、そう遠くないところからカンカンカンと音が響いてきた。踏切の遮断機が下りて、その後に、列車がガタゴト通り過ぎてゆく。すでに午後十時になっていた。

北野が振り返って見ると、陳念はいつのまにかベッドにもぐりこんでいる。壁に向かって縮こまっている痩《や》せた体は、ベッドのほんの片隅を占めているだけだった。

彼女が身に着けている彼の白いシャツを扇風機の風が膨らませる。彼にはぴったりだったスリムなシャツは、彼女が身に着けるとぶかぶかで、ワンピースのようだった。

風が白いシャツをまくりあげ、シャツの下の透けるように白い太腿《ふともも》がさらけ出される。彼女は下着をつけていなかった。

透けるように白くみずみずしい柔らかな彼女の身体は、まるで彼のシャツにくるまれた、触れると溶けて手にくっついてしまう生クリームのようだった。

北野は煙草をくわえたまま、冷ややかに見つめている。二人の間で、カーテンがはためいている。

この場所、この角度。

かつて、黄昏時の、いつも列車が通り過ぎる時刻。

母が知らない男を連れて帰って来て、外で遊んでくるようにといって、彼に小銭を押し付ける。母は彼を部屋から追い出し、あのシャッターを下ろす。彼は外でひとりぼっちになる。まだシャッターが下り切っていないうちに、子供の視線が遮られていないのに、男は待ちきれず女の張りのある胸元に手を伸ばす。

彼が近所をひと回りして帰って来ても、シャッターはまだ開いていなかった。そこで彼が塀をよじ登り、窓のところまで来ると、男が母の真っ白な体の上で小刻みに動いているのが見えた。

ベッドが揺さぶられ、甲高い声やうめき声、下品な言葉、苦痛と悦《よろこ》びの入り混じったさまざまな声が、列車の、ガタン、ガタンという轟音《ごうおん》と共に響いていた。

口にくわえていた煙草が燃え尽きそうになっている。北野はかすかにうつむいて、口を開く。煙草がコンクリートの板の上に落ちて何度か飛び跳ね、火は消えた。

雷の音が響き渡る。大粒の雨が打ちつける。彼は窓を閉めて明かりを消すと、横たわった。

ベッドが沈む。

花露水の香りがする。カーテンの外にぼんやりとした空の色がある。静まり返った部屋の中で、扇風機がブンブンと音を立てて回っている。

彼は暗闇の中で尋ねる。「さっきのセリフ、どれくらい練習した？」

彼女は目を見開いたが、また閉じた。「一晩……中」

「この間の男は誰？」

「警……察」

「ああ」

しばらくすると、北野は言った。「明日の朝はオレが学校まで送ってやる」

陳念は枕《まくら》の上でちょっと首を振った。「明……日と明後日《あさって》は、休み」

「そうか」

それ以上は何も話さなかった。二人の目がそれぞれ暗闇の中できらきらと光っている。

窓の外では、汚れを洗い流すかのような激しい雨が降り注いでいる。

陳念は疲れ切っていた。目を閉じる。うとうとと眠りに落ちそうになったとき、ベッドがきしんで、背中が沈んだ。北野が体の向きを変え、彼女を抱きしめた。

陳念は一瞬で目が冴《さ》え、全身に鳥肌が立った。薄いシャツを隔てて、扇風機の風に吹かれていても、彼の肌は熱くほてっている。

彼女はぎゅっと目を閉じて、身動き一つしない。彼も動かず、ただ背後から彼女の腰を抱えているだけだった。

ふたりは互いに探り合っているようでもあり、あるいは行きづまっているようでもあった。

どれくらい時間がたったのかわからない。彼は彼女の身体から離れると、体の向きを変えて彼女に背中を向けた。

陳念の身体から力が抜け、ゆるゆるとほぐれていった。

数秒後、薄いブランケットの端がはらりと彼女のお腹《なか》の上にかけられた。

一枚のブランケットを分け合って背中合わせで眠る、穏やかな一夜。

風と雨の音を聞きながら心地よい眠りに落ちてゆく。

翌日、今度はまぶしい太陽が輝いていた。

これが雨季だ。

陳念が目を覚ますと、午前十時になっていた。北野はいなくて、テーブルの上に卵と牛乳が置いてある。

陳念は起き上がって朝食をとると、教科書を広げて勉強を始めた。もうすぐ正午になろうというとき、外の階段から足音が聞こえてきた。北野が帰ってきたのだ。

彼女は少し緊張して、教科書の間に顔を埋める。

シャッターが引き上げられ、また下ろされる。少年は入ってきたが、彼女に声をかけるでもなく、自分で水を汲み、飲んでいる。

目の端でそっと床を見た陳念は、彼のジーパンへと目を移した。ジーパンの片側に靴の跡がついている。彼が何をしにいったのか彼女にはわかった。

たちまち鼻の奥がツンとして、お礼を言いたかったけれど、どんなふうに言ったらいいのかわからなかった。

彼も何も話すことはないようだった。

狭い部屋の中に二人の人間がいるのに、死んだような雰囲気だった。

彼はベッドに寝転んでマンガのページをめくり、彼女はテーブルのそばで勉強をしている。言葉を交わすことはなく、床に置かれた扇風機が彼の方に吹き付けたり、彼女の方に吹き付けたり、二人の間でただ首を振っていた。

二人で一日中、波風をたてることもなく穏やかに過ごした。西日が差してくると、じめじめした部屋の中の温度が、次第に堆積《たいせき》していくようにどんどん高くなってきた。

北野が起き上がる。マンガを投げ捨ててトイレに行き、水を流して手を洗う音が聞こえてきた。

ドアが開く。彼は洗面器に水を入れ、コンクリートの床に水をまき、洗面器を置くと、言った。「出よう」

陳念が顔をあげて彼を見ると、彼は言った。「部屋の中は暑すぎる。少し近所を歩こう」

陳念は教科書を置くと、彼の後に続いて外に出た。

夕暮れになると、外の方が家の中より涼しかった。雨季がやってきたおかげで、木々も廃墟《はいきょ》になった工場も、この間来た時よりもずっときれいになっていた。廃工場エリアは街のはずれにあって、北野の家から見える騒がしい車道以外の三方向は、荒れ果てた草地になっている。

折しも五月で、野草がぐんぐん成長している。

荒れ果てた土地は、都市から忘れられた片隅にあるのに、生気にあふれ、腰の高さまで届くほど伸びた草もあれば、花が咲いているものもある。

夕陽が、空に割り落とした卵のようだった。

彼らは前後になって歩いたが、やはり無言だった。やがて、彼は彼女を小さな食堂に連れて行った。夕飯を食べて戻るころには、太陽はすっかり沈んでいて、空にはさまざまな色の雲が浮かんでいた。

空の色が少しずつ黒くなっていく。しばらく歩いて工場エリアに戻ると、道端の木と空っぽの建物が夕闇に沈んでいて、もの寂しく、薄気味悪かった。

相変わらず黙ったままだ。

彼女は彼にぴったりとくっついていった。少し怖かった。このあまりにも広い打ち捨てられた土地に、彼ら二人きりなのだ。

突然、前を歩いていた北野が立ち止まり、彼女の方を振り返る。「目を閉じて」

陳念は彼の方に目を向け、体の脇《わき》にだらんとたらしていた手をぎゅっと握りしめた。

彼はフンと鼻を鳴らす。「目を閉じろって言ってるだろ」

陳念は言われるままに目を閉じるしかなかった。少し落ち着かず、呼吸が乱れる。

周囲には何の動きもなく、彼の足音も聞こえない。まるで百年もずっと待っているような気がしてきたが、ようやく——「5、4、」少年の声がした。「3、2、1」

風がアオギリを揺さぶる。

目を開いた陳念は、魔法を目にした。通りに沿った街灯が一瞬にして明るくなり、山吹色の明かりが世界を照らす。木々の一本一本が微笑《ほほえ》んでいて、廃屋のひとつひとつが優しげに見える。

彼女が口を開けたまま見上げていると、彼が駆け寄ってきて彼女の手を握り、明かりの点いた通りを走り出す。

「あと一分」

陳念には何が一分なのかわからなかったが、彼と一緒に力いっぱい走った。

「44、43……」

彼がカウントダウンをはじめると、彼女はさらに一生懸命走った。

「20、19……」

小さな建物の前まで走ってくると、そのビルの屋上へと駆け上がる。背後の荒れ果てた野原は深淵《しんえん》のような闇だ。けれど目の前では夕焼けが散り宵闇がすっぽりと覆いかぶさった町が、いまにも夜空に飲み込まれてしまいそうになっている。

彼は彼女の手を引いて屋上の隅にあるコンクリートブロックの上に飛び乗ると、もうそれ以上は走らなかった。二人の胸が大きく膨らみ、一緒に数を数える。「3、2、1」

魔法が始まった。

街のすべての大通りや路地で街灯が次々と光を放ってゆく。まるで月の光が透き通った波に乗って、少しずつゆっくりとたゆたいながら広がっていくようだ。

誰かがこんなふうにやさしく慎重に、誰かの心にそっと明かりを灯《とも》していく。

額や胸元の汗が風に吹かれて乾き、乱れていた呼吸も少しずつ収まっていく。

「行こう」

少年はコンクリートブロックから飛び降りると、彼女の腕を支えて下りるのを手伝った。無事に下りると、背を向けて歩き出したが、手は彼女の腕から手のひらへと滑り降りて、彼女の指先に指をひっかけた。

夜風はやさしく、心の弦を弾《はじ》く。

愛《いとお》しい少年！

生活は、まだ果実が色づく前の夏のミカンの木のよう。

きっと苦くて、ほんのり甘い。

その次の日も、やはり太陽は眩《まぶ》しかった。

午前中、北野はテーブルのそばに座ってギターの練習をし、陳念は窓枠にもたれてせわしない路地を眺めていた。朝市が開かれていて、野菜農家が道端で野菜を売っている。

あるとき、部屋の中に響いていたメロディがぴたりと止《や》んだ。陳念は動かず、そのまま窓にもたれていた。しばらくして、視界に北野の足が入ってきた。頭をあげて目を向けると、彼は窓枠に飛び乗って、言った。「外に出て少し歩こう」

彼女が窓枠をつかんでよじ登ろうとすると、北野がかがみこんで彼女の前に手を差し出す。陳念は一瞬固まったが、手を伸ばした。

彼は軽く引っ張って彼女を窓枠の上に引き上げたが、皮肉をいうことも忘れなかった。「サルみたいにやせっぽちだな」

「……」

北野はセメント板の上に飛び降りると、振り向いて彼女に向かって手を伸ばす。セメント板は狭くて、陳念は少し足が震えた。ゆっくりとしゃがんで、彼の手を握り、彼に支えられながら、無事にセメント板の上に降りる。

二人は塀にぴたりとくっついて狭いセメント板の上を横向きに歩き、避難梯子《ばしご》から降りて、敷地の外塀までたどり着いた。

塀の隅にもぎたてのトウモロコシを売る野菜農家の人がしゃがんでいる。はぎ取られたトウモロコシの皮が積み上げられて山になっている。

北野はひらりと身を躍らせ、軽々と塀の上から降りた。

陳念はやはり上に突っ立って、ぼんやりと眺めていたが、左に右にと移動しながら、少しでも安全な位置を探そうとした。

自分の胸に飛び込んでこい、と北野が彼女に向かって手を伸ばす。陳念はぎゅっと口をすぼめると、手伝ってくれなくても大丈夫、とかすかに首を振る。

北野はフンと鼻を鳴らすと、手をひっこめ、面白いものが見られるのを待っているかのように青空の下の彼女の白いスカートを見上げる。彼はしばらく目を細めていたが、ふいに怪しい嫌な顔つきで口角を引き上げる。

陳念も次第にその意味がわかって、顔がカッと熱くなり、注意深くスカートを押さえる。

これで見えないはず。

北野が声をかける。「降りてこないなら、俺は行くぞ」

背中を向けて立ち去るふりをして、彼女を脅す。「その上に立ったまま待ってろ」

陳念はおとなしく聞き入れることができるはずもなく、慌《あわ》ててスカートを押さえながらしゃがみこみ、重心を低くする。「そんな……」

北野は彼女が慌てたのを見て、ようやく気が済んだのか、仕方なく引き受けてやる、というように彼女に手を差し出す。「俺が受け止めるから、大丈夫だ」

陳念は腹をくくって飛び降り、少年の胸に飛び込んだ。彼は落ち着いて彼女を受け止めると、やわらかいトウモロコシの葉の山の上におろした。

朝市では、付近の農民たちが自分で育てた野菜や果物、家禽《かきん》を持ってきて売っている。

とても新鮮なキュウリを見つけて、北野は一本買うと、道端の水道できれいに洗って二つに折り、ひとつを自分に、もうひとつを陳念に差し出した。

陳念は受けとって、彼の後ろを歩きながらキュウリをかじる。

歩いているうちに、小さな黄色いアヒルの仔《こ》が目についた。ふわふわで、手狭な紙の箱の中に隙間なくぎっしり詰め込まれていて、お互いに押し合ったり、突っつきあったりしている。

陳念が何度も目をやっているのを、北野が目にとめて尋ねた。「ほしいのか?」

陳念はそっと頷《うなず》く。

北野は箱のそばにしゃがみこみ、ざっと眺めると、一羽のヒナをつかみだし、ひっくり返してお尻《しり》を見る。アヒルのヒナは二本の水かきを空中でばたつかせている。

彼はそれを箱に戻すと、また一羽つかみ出す。

陳念は半信半疑で彼を見つめている。彼はその二羽目を選ぶと、陳念の足元に押しやり、最初に選んだあの一羽も再びつかみ出して、やはり陳念の足元に寄越した。二羽のアヒルがぼんやりと陳念を見上げている。

陳念はしゃがみこんでアヒルたちの頭をなでる。

北野は支払いを済ませると、言った。「いくぞ」

二羽のアヒルは小さな翼と小さな足をばたつかせながら、よたよたと陳念の後をついて駆けてくる。

二人は元のルートを戻ることはせず、工場エリアの門から入ってゆく。敷地内はがらんとしていて誰もいない。陳念は北野のあとをついて歩き、二羽のアヒルは彼女のあとをついてくる。

家に帰っても、二羽はまだ陳念の足元にまとわりついている。陳念がトイレに行こうとすると、後をついて駆け込んでくる。北野が足を伸ばして入口のところで二羽の行く手を遮り、ふざけながら二羽の黄色い毛の塊《かたまり》の邪魔をする。

それでアヒルたちは振り返って、彼を認識した。今度は彼が行くところにはどこにでもついてくるようになり、北野はわずらわしくなって、アヒルたちをつかむと靴の箱の中にいれてしまった。

電話が鳴った。北野は電話に出ると、部屋の隅まで歩いてゆく。

「畜生、くそったれ、何勝手なことやってんだ?」

「もうやめろって俺がいっただろう!」

「もしまたやりやがったら……」

北野は浴室の扉が開く音が聞こえると、窓から外に飛び出していった。

しばらくして彼は戻ってきたが、あまり顔色がよくない。陳念に声をかける。「ちょっと出てくる」

陳念は彼をじっと見つめている。清らかで、控えめで、常に何の感情もこもっていないのに、しっかりと人の手をつかむ赤ちゃんの手のような彼女の独特のまなざしで彼を見つめている。

北野の表情がかすかに変化し、いくらか低い声で言った。「ちょっと友達のことで」さらに言い足す。「一緒に育った幼馴染《おさななじみ》なんだ」

陳念は相変わらず彼を見つめていたが、やがて軽く頷くと、背中を向けてアヒルたちと遊び始めた。

北野の目はしばらく彼女を追っていたが、テーブルの近くに歩いていくと、引き出しのなかから一本の鍵《かぎ》を取り出し、彼女に差し出した。「シャッターの」

陳念は言った。「わたしには……必要ない」

「もし外に行きたくなったら」

「わたしは外に……行きたくない」

「……」

北野は少し黙り込んでいたが、それでもやはり鍵を彼女に手渡した。「シャッターを引くときは気を付けて、怪我《けが》しないように。持ってろ」

陳念は手を伸ばして受け取った。けれど再び彼が取り上げ、棚の中から赤い毛糸を探し出してきて、鍵をそのひもにつけてから彼女の首にかけた。

陳念は彼のするままにまかせた。うつむいてちらっと目を向けたものの、何も言わず、お椀《わん》を手にしてアヒルにあげる水を入れた。

北野は部屋の中をあちこち歩き回ると、古びたソファの隙間からリモコンを引っ張り出した。「やることがなかったらテレビでも見てて」何度か押してみたものの、反応はない。電池が切れているようだ。

彼はリモコンの裏の蓋を引きはがし、電池を繰り返し出し入れしている。

陳念は彼を見上げると、言った。「わたし教科書が……あるから」

彼女は自分の鞄《かばん》を指さす。

北野が動きを止めた。「ああ、勉強ね」

うつむいてまた二本の電池を外し、蓋を元通りにはめ込んだ。

彼が出ていき、シャッターを閉めた時、陳念はしゃがみこんでアヒルたちと遊んでいて、声をかけることもしなかった。

彼は足早に廊下を抜け、出て行ったが、初めて、まだそれほど離れてもいないのに、帰りたいと思った。

友人のゴタゴタの処理をひと通り手伝って、北野がバイクで帰ってきたときには、もう夕暮れ時になっていた。遠くから木の下に白い人影が見えた。彼はふいに笑いたくなったが、我慢して、スピードを上げ、突っ込んで急ブレーキをかけた。

陳念が木の蔭《かげ》を掃いていたのだった。どこもかしこも、すーっと箒《ほうき》で掃いたあとが残っている。北野はそれを見て、まるで箒が心に細い線を刻み込んだかのように、なんとも言えない感情が沸き起こった。

彼はバイクを降りると、声をかけた。「この葉っぱで何かするのか？」

陳念が口を開いた。「掃いただけ。きれいに……見えるように」

上がっていくと、階段も掃除されていた。廊下も、煤《すす》や灰、紙屑《かみくず》まできれいに掃除されていて、自転車や換気扇といった不用品もきれいにそろえて片付けられている。

北野は言った。「お前に清掃員をやらせるつもりはないよ」

陳念は彼の後ろからついてきているが、何も答えない。

北野の声はさらに低く、真剣に尋ねる。「退屈して、やることがなかったのか？」

陳念は首を振る。「勉強していたから。これは……途中で、休憩に」

「へえ、休憩」北野がそっけなく笑って、部屋の中に入ってゆくと、彼女の教科書がテーブルの上に広げられていて、風がページをめくるのが見えた。その瞬間、心もそのページのように軽くなる。

彼は振り返って、小さな袋を彼女に向かって投げた。彼女が慌てて受けとると、それは袋に入った甘酸《あまず》っぱいドライプラムだった。出かけていくたびに、彼は必ず彼女のおやつを買って帰ってくる。

陳念はそれを自分の鞄の中に入れた。

彼は襟をつかんでパタパタと扇風機の風に当てて涼むと、冷蔵庫の中から瓶ビールを取り出し、テーブルのふちにひっかけて蓋をはずすと、ゴミ箱の中に放り込んだ。少年は上を向いてビールを口の中に流し込む。ごくごくと、のどぼとけが上下する。

陳念があっけにとられたように見ている。上を向いていた顔を下げ、彼女が自分を見ていることに気づくと、北野の目の中に不思議な色彩がよぎった。彼女は顔をそむけた。

「夕飯は何を食べたい?」

彼女はスカートを手でなでつけながら、腰を下ろした。「なんでも……いい」

彼女はうつむいて引き続き勉強をしようとしたけれど、教科書を北野に奪われた。彼女が見上げると、彼は言った。「ちゃんと話せ」

陳念はなんのことかわからず、困惑してぼんやりとしたまなざしになる。

北野は立ち上がると、棚の奥から一冊の本を引っ張り出してきて、パタパタ叩《たた》いてホコリを払うと、彼女の目の前で開いた。「読めよ」

陳念が視線を落とすと、それは小学校の国語の教科書だった。

北野はページをめくって、ある文章を選び出し、漢字を指で叩いた。「雪が降ったよ」

数秒間待ってから、横目で彼女を見る。「俺を見てどうする? 本を見ろよ」

陳念は本を見る。

「読め」

「……」

小学校の教科書にはさまざまな小動物が描かれていて、漢字の一つ一つにピンイン（中国語の発音表記）がふってある。あまりに子供向けすぎる。

北野が口を開く。「雪が降ったよ」

陳念が口を開く。「雪……が降ったよ」

「雪が降ったよ」バイオリンのように、低く震える声で彼はもう一度繰り返す。

「……雪が降ったよ」

「雪が積もったところに」

「……雪が積もったところに」陳念は無意識に力を込めて頷きながら、かろうじて言葉を絞り出す。

「やって来た」

「やって来た」

「小さな画家たちが」

「……小さな画家たちが」

「雪が積もったところに小さな画家たちがやって来た」と北野。

「……」

「緊張しなくていい。心の中で何度か言ってみてから、ゆっくりと口に出してみるんだ」

陳念は視線を落として、彼の言う通りに心の中で何度か読んでみてから、やっとのことでゆっくりと口にした。「雪が積もったところに小さな画家たちがやって来た」

彼女は言い終わると、喜びを隠しながら恐る恐る目をあげて彼を見る。彼はうつむいていたけれど、ちょうど彼女の方を見た。まぶたに二本の深いしわが刻まれ、眉骨《まゆぼね》の下からまなざしを投げかけ、かすかに笑うと、視線を落として引き続き本に目を向ける。

夕陽がそっと頬に触れ、心臓の鼓動のリズムが乱れる。

「ひよこは笹《ささ》の葉を描く」

「ひよこは……笹の葉を描く」陳念はなぜかまたどもってしまい、思わずうなだれる。

彼女の思いが湖なら、彼の声は湖の泡のようだった。

「ひよこは笹の葉を描く」北野はもう一度読み上げる。低い声。

陳念は気を取り直して、ゆっくりと口を開く。「ひよこは笹の葉を描く」

「犬は梅の花を描く」

「犬は梅の花を描く」

「アヒルは楓《かえで》の葉を描く、馬は三日月を描く。

絵の具は使わない、筆は使わない、
ちょっと歩けば絵の出来上がり。

カエルはどうして参加しなかったの？

カエルは穴の中で眠っているから……」

窓の外の空の色はカラフルで、いつのまにか、太陽は沈んでいる。

パンの焼ける匂《にお》いが漂ってくる。

すべてが金色になる。


朝、ごちゃごちゃと入り混じった人の声が窓の外から聞こえてきて、北野は蒸し暑いじっとりと湿った空気の中で目を開ける。彼はゆっくりと振り返ったが、ベッドの上は空っぽだった。

北野はさっと体を起こすと、室内をさっと見渡したが、陳念はいない。

北野はベッドから飛び降りた。箱はあるが、二羽のアヒルの姿はなかった。

シャッターは中から鍵がかかっている。北野は窓から飛び降りると、塀の上に立って路地を見渡した。陳念は一人で飛び降りることはできない。二羽のアヒルを連れていればなおさらだ。

空からかすかに本を読む声が響いてくる。

北野が振り返って周りを見渡し、避難梯子を屋上まで上がると、その声が次第にはっきりしてくる。しっかりと落ち着いた口調、生まれつきの軽やかな柔らかい声。

「喉《のど》が渇いたカラスが、飲み水を探していました。……カラスは一本の瓶を見つけました。瓶の中には水が入っています。……けれど、瓶は……高さがあって」彼女はちょっと黙って、しばらくゆっくりと考えていたが、また続ける。「瓶の口は小さくて、中には水がちょっとだけ。……飲みたいけど届かない。どうしたらいいの？……」

彼女は本を両手で持って建物の縁のところに腰を下ろし、足をぶらぶらさせている。うつむくと、髪の束がぱらりとこぼれ落ちる。彼女はその髪をなでつけるけれど、しばらくするとまた落ちてくる。

北野は近づいていってその横に腰を下ろした。

陳念は本を閉じると、傍らに置いた。

朝の屋上に二人で肩を並べて座っている。足の下にいる人々は忙しそうにしている。

高さが不揃《ふぞろ》いの建物、遠くに線路が見える。雑草は線路に沿って地平線に消えてゆく。陳念は言った。「本を探していたとき……これを見つけて」

一冊の黒い表紙の『聖書』だった。

陳念は彼を見つめながら、目で問いかける。北野はわざと知らないふりをする。

「何が聞きたい？」

彼女はやむを得ず、言葉にして言わなくてはならなかった。「……読んだの？」

「読んでない」北野は背後の地面に手をついて、天を仰いだ。「おふくろが買ったんだ」

陳念は「ああ」と声を漏らし、頷いた。

数秒たってから、彼は冷ややかに笑った。「修道女を演じるための小道具にしたんだよ」

陳念はわかったようなわからないような顔で、眉をひそめて彼のほうを見たが、彼は遠くを見つめたままだった。朝の風が、彼の額に無造作にかかった前髪に吹き付け、つやつやした額を露《あら》わにする。

彼女は彼の眼から読みとった。彼は離れたいのだ。遠くに行きたいのだ。

汽笛が風を切って聞こえてくる方を、陳念は眺める。鈍行の列車が数えきれないほど多くの人を乗せて遠くへ走ってゆく。一か月ほど後には、そこに彼女の姿もあるはずだった。

二人の若者は遠くを眺めていた。

金色のパンを焼くにおいがまた漂ってきて、二人はおなかがグーグーと鳴った。

北野が突然立ち上がると、言った。「遠くへ行こう」

逃げよう！

少年と少女はたちまち意見が一致して、家を出ることに決めた。

一日だけ。

ギターとアヒルも一緒に、いつもとは違う期待と緊張を胸に抱いて、二人は塀から飛び降りる。焼きたてのパンを買って、食料として持っていく。にぎわう市場、野菜の入った籠《かご》、子ヤギ、老人、物乞《ものご》い……どれもが目新しく、彼らを惹《ひ》きつけた。

一日で、どれくらい遠くまで行ける？

二人の鼓動が速くなる。路地に沿って鉄道の踏切のところまでやって来た。ここから街を離れ、線路に沿って遠くへと歩いてゆく。

川のほとりにたどり着くと、二人は歩くのをやめて土手に腰を下ろした。パンを食べてエネルギーを補給し、貨物船や客船がひっきりなしに行き交うのを眺めた。船のボイラーが白い煙を吐いている。

十分に休憩をとると、二人はまた歩きだす。

三水橋を過ぎると、線路は雑草の生い茂った大地に延びている。

丸一日かけて、彼らは地の果てまで旅したみたいだった。けれど陳念はちっとも疲れを感じていなかった。

学校、家、あらゆるものが静かに離れてゆく。彼女の中から、消えてゆく。

彼女は自由になった。

彼女は彼と肩を並べて線路の上を歩いている。ゆらゆらとバランスを取りながら。

足の下の線路から振動が伝わってきて、北野が言った。「列車が来る」二人は線路から飛び降りる。汽笛が遠くから近づいてくる。彼らは人の背よりも高く伸びている雑草がある線路脇を歩いた。

反対側はヒマワリの花畑で、陳念は目を向けて言った。「あっちのほうがきれい」

「じゃあ行こう」北野はそう言いながら、枕木の上を歩きだす。列車がこちらに向かって疾走してくる。百メートルほど手前まで来ている。少年は線路を横切り、枕木を踏みしめてヒマワリのある向こう側に飛びこむと、振り返って彼女を呼んだ。「来いよ」

陳念は心臓がぎゅっと締め付けられ、体が前方に揺れた。振り返って見ると、スピードをあげて近づいてくる列車が巨大な機械じかけの昆虫のようだった。

七十メートル、五十メートル、列車の音が耳をつんざくばかりに響き、陳念の心臓が激しく脈打ち、足を前に踏み出したが、二歩目はとてつもない重さに感じられた。

体がぞくぞくして、ひどく緊張していたが、彼女の心は飛び込もうとしていた。

三十メートル、十メートル……

ビュン！……

ヒマワリと少年が赤い怪物に飲み込まれ、列車が二人の間を横ぎっていく。

陳念は結局、その一歩を踏み出さなかった。

強い風と気流が、彼女の顔を引きちぎり、彼女の肉体と魂を引き裂こうとしているようだった。彼女の白いスカートが風にあおられて旗のようになっている。

列車が勢いよく通り過ぎると、少年が再びあのヒマワリ畑の中に姿を現し、静かに彼女を見つめている。

二人の視線が向き合い、天地が静まり返る。見えない列車がずっとそこに停まっている。

五月、花が咲き草は生い茂り、雲は薄く風は軽い。陳念は静かになった線路のこちら側に立っている。逃げ出したいという興奮の波は引いていき、ふいに絶えることのない悲しみが胸にこみあげてくる。

Chapter 5

汚《けが》れ、噓《うそ》、残酷

自分の家のドアに鍵《かぎ》をかけ、階段のところまで歩いてきてようやく、陳念《チェンニェン》は北野《ベイイェ》が待っているのが目に入った。

夜の雨が中庭をきれいに洗い流し、耳環花《みみわばな》(アメリカジャスミン)が開花し、赤紫色が大はしゃぎしているかのように一面に広がっている。彼はそのそばに腰をかがめて慎重に選んでいて、彼女の足音にも気づかない。

陳念は階段を下りて彼のそばまで歩いて行った。彼はすでに摘んでいた二本の茎から、細長い管をひっぱり出していて、イヤリングのように、薄紫色の花びらがぶら下がっている。薄い緑色の萼《がく》のところを彼女の両耳に挿し込んで言った。「きれいだ」

「……」

彼女は自分の耳に触れてみた。ちょっとくすぐったかったけれど、はずしたりはしなかった。

ヘルメットをかぶるときにも細心の注意を払った。

北野は彼女を乗せて走り、学校から一ブロック手前の通りでバイクを止めた。

「ここで」

北野が言った。

「うん」

陳念もささやくように答えた。

同級生に見られて彼女があれこれ言われるようなことにはなってほしくない、と彼が思っているのがわかった。

バイクから降りて、ヘルメットを彼に返す。彼は買ったパンとお菓子を手渡すと、言った。「全部食えよ」

「わかった」

彼女の声は小さい。

紙袋の中をのぞき、匂《にお》いをかいでいると、彼が説明を加える。

「いつもとは違う、あんこのやつだけど。——あ、あんこ好きだった?」

「好き」陳念は頷《うなず》いた。

「えっと、これ」

北野がポケットの中から取り出したのはシンプルな薄い緑色のヘアピンだった。

受け取った陳念は、少しきょとんとしている。

「お前……」

彼は彼女の髪を指差してから、額のあたりを指で示す。「下を向くといつも落ちてくるから」

「ありがとう」

顔が熱くなってうつむく。お礼を言う声も小さくなった。

彼が顔を背けるようにしながら、かすかに口の端を上げたことに、ちょうど顔を上げた時に気づいた陳念は、彼を見つめた。

「何見てんだよ」

「どうして……笑ったの？」

「小結巴《どもり》が、しゃべる一言一言を聞いていると、笑えるから」

彼女が言った「笑い」とは、彼の言うその「笑い」ではなく、彼がさっき見せた笑顔のことだった。

彼女は耳を赤くしてまたうつむいた。自分が小学生のように首にかけている例のカギが目に入る。そのカギを彼女はこれまで使ったことはなかった。けれど彼女はずっと身に着けていたかったし、彼も彼女にずっと身に着けていてほしいと思っていた。

北野もそれを見て、カギに通された細い紐《ひも》が心にからみついてしまったかのように、そのカギをしばらくなでていたが、やがて言った。「行けよ」

陳念が何歩か進んでから振り返ると、北野はポケットに手をつっこんで彼女の五、六メートル後方にいる。表情は穏やかで、その目には安心感を与えてくれるような強さがあった。

陳念は深く息を吸うと、学校に向かって歩きだす。彼がずっと後ろにいることはわかっていた。

学校まであと数十メートルというとき、陳念は魏萊《ウェイライ》の姿に気づいた。塀にもたれて煙草《たばこ》を吸っている。周囲にはさらに何人か不良っぽい女子生徒もいて、退学になる前よりもずっとだらしのない服装をしていた。

彼女は陳念を見ると、口角を吊り上げて、近づいてきた。

しかし近くまで来る前に、陳念の背後を見て、おびえたように立ち止まった。

睨《にら》みをきかせている人がいることを陳念はわかっていたから、落ち着いて彼女たちの横を通り過ぎると、堂々と校門をくぐった。振り返って見ると、北野はまだ彼女の背後の遠くないところにいる。

陳念は口をすぼめ、歩き出す。すぐにまた、我慢できなくなってもう一度振り返る。今度は、北野はいなかった。

陳念は教室に入ると、ひどくホッとした。暗記する古文の教科書を取り出す。朝の自習が終わってから、小米《シャオミー》が異変に気づいた。「念、耳に着けてるのは何？」

陳念ははっとして、慌《あわ》てて耳環花を外す。

小米が近づいてくると言った。「耳環花だったのね、きれい。小さいころはよくそんなふうに身に着けていたけど、もう長い間やってないな。陳念って童心を忘れていないのね」

小米は身に着けてしばらく遊んでいたが、やがて飽きてしまい、彼女に返した。

陳念は机の中から一番分厚い『オックスフォード英中辞典』を取り出し、花びらを整えてから、その辞典の中に挟み込む。

まるで秘密を隠すように彼女は辞書をしまい込んだ。

それをしまい終えたとき、携帯電話が鳴った。陳念は音を切っておくのを忘れていた。慌てて取り出してみると、鄭易《ジェンイー》だった。陳念は小米にちらりと目を向ける。小米は頷いて、出ていいよ、と合図した。

陳念は前かがみになって机の下で電話を受ける。「もしもし？」

「陳念」鄭易は言った。「ここ数日すごく忙しかったんだ。君は元気かい？」

「元気です」陳念は低い声で言った。

「今日、学校に行くときに困ったことはなかった？」

「ありません」

「それならよかった。最近大きな事件があって、君に会いに行けないんだ。もし何かトラブルがあったら、電話して。すぐに行くから」

「はい」

陳念は机の下から這《は》い出した。少しお腹《なか》が減った。カバンの中から紙袋を取り出す。パンが四つも入っている。食べきれるわけがない。彼女は小米に二つあげた。

「ちょうど朝ごはん食べてなかったの」小米が大きく口をあけてかじりつく。「すごくおいしい。どこで買ったの？」

陳念は答えず、焼きたてはもっとおいしい、と心の中で呟《つぶや》いた。

始業を告げるベルが鳴った。陳念がカバンの中を探っていると、手にドライプラムの袋が触れ、ついそそられて、こっそりと口の中に一粒押し込んだ。

目を上げるとちょうど担任の先生が教室に入ってくるのが見えて、陳念はきゅっと緊張したが、幸い先生は彼女には注意を払っていなかった。先生はいつもの戒めを繰り返す。大学入試が迫っているから、登下校の際には安全に注意するように、と。

クラスメートはいつものルーティンだと、誰も注意を向けない。けれど休み時間に誰かが、別の学校の女生徒が、夜、レインコートを着ている人物にレイプされて、そのことがあれこれ噂《うわさ》になっているのだと言い出した。怖がってびくびくする者もいれば、気にとめない者もいる。

午前中の授業の合間の体操の時間、ストレッチをしているとき、横にいた曾好《ゼンハオ》が陳念の手にぶつかった。

陳念は彼女に目を向ける。

「陳念、ごめんね」

陳念は腰をかがめながら、黙っていた。

「陳念、本当にごめん」曾好はちょっと喉《のど》を詰まらせた。

陳念は体を横に向けて、言った。「わたしたち……同じだよ。わたしも最初は口にできなかった、本当のこと」

「でも、あなたはあとからわたしに言ったよね」曾好は苦しげに、恨めしそうに、目に涙をためている。

「魏萊たちに罵《ののし》られて殴られて、蹴《け》られて踏みつけられて、うちの両親が辛《つら》い思いをしていないと思う？　あの日、家に帰ったらパパもママも泣いていた。だからって、何ができるっていうの？

ママが、魏萊みたいな不良学生はどうにもできないって。誰も彼女たちを縛り付けておくことはできないし、もうすぐ大学入試なんだから、落ち着いて勉強すべきだって。朝から晩までつきまとわれても困るし、もしまた仕返しされたらどうすればいいの？　わたしの未来はめちゃくちゃになってしまう。彼女たちは何も失うものはないけど、わたしは遊んでなんかいられない」

陳念は「うん」と声を出す。

「ごめんね。前にクラスの子たちがあなたをいじめていたとき、わたし、何もできなくて」

「あなたには、何もできなかったよ」陳念は淡々と言った。

この言葉では曾好は満足しなかったようで、彼女はまた聞いてきた。

「あなたは今大丈夫？」

陳念はちょっと考えてから、言った。「大丈夫」

「魏萊にまた呼び出された？」

「……」陳念は空にちらりと目を向け、言った。「守って……くれる人がいるから」

放課後、陳念は校門のところまでやってくると、もう守衛室で待つ必要はなかった。遠くに、通りの反対側にいる北野が見えた。

同じ色の制服を着た学生たちを隔てて視線を合わせると、さっとすぐにまたそらす。まるで合言葉を交わしたかのように。

彼が足を踏み出し、人波に逆らいながら、通りの向こうから歩いてくる。陳念は家の方に向かって歩き出す。学校の塀の角を曲がるとき、ちらっと背後に目を向けると、五、六メートル離れたところを、少年はポケットに手をつっこんで、穏やかな表情で歩いている。

ほっとする。

夏の通りには、緑の木が影をつくり、色鮮やかに花が咲いている。

来る日も来る日も、北野はその距離を維持して、放課後の陳念を護衛する。彼女の家の前や彼の家の屋上で、二人は階段に腰を下ろして小学校の教科書を読み、しゃべる練習をする。

翌朝、また彼は彼女を送っていく。焼きたてのパンとポテトチップスやクッキーやキャンディといったおやつの袋を持って、黙って後ろからついていく。

あの休みの後、勉強が忙しくなって、二人は話す機会も少なくなり、矯正のための音読のとき以外は、向かい合っているときでも無言だった。

彼の腕や首にある隠し切れない傷を目にして、また殴り合いのケンカをしたのだと彼女が知ることがあっても、何も聞かない。

路上で生徒たちがテストの問題についてあれこれ話し合っているのを耳にして、また模試があったと彼が知っても、彼女に成績がどうだったかなどと聞いたりはしない。

それはお互いに無関係の領域だ。

ある日の放課後、陳念が学校から出て塀の角を曲がり、いつものように北野を振り返ると、目に入ったのは彼女のほうへ駆けてくる李想《リーシャン》の姿だった。

「陳念！」

「ああ」陳念は背後の北野をちらりと見てから、向きを変え、李想と一緒に肩を並べて歩く。

「あなた……家こっち……じゃない」

「ああ、今日は叔母の誕生日で、叔母の家に夕飯食べに行くんだ」李想はいつものあの爽《さわ》やかさで笑う。「陳念、君は今回の模擬試験、この間より良かったよね」

「今回の問題……簡単だったから」陳念は言った。

実は彼女の順位は落ちていた。魏莱や同級生たちの妨害が彼女に影響を与えていないとは言い難い。

そのことよりも、陳念は、背後にいる彼の視線を気にしていた。自分の後頭部に目ができて、北野の冷ややかな表情が見えるような気がした。

李想は頭をかいた。言わずもがな、彼女を励まそうと思っていたのだったが、彼女は心ここにあらずで、成績のことを口にすべきタイミングではなかったようだ。

彼は慌てて鞄《かばん》の中からひと束の答案用紙を取り出した。「あげるよ」

陳念はそれが何なのかわからず彼を見る。

「叔母からもらった例の練習問題と復習用の資料だよ」

「ありがとう」陳念は受け取った。

「最後の一か月、頑張れよ」李想が励ます。「北京で会う約束、忘れないで」

陳念は黙っていた。すーっと寒気が走った。

道が分かれるところで、李想は彼女に別れを告げた。この道には同じ学校の生徒はいない。北野は前を歩いていて、バイクを止めた道路脇《わき》までやってくると、ヘルメットを取り出して被《かぶ》る。

陳念はそばに立ってしばらく彼を見ていたが、彼も彼女に声をかけてこない。彼女は答案用紙の束を鞄にしまい込むと、自分から歩みよって、ヘルメットを手にとり、被った。

彼は彼女を見ずに、バイクに跨《また》がる。背中に「沈黙」の二文字が見えるようだ。

続いて彼女もいつも通り彼の肩につかまって跨り、彼の後ろに座る。

北野はバイクを発進させ、瞬《また》く間に黄昏《たそがれ》の中に跳びこんでいく。

家に帰るときの方向ではなかった。今朝、北野と陳念は星海公園の音楽広場でロック・フェスに行く約束をしていた。

北野はバイクを公園の外に停め、彼女と歩いて行った。公園の中は若者でいっぱいだ。二人は平行線のように付かず離れずの距離で歩いた。数えきれないほど多くの人が行き交っていたが、それでも二人が離れ離れになってしまうことはなかった。

ホットドッグの屋台を通り過ぎるとき、北野は二つ買って、荒っぽく、彼女の方を見もせずに一つを陳念に押し付け、さらにアイスティーも渡した。

陳念はちらっと眼を向けただけで、何も言わず、食べながら彼の後ろをついていく。

広場にはどんどん人が集まってきて、ステージの上ではスタッフが音響設備の調整をしている。

北野は何も言わないが、彼女もそれほど鈍感ではなく、彼が怒っているのはわかっていたから、気がとがめていた。

気まずい雰囲気をかき消したくて、何度も言葉を整理して、ようやく自分から尋ねた。「君は出ないの?」

北野がうつむき加減に彼女を見る。少年の目は彼の背後の次第に暗くなっていく空のように、底が見えない。彼女はドキッとして、視線を逸《そ》らすと、小さな声で言った。「君の、ギター」

「遊び半分でやってるだけだから」彼は淡々とそう言って、再びステージの方を見る。言わんとしているのは、ステージに上がることはできないということだ。

陳念は小さな声で彼をほめた。「わたしこの間、聞いて、すごくいいと思った——とてもよかった」

北野の横顔は淡々としていたけれど、彼女に見えない方では、口角を少し上げた。陳念は彼が少しも心を動かされていないのを見て、この少年の機嫌をとるのは難しいと思った。あれこれと考えて、もう一度頑張って言おうとした。「いつかまたわたしのために弾いてくれる?」

口を開いた瞬間、ドラムの爆音がして、フェスティバルが始まった。

会場の雰囲気に火がついて、若者たちは高く上げた手を振り回し、甲高い叫び声をあげ、ステージ上の演者と一緒に体を揺らし、くねらせ、頭のてっぺんからつま先まで、まるで永久機関のようになった。

音楽は耳をつんざくばかりの激しさで、空の星まで振り落としそうだ。

陳念はひとことも聞き取れなかった。ステージ上の演者は声を張り上げて泣きわめいているようで、彼女には楽しめないせわしなさだった。大音量が彼女の胸腔《きょうこう》を震わせる。もみくちゃにされ、体が思うように動かせない。瞬く間に、北野を見失ってしまった。

陳念は慌てて探す。

一曲目が終わり、二曲目が終わって、彼女はもう自分がどこにいるのかわからなくなっていた。

香水のにおいや異臭が入りまじり、知らない人々の中でもみくちゃにされ、全身汗まみれになってしまった。

彼は見つからない。

もう何曲目まで歌われたのかもわからなくなってしまった。

彼女はだんだんうろたえ始めた。

ギタリストがステージの上でかすれた声で叫んでいる。「お前の暮らしには入れても、お前の心には入れずに、俺は……」

歌声が突然止まる。ドラムはまだ鳴っているし、伴奏もまだ流れているのに、マイクが誰かに奪われたのだ。「おい！」

そう叫んだのは、陳念がよく知っている声だった。

ぱっと見上げると、人の波の向こうで、ステージは白い空洞のように明るい。

「小結巴《こどもり》」北野の声は低く、マイクを通して、非現実的に広場の上空に響き渡る。

「ステージまで来い」

大きなスクリーンの、彼の漆黒の目が彼女をじっと見つめながら、もう一度言った。

「小結巴《こどもり》、ステージまで来いよ」

狂ったように揺れていた聴衆も、魔法が解けたかのように一様に動きを止める。

演者はマイクを奪い返すと、北野をぐいっと押した。彼も押し返したので、相手はカッとなり、喧嘩《けんか》になる。仲裁に入ろうとした人を、はずみでバンドメンバーが怪我《けが》させてしまう。

ほら、喧嘩だ、やっちまえ！　さらに多くの人が血を沸き立たせ、ステージに乱入する。

陳念は、あわてて一目散にステージの方に向かう。

びっしりと苗の植えられた田んぼのように人が密集している。

彼女は必死で彼らをかき分け、押し分け、割り込み、ぶつかりながら、ステージへと駆けてゆく。まるで広い草原を奔走するように、まっしぐらに進んでゆく。

大混乱になるのは必至だった。ステージの上で殴り合う人がどんどん増えてゆく。

陳念はステージに向かって走りながら、必死に声をあげる。「北野！」

彼女は叫ぶ。「北野！」

ふいに彼女は彼の姿を捉えて、彼にも彼女が見えた。

青白い稲妻のようなライトの下、川の中でのたうちまわっている魚のように、数えきれないほど多くの若者がステージに向かってもみあっている。

陳念は人の少ない隅の方へと走り、ステージの上の北野も同じ方向に走る。ステージの端まで行って、二人は同時に相手に向かって手を伸ばした。

空中で、二つの手がしっかりと握られる。

北野はステージから飛び降りると、彼女の手を引いて夜の帳《とばり》の中に跳びこむ。

二人は公園の出入り口まで走ってくると、すばやくヘルメットを身に着け、バイクに跨る。バイクは勢いよく走り去った。

深夜の通りには人っ子一人いなくて、街灯の明かりは仄暗《ほのぐら》い。反対側からやってきたパトカーは、公園へと急いでいる。赤と青のパトカーのランプが少年たちのヘルメットをかすめてゆく。

陳念は夜の風の中で体を震わせながら、興奮して目を見開いている。荒れ狂う風が湿った手のように、彼女の口と鼻を抑えつける。

彼らの年代はスピード、刺激を望み、戸惑いながら、必死に追い求めるけれど、それを楽しめるほど恵まれてはいない。

彼女は彼の腰にしがみついて、夜の街のネオンの光と影の中を突き抜けてゆく。彼の家の大きな木の下に飛び込むと、急ブレーキをかけた。風の音やタイヤの摩擦音が消え、静寂に戻る。

暗闇《くらやみ》の中で、彼女は彼の背中にぴったりと張り付いている。二匹の縮こまったエビのように。

彼は動かず、彼女に抱きつかれたままでいる。

彼女も動かず、いつまでも手を緩めない。

狂気じみた刺激の後の退廃と虚脱感が、次第に二人を押し流してゆく。

ロックシンガーの歌が流れてくる。「お前の暮らしには入れても、お前の心には入れずに」

悲しい歌詞ではない。心に入りこむことはできても、相手の生活に入り込むことができない人もいるのだから。

「あなたと上の空でいたい
ただ魚を眺めたり
茶碗《ちゃわん》もテーブルに置きっぱなしで
美しい陰翳《いんえい》を見もせず
夕陽さえも無駄づかいして
散歩したり
星が空いっぱいに広がるまでの時間を
あるいは風の起こる時間を
廊下にすわってぼんやりと
あなたの目の中の暗雲が
窓の外にすっかり
吹き飛ばされてしまうまで
わたしはもう
この世界もただやり過ごしてきた……」

朝、陳念は屋上に座って、ノートに書かれた歌詞をそっと口ずさむ。北野がそばで、うつむきがちにギターを弾いている。

爽やかな風が屋上を吹き抜け、紙のページと少年の髪が舞い上がる。

陳念は読み終えると、北野の方を向いた。彼もひととおりのコードを弾き終え、視線を目じりから斜めに投げかけ、しばらく彼女のことをじっと見つめてから、言った。

「進歩したな」

再びうつむいて、指でギターを軽く鳴らすと、また別のコードを弾き始めた。あまり上手ではなく、途切れては繰り返す。

少年と少女は練習を続ける。

路地にはさまざまな朝食のにおいが漂っている。蒸しパン、揚げ餅《もち》、焼いたゆば巻き、サツマイモ餅。どれもみんな街の特色ある軽食だ。

陳念は言った。「曦島《シーダオ》にも、こんなところがあったなんて。あのあんパン、小米がこれまで食べたあんパンの中で、一番おいしいって」

北野がちらりと彼女に目を向ける。

陳念は説明した。「小米は、わたしの隣の席の子」

北野は尋ねる。「お前らはこれからも友達でいられるのか？」

陳念は頷く。「いられるよ」

「どうして断言できる？　卒業したら、みんなバラバラになるんだろ」

「小米も、北京に行くから。約束したから」

北野は反応しなかった。

陳念はふいに何かに気づき、うつむいた。それでも考えはあふれ出してきて抑えきれなくなり、口もとにこみあげてきて、何か言おうとしたけれど、ドキッとして、その言葉を飲み込む。

彼女は話題を変えた。「ここって、あなたの家なの？」

「いや」北野は言った。「俺は曦島の人間じゃない。幼いころにおふくろと一緒に来て、孤児院に置き去りにされた」

陳念はどう返せばいいのかわからなかった。

「お前は、地元？」

「うん。でもママは温州に行ってる、仕事で」

北野は黙ったまま、チューニングの合わない音で曲を弾いている。

陳念は両足をぶらぶらさせて、例の線路を眺めながら、先日の逃避行のことを思い出し、胸にどんどん不相応な衝動が湧《わ》き上がってきた。

「北野?」

「ん?」

彼女は屋上の縁に両手をかけ、下を見下ろす。落ちそうな気がして、ぱっと顔を上げ、言った。「待ちきれない」

「何が待ちきれないって?」

「ここを離れるのが、故郷を離れるのが。……時間がもっと、早く過ぎれば、いいのに」

「どうして離れたい?」

「遠く離れた方が、大人になれる」

「どうして大人になりたい?」

「弱者では、いたくないから。子どもは、みんな弱者」陳念は言った。「大人になれば、自分で自分を守れる」

コードの響きが一瞬途切れて、北野は横目で彼女を見る。彼のきれいな横顔に髪が落ちかかった。「お前を守るやつはいる」

「いないよ」陳念は首を振る。「危険はいたるところにあるから。恐怖からは……守ることはできないよ」

自分しかいない。

大人になることを待ち望む少年たちの心は、切羽詰まって、落ち着かず、ぶるぶると震えている。まるでしなった弓の上で弦から放たれるためにぎーっと引っ張られている矢のように。

陳念は頑《かたく》なに遠くを見つめている。北野も同じような目で彼女を見つめている。ようやく彼が言った。「お前はもっといいところに行ける。大人になったらもっといいお前になれる」

「君は？」彼女は振り向いた。

「俺はどこに行ったって変わらないよ」彼はちょっと寂しそうに笑った。

「故郷を……離れたい？」

「ここを離れたいかって？」指先では音符を躍らせ続けている。

「うん」

「離れたいよ」

「いつ？」

「すぐにでも」

陳念は微笑《ほほえ》む。すぐにでも。

「俺もここにはいられない」北野は言った。陳念がその言葉の意味を読み取る間もなく、彼はそっけなく付け足した。

「俺はここのすべての人間が嫌いだ」

陳念は彼の両親のことを思い、同世代の人々が彼を嘲笑《ちょうしょう》し、侮辱していたことを思い出す。彼女もつぶやく。

「わたしも……あの人たちが嫌い」

彼女はそんなふうに言った。

こうしていると、まるで二人は同じ戦線に立っているかのようだ。まるで屋上にいる二人が肩を並べて、世界に対峙《たいじ》しているかのようだ。

北野はその言葉を聞いて、黙っている。

自分はこの町が嫌いだ。

君との出会いが早すぎなくてよかった。この町のすべての人を愛してしまうところだった。

そうなってしまったら、命取りになる。

指をギターの弦にすべらせると、少年はゆっくりと歌い出した。

「あの笑い声で思い出す、ぼくの花たち、ぼくの命の片隅にいつも、ぼくのために静かに咲いている。

ずっと彼女のそばに、いられると思ってた、ぼくたちはもう一緒にはいない、おぼつかぬこの世で」

肩を並べて座っていた日々は、うたかた。誰もがわかっているのは、別れはすぐそこにあるということ。

陳念は頭をあげ、風に吹かれている。淡いブルーの空。

「ピーッ」

鳩《はと》を飼っている人が笛を吹き、群れになった白いハトが頭上を通り過ぎてゆく。

汽車の汽笛が響いてくると、二人は立ち上がり、避難梯子《ばしご》をつたって下りてゆく。

陳念はうっかりして足を踏みはずし、転げ落ちそうになり、北野が身を乗り出して彼女を引き上げた。「気をつけて」

彼女の耳のそばで、低い声が明け方の和音のように聞こえた。

陳念は顔を赤らめ、彼の腕をぎゅっとつかんだ。

彼は彼女を離さず、少しうつむくようにして彼女の耳たぶにそっとキスをした。陳念は体を震わせ、目を閉じた。彼のキス、彼の鼻息が、小さなミツバチのように彼女の耳の中にもぐりこみ、震え、刺激する。

彼に口づけされ、顔全体が火照《ほて》っている。

彼女は嬉《うれ》しく、幸せな気持ちだったが、怖くもあり、辛くもあった。

北野は彼女を学校の近くまで乗せていき、彼女の後ろを歩いてついていって、彼女が学校に入っていくのを見送る。彼女はこれまでと同じように、振り返って彼を見る。

お互いに目の中にはそれぞれの思いが浮かんでいた。

土曜日だったが、陳念は学校に行かなくてはならなかった。北野は一日中やることもなかったが、仲間たちと遊びに行く気にもなれなかった。

部屋は陳念が片付けてくれて、きれいになっている。ベッドに寝転がっていても彼女のにおいがした。

大学入試はどんどん近づいている。彼女は行ってしまう。彼は彼女がいることにすっかり慣れてしまったというのに。どうしたらいいのか。

言いようのない苛立《いらだ》ちが、建物の屋上から広がってくる。

彼は眉《まゆ》をひそめ、体を起こしてベッドから降りると、テーブルのそばに腰を下ろし『聖書』を開いた。陳念が音読の練習をしているときに、さんざんめくっていたものだ。彼はなんとはなしに眺めていたが、その紙がひどく薄くて、閉じた時にうっかり一ページ破いてしまった。

マタイによる福音書。

北野はそのページをまた挟み込む。差し込む光で異変が照らし出された――紙の箱の中のアヒルが死んでいた。気づかぬうちにネズミに内臓を噛《か》みちぎられてしまったのだ。

彼はアヒルを紙の箱ごと処分した。複雑な気持ちだった。明日の朝早くまた二羽買いに行こうと思った。そうすれば陳念にはバレないはずだ。

午後、いつの間にか眠りに落ちていて、寝過ごした。もう夕暮れ時だ。慌《あわ》ただしく上着を羽織りながら、陳念にショートメッセージを送っていると、ふいに入口の外でごそごそと音がする。携帯電話を置いて歩み寄り、シャッターを上げると、美しく派手な化粧をした女性と視線がぶつかった。

母だった。

彼はそっけない顔になる。

女性の方もぎょっとしている。この時間に彼がいるとは思わなかったのだ。

「ちょっとものを取りに」

女性が微笑む。

北野は体を横にしてそこをどいた。

女性は室内に入り、クローゼットから自分の服を取り出してスーツケースに入れた。手を洗おうとしてバスルームに入ると、思いがけず女の子のスカートとショーツが目に留まる。スーツケースを引きずって出てきた女性は、笑いながら尋ねた。「彼女ができたの？」

北野は答えず、そばにある鬱蒼《うっそう》と茂った桑の木を眺めている。

「あなたって、あなたのパパにそっくりでもてるのよね」

女性が手をのばして彼の顔をつねろうとすると、彼にその手を払いのけられた。

「そっくりのひねくれ者だ」

北野はとっくに冷ややかな顔になっていた。

父親の話を持ち出すと彼が何より反発することを母は知っていたので、それ以上言うのはやめた。歩き出したものの、ちょっと考えてバッグの中から何枚か紙幣を取り出す。「ほら、持っていきなさいよ」

「いらない」

その手はしばらく宙に浮いたままだったが、彼が受け取らないのを見て、無理強いすることはせず、バッグの中に戻した。ふいに尋ねる。「あなたの伯父さんが内緒でお金を振り込んでくれたんでしょう？」

北野は答えない。

「わたしがあなたの保護者なんだから、お金を振り込むにしたってわたしに……」彼の目にさらに冷たいものを見た母は口をつぐみ、出て行った。

北野は外に出てシャッターを引き下ろすと、容赦なく足で閉じ、鍵をかけた。がらんとした工場エリアの、離れたところから、母が電話している声が聞こえてくる。「……アハハ、わたしが汚いですって。あなたの甥《おい》っ子はどこから出てきたっていうのよ?……」

北野は聞き流した。今後、彼が北京で生きていくようなことになっても、母に話すことはないだろう。

彼は足早に下に降りていくと、ヘルメットをかぶり、バイクのエンジンをかけ猛スピードで走り去った。

…………

陳念は階段に座り込んでいる。ショートメッセージにはたった二文字、「遅刻」とあった。彼女は携帯電話をしまい込むと、頬杖《ほおづえ》をついて彼を待つ。

「ここで何しているの? 帰らないの?」

陳念が顔を上げると、徐渺《シューミアオ》だった。学校に来ていたのだ。律儀《りちぎ》に、陳念を見つめながら気まずそうな表情で、もごもごと言った。

「この前はごめん」そういって父親の車に駆け込んだ。このところ両親が厳しく監視しているのだ。

太陽は西に沈んだが、陳念は同じ場所に座ったままだ。北野はまだ来ない。校門から出ていく生徒もだんだん少なくなってきた。道行く人が言い合っている。

「さっきの交通事故にはびびったよ。バイクに乗っていた人はもう……」

陳念はギクッとして、階段を駆け下りていく。「す、すみません。えっと、交通事故って？」

「蘭西路《ランシールー》と学府路《シュエフールー》のあたりで、バイクがね。高校生という感じの年の」

「色は？」陳念は慌てて訊《き》いた。「バイクの、色は？」

「確か赤と黒の」

冷や汗が噴き出す。陳念はすぐに携帯電話を取り出して北野にかけた。夕陽のあふれる狭い部屋の中、テーブルに置かれた『聖書』の表紙の上で携帯電話がブルブルと震えた。

陳念は走った。

花屋の前を通り過ぎるとき、店員が水を捨てようとしたところに彼女が向かってきたので、止めようとした手が間に合わず、汚れた水を彼女の全身にぶちまけてしまった。店員は慌てて謝ったが、彼女は振り返りもせず走り続けた。

交差点まで走ると、彼女は汗びっしょりでハイドロマン（『スパイダーマン：ファー・フロム・ホーム』に登場するスーパーヴィラン）になっていた。その交差点で、やはり交通事故は起こっていた。彼女が急いで人の波をかき分けて押し入ってゆくと、そこには惨状が広がっていた。けれど、バイクはあの車輌《しゃりょう》ではなく、運転者もあの人ではなかった。

陳念は再び苦労して人をかき分けて出てくると、ほんとうによかった、と思った。熱い汗で蒸されるようだったが、彼女はまた彼を待つために学校の門のところまで戻らなければならなかった。

早足に少し歩いたところで、背後でバイクの音がした。彼女が振り返ると北野の姿が見えて、すごいスピードでこっちに向かってくるところだった。出迎えようと陳念が道端に寄った瞬間、後ろからすごい力が加わったかと思うと、口をふさがれ薄暗い路地に引きずり込まれた。

バイクは猛スピードで駆け抜けてゆく。

北野は通りにバイクを停め、学校に駆けつけた。ばらばらと数人の生徒が校門から出てくるが、階段のところに陳念はいなかった。

彼は眉をひそめ、ポケットをまさぐったが、あの女が現れたせいで携帯電話を持ってくるのを忘れてしまったことに気づく。番号を覚えていたので、売店の公衆電話を見つけて電話をかけたが、陳念は電話に出なかった。

彼は唇を噛んで考えをめぐらせ、守衛が止めるのを振り切って風のように校内に駆け込むと、教室を目指した。陳念のクラスの日直の生徒が掃除をしていたが、陳念はいなかった。

守衛が後を追ってきたので、少年は学校を飛び出した。

もう一度売店にいって電話をかけてみたが、今度は電源が入っていなかった。

電話を置く少年の手は、ぶるぶると震えていた。

彼は顔を曇らせて、大股《おおまた》で守衛室に近づくと、尋ねた。「いつも校門のところに座ってるあの女子生徒は？」

守衛は息も絶え絶えに彼を追いかけてきて、カンカンに怒っているところだった。

「お前はどこの学校の生徒だ、勝手に入り込んで……」

「聞いてるのはこっちだ！」北野はふいに大声をあげた。守衛は驚いて目を見開き、びくびくしながら方向を指で示す。「少し前に慌てて走って帰ったよ……」

北野は階段を駆け下りる。

日が暮れた。

魏莱たちは七、八人で陳念の髪をつかみ、彼女を路地の奥へ引きずりこむと、口汚く罵り、平手打ちし、殴り蹴り、そして彼女の顔を地面に押し付ける。少女たちは狂ったようにあらゆる鬱憤《うっぷん》を彼女にぶつけた。彼女の吃音《きつおん》も、彼女の美しさも、彼女のおとなしさも、彼女のいい成績も気に入らなかった。彼女が告げ口したこと、彼女がおびえたりしていないことが気に入らなかった。

もっと多くの気に入らないことがあったのかもしれない。先生にお説教されたことも、両親から叱《しか》られたことも気に入らなかった。彼女たち自身の退屈で味気ない現在が気に入らず、ぼんやりと希望もない将来が気に入らなかった。

少女たちの鬱憤の発散は果てしなく、彼女を引っ張って立ち上がらせると、彼女の服を切り裂いた。陳念はもがいて必死に抵抗し、自分の制服の襟をつかんで離さなかった。

けれど、多勢に無勢だった。魏莱たちは汚い言葉で激しく罵りながら、彼女の顔を引《ひ》っ叩《ぱた》き、頭を殴り、股間《こかん》を蹴りつける。

道を通りすぎてゆく人もいたが、彼女たちはためらうこともなくやりたい放題だ。この少女たちに、恐れるものなどなかった。

肩がむき出しになり、陳念は服を直そうと引っ張りながら叫んだ。

「助けて」「誰か助けて」

道行く人は見向きもせず、そそくさと立ち去ってゆく。

彼女には遠くで素知らぬ顔をしている胡小蝶《フーシャオディエ》が見えた気がした。

スカートはぼろぼろに引きちぎられ、散らばった教科書は靴跡だらけで、印刷されたダーウィンの顔が泥の中で破れている。

街の外では、あの北野という少年が必死で路上を走りまわっている。青春の数えきれないほどの嘘《うそ》と残酷な日々を突っ切るように。

まだ想像にすぎない。慌てるな。彼はつぶやく。大丈夫。きっと彼女を見つけられる。

少女たちはげらげらと大笑いしながら、陳念の首にかかっているカギの紐をひっぱる。彼女の輝くように白い体を辱《はずかし》め、わめきたてる。

「卑《いや》しいビッチよ、無料だから見て！」

陳念は彼女たちと同世代の少女などではなく、人間でもなく、家畜だった。通りすがりの少年たちの視線にさらされ、彼らに品定めされたりからかわれたり、舐《な》めるように見られたり嘲笑《あざわら》われたり、写真や動画を撮られたりしている。

彼女たちは狂ったように彼女の服を引き裂く。彼女は体を丸めて最後の一枚の下着を守っている。もがきながら、彼女はかつて朗読した『聖書』を目にしているかのように、激しく涙を流し、嗚咽《おえつ》した。

「天にまします我らの父よ。

願わくは御名《みな》をあがめさせたまえ。御国《みくに》を来たらせたまえ。

みこころの天になるごとく、地にもなさせたまえ」

ビリッ。

少女たちは彼女からすべてをはぎ取って、素っ裸にしてしまった。身体《からだ》が本能的に縮まっても、彼女たちは体を開かせようとし、彼女は抵抗した。少女たちは罵り、殴り、彼女の指を踏みつける。

彼女は泣き叫ぶ。「我らに罪を犯すものを我らが赦《ゆる》すごとく、我らの罪をも赦したまえ」

彼女たちはゲラゲラと笑っている。「下品な女だから見るのはタダよ！」

「我らを試《こころ》みにあわせず、悪より救い出したまえ……」

愛の名において。アーメン。

けれど、あるいは、この世に愛などないのかもしれない。

Chapter 6

小結巴《どもり》、俺はここにいるよ

空は暗くなっている。

北野《ベイイエ》は通り沿いの店を一軒一軒聞いてまわり、その路地を探し出した。

夜の暗闇《くらやみ》の中、陳念《チエンニエン》の鞄《かばん》、教科書、ペンケース、携帯電話、スカート、カギに付けていた赤い紐《ひも》が、泥の中に散らばっている。彼は陳念の荷物を拾い上げる。紐を手に巻きつけた。

ひんやりとした風が吹き抜け、木の影をゆらゆらと揺さぶっている。夜の雨が降る前兆だ。

稲妻が空を切り裂く。北野の顔から血の気が引いた。路地の奥まで進んでゆく。吹き荒れる風が、白いものを彼の足元に運んできた。家のバスルームのハンガーラックにかかっているのを目にしたことがあるものだ。

その小さな布の切れ端は彼の足元にしばらくとどまっていたが、ゴミの山のほうに吹き飛ばされていった。

北野は灌木《かんぼく》が生い茂っているあたりでようやく陳念を見つけた。白い体が地面に丸く縮こまっている。数えきれないほど、いたるところが傷だらけで血だらけで、まるで泥の中に落ちている真っ赤に充血した眼球のようだった。

北野はしゃがみこむと、シャツを脱いで彼女の身体《からだ》にかぶせた。ぶるぶると震えながら縮こまっている彼女は、息も絶え絶えだった。

「俺だよ……」彼は近づくと、彼女の顔にはりついた髪を払いのけた。彼女は無表情に彼を見て、一秒、二秒、張りつめていた何かがその瞬間にプツンと途切れ、気を失った。

彼は彼女を包み込んで、抱き上げる。

路地はがらんとして誰もいない。空には稲妻が走っている。

やはり、激しい雨が降ってきた。

バイクは雨の帳《とばり》の中を走ってゆく。人間もバイクもずぶぬれで、閉ざされた水の底を走っているみたいだった。

降りしきる雨の中、腕の中の少女はまるで死んでしまっているようで、麻袋のような体が絶えずバイクからずり落ちそうになる。北野はそのたびにバイクを止め、彼女を抱いて引き上げた。

彼は紐を使って彼女を自分の身体に縛り付けた。

彼女をぎゅっと抱きしめ、催眠術でもかけるように、ぶつぶつとつぶやいている。

「大丈夫、たいしたことない。よくなるから。俺を信じて。何もかもよくなるから」

反応はない。彼女は死んでしまった。

彼の恥辱に満ちた薄汚れた人生に現れた、唯一《ゆいいつ》のすばらしいもの。その彼女が死んでしまった。

少年は彼女の青ざめて冷え切った頬に自分の頬を押し付けるようにして、大声を上げて泣いた。

雨が集まって川になり、ゴミや埃《ほこり》を巻き込んで下水道へと注ぎ込む。この町の汚れを掃き清めて。

雨季はとても長い。

けれど、夜でもはっきりと目に見えるほど降りしきる激しい雨は、千軍万馬のようにすさまじい勢いで降り注ぐ。腐ったものをたちまち打ち砕き、世の中のすべてをひっくり返そうとしている。翌朝になると、騒々しく、混沌《こんとん》として、複雑なまま、世界はまだそこにあった。

朝はまだ穏やかな偽りの姿のままだった。人類が目覚めるまでは。

陳念はぴっちりと体を覆《おお》う長袖《ながそで》の制服を身に着け、髪をきちんと整えて、テーブルのそばに座って蒸しケーキを食べている。

何もかも忘れたかのように、ほとんど異常なほど普通に。

「どうしても学校にいくのか?」北野が尋ねる。

「うん」彼女の口調はゆっくりとして穏やかだ。「無理なの、休むのは」

「まだ顔に傷がある」

「ムカデに噛《か》まれて、腫《は》れたって言う」彼女はやはり静かだった。まるで内部が水たまりになってしまったかのように。

北野は何もいわなかった。ずっと彼女の横にいて、彼女に目を見られないようにしていた。けれど、陳念は知っている。

昨日の夜、彼は彼女の傷の手当をし、一晩中彼女を抱きしめながら、断続的に彼女の眼の上に涙を零《こぼ》していた。止まったかと思うと、またあふれ出すのだった。

「行こう」陳念は彼の手を取る。

夜にも彼女は彼の手を握った。夜中、彼女が熟睡しているようだったので、彼はこっそりと起き上がってベッドを出たが、彼女にぱっと腕をつかまれた。彼がどこに行こうとしているのか、彼女にはわかっていたから、決して行かせなかった。

学校へ行く途中にも、陳念は改めて北野に言った。仕返しに行ったりしないで。警察に知り合いがいるから、警察に通報するから、と。

問題を起こしたりしないで、ずっとそばにいると約束して、と彼女は言った。

北野は「うん」と声を出して、どうにか同意した。

そのあとは沈黙して、二人はそれぞれに考え事をしていた。

大学入試を間近に控え、最後の追い込みで、生徒たちはさらに忙しくなり、陳念の赤く腫れた顔を気に留める人はいなかった。小米《シャオミー》はひどく驚いたが、彼女の説明を聞くと、言った。「わたし幼いころに毒蜘蛛《どくぐも》に噛まれたことがあるんだけど、お正月に飾る絵の寿桃仙人みたいにおでこが腫れちゃって」

陳念は上の空で聞いていた。北野は今何をしているのだろう。彼はきっと魏萊《ウェイライ》を探しに行くとわかっていた。探し出してほしくなかった。見つけられはしないはずだ。魏萊は昨日、彼女に言い残している。これで終わりじゃない、と。

彼女は一日中席に座って本に顔を埋《うず》めていた。顔を人に見せたくなかった。李想《リーシャン》が前の方に座って曾好《ゼンハオ》と話をしているときも、彼女は話に加わらなかった。幸い机の上に積み上げた本が彼女の前に立ちはだかってくれている。

小米は陳念の気持ちをよく理解してくれていて、積極的にほかの生徒と話をすることもなく、時々とりとめのない話をした。「ねえ、最近映画館で3Dの『タイタニック』が見られるんだって」

陳念はゆっくりと言った。「チケット、なかなか手に入らないんでしょう」

そのとき、携帯電話が鳴った。鄭易《ジェンイー》だ。

陳念は机の下にしゃがみこむ。

「陳念」

「はい？」

「登下校のとき、気を付けて」彼の口調は厳しい。

「え？」

「最近、女子高生を襲う犯罪が相次いでいるんだけど、まだ捕まえられずにいるんだ」

「わかりました」

真面目《まじめ》な話が終わると、笑いながら尋ねてきた。「勉強の方はどうだい？」

陳念はいつもと同じ返事をする。「いつも通り」

「トラブルにあったりしていないかい。僕にできることはある？」

「何も」陳念はいつもの癖で首を振りながら、そう言った。

「それならよかった。何かあったらすぐに僕に電話して」

「そうします」

陳念が机の下から這《は》い出してくると、近くにいるクラスメートたちも深夜のレインコートの人物のことを話していた。

彼女はワークブックを取り出して練習問題を解き始めたが、心中は穏やかではなかった。北野が魏莱に会いに行くのではないかと疑っている。彼女がそう感じているのと同じように、北野のほうは彼女が警察に通報しないと疑っている。

彼女の推測は当たっていた。

しかし、一日中探しても北野は魏莱を見つけられなかった。心の中の苦しみが無限に拡大し、憎しみに変わってゆく。

人間というのはなんともおかしな生き物だ。多くの場合、わたしたちはわずかな恨みも絶対に晴らそうとするわけではない。教訓や説教、懲罰や、不当な目にあったときの鬱憤晴らしのはけ口がほしいだけで、それがごく小さなはけ口であっても、簡単に慰められる。

もしそれがなかったら、封じ込めた苦痛が発酵して、恨みになりつらみになり、苦しみになり憎しみになる。

捜索の途中で携帯電話のアラームが鳴った。午後四時半。北野は学校に陳念を迎えに行くのを忘れてはいなかった。

まだ学校は終わっていなかったから、彼は通りの反対側に立って待った。

校内は静かで墓地のようだ。校舎の一つ一つが墓碑だ。数えきれないほどたくさんの生徒がその中で授業を受けている。

離れたところにあるグラウンドで、体育の授業中の生徒もいる。とても遠くて、声は届かない。

北野は煙草《たばこ》を吸いながら、ふいに思い出す。かつて、復讐《ふくしゅう》しにいくためになんとも言えない感情を抱きながらこの学校の前を通り過ぎ、なぜかこの学校を囲む塀のそばに近づいたときのことを。たまたま、陳念が縄跳びをしているのが見えた。長いポニーテールがビーズのカーテンのように揺れていた。

昔のことを思い出しながら、彼は少し目を細めた。

腕時計を見ると、学校が終わるまであと三十分ある。彼は前と同じところからフェンスを乗り越える。走ってグラウンドを通り抜けてゆく。校舎の中は静まり返っている。

彼は素早く階段を昇ってゆく。陳念が授業を受けているところを見てみたくて、彼女のクラスまで駆けつけたものの、はっとする。

教室の中はがらんとしていて、宿題に取り組んでいる生徒が数人いるだけだ。壁に貼《は》られている時間割に目を向けると、体育の時間だった。

北野は気持ちを落ち着かせてから廊下の端まで走っていって、外を眺める。グラウンドでは球技をしている生徒もいれば、走っている生徒も、縄跳びをしている生徒もいたが、陳念の姿はなかった。

北野は携帯電話を取り出して番号を押したものの、結局かけなかった。

彼は階段を駆け下りていくと、校内をくまなく探した。隅々まで見落とさなかったが、見つからなかった。下校時間が近づき、北野は全身汗まみれなのに冷や汗もかいていた。フェンスを乗り越えて学校の外に出ると、校門の向かいで待った。

やがて下校時間を知らせるチャイムの澄んだ響きに学校全体が突然目を醒《さ》ましたように騒がしくなる。生徒たちが学校から押し出されてきたが、陳念はいつまでたっても現れなかった。

恐怖で頭がいっぱいになる。もう二度と彼女を失うわけにはいかなかった。

バイクは猛スピードで走り、少年は交通量の多い大通りも狭い路地も走り抜けてゆく。頭の中で、初めて会ったあの日を思い出す。

あの日、彼は殴られて地面に倒れ、嘲笑《ちょうしょう》され、屈辱を味わった。あの連中は知らなかったが、彼は常にナイフを持ち歩いていた。そのナイフで彼らの心臓を突き刺し、終わりにするつもりだった。

しかし、その間際《まぎわ》に彼女が現れた。彼のために通報しようとして、彼とキスまでさせられた。

人生の不思議は、次の瞬間に何が起こるか絶対にわからないということにある。

この時も、北野がシャッターを開けると、陳念が黄昏《たそがれ》の光の中に血の付いたナイフを握って立っていて、「北兄、助けて」と言うなんて、思いもよらなかった。

「人生は天から授かった贈り物だから、無駄にしたくない。次に手札になるのがどんなカードなのかは絶対にわからないのだから、人生がもたらすアクシデントを受け入れることを学ばなければならない……」（映画『タイタニック』の作中の台詞）

真っ暗な映画館の中で、スクリーンの若いレオナルド・ディカプリオが翻訳調の中国語で話している。３Ｄ眼鏡が陳念の目を覆っている。

数時間前、北野は素早くシャッターを閉め、急いでカーテンを引くと、振り返って尋ねた。「何があった？」

「昨日、魏莱たちはわたしを殴って、罵《ののし》って、服を全部脱がせて裸にして、写真を撮って、動画も撮影した。それで、わたしに今日、取りに来いって。

裏山に行ったけど、渡してくれなくて、わたしにその映像を見せた。ネットにアップするって、みんなが録画してたって、警察に通報しても無駄だって。――逃がさないわよって。――昨日みたいなことは、まだ二回目も、三回目もあるからって。……それでも足りなくて、彼女はわたしを脅して、殴った。――わたしはそれに抵抗した。彼女を押して。……彼女に会うならと、万が一のことを考えてナイフを持っていった。もう殴らないでって言って彼女を脅せばいい、と思ったから。でも、彼女は怖がらなかった。近づかないでって言っても、聞いてくれなくて……彼女とわたしは引っ張り合って一緒に……草地に転がって。何が起こったのかわからなくて、わたしは何も考えられなくて、本当に何も考えられなくて、彼女が……

わたしが間違ってた。一人で行くべきじゃなかった」

けれど、胡小蝶《フーシャオディエ》のことがあってからの一連の出来事で、陳念はもはや鄭易や大人たちを信じられなくなっていた。顔をあげて北野を見つめる。涙が目の縁で震えている。

「ごめんなさい。わたしを助けて。わたしを警察まで連れて行って。警察の人たちが怖くて、一人で行くのが怖い。ママに知られるのが怖い」

「行かない」北野は言った。

「……」

「なんで？」彼は目を真っ赤にしている。「なんで?!」

「なんでお前をあいつらに引き渡さなくちゃいけないんだ？　あいつらに何度も何度も写真と動画を分析され、何度も何度もどう感じたかを聞かれ、結局のところ過剰防衛だったのか、それとも恨んでいた相手に対する機会に乗じた殺人なのかって、厳しく問い詰められたいのか？　お前を傷つけたやつらとまた会って、あれこれ言い合いをしたいのか？　あいつらと、それからあの保護者たちと、ごちゃごちゃやってボロボロになろうっていうのか？　それで入試を受けるっていうのか？」

「……」

ママが知ることになる。自分がいかに非人間的にひどく傷つけられたかを知ったら、ママは泣いてしまうだろう。

しばらく感情のコントロールを失っていたあとで、北野は冷静になった。「そいつは確かに死んだのか？」

「……」彼女はぽかんとしていたが、少しして、ぼんやりと首を振った。「わたし、すぐに逃げたから」

「オレがあとで行って見てくる。でも、どうなっていたとしても、すべては入試が終わってからだ。ナイフを出せ」

鋭い刃についた血は、乾いて固まっている。北野が奪おうとしたが、二回引っ張ってようやく彼女の手から引き抜くことができた。

「服、脱げよ」北野が言った。

陳念は動かない。

北野は彼女の服をはぎ取ると、彼女をシャワーヘッドの下に連れていって洗い流した。あちこちについていた血のあとが、ゆっくりと流れ落ちていく。

服も靴も洗濯機の中に押し込んだ北野は、それが自分のシャツだと気づいた。今朝、陳念が着替えようとしたときインナーのTシャツが見つからず、彼がTシャツを探して彼女に渡したのだ。彼は彼女の方をちらりと振り返った。彼女はじっと壁を見つめ続けている。

彼は背中で彼女の視線を遮ってから、シャツを再び引っ張りだすと、丸めて洗面台の引き出しの中に押し込んだ。ふいに引き出しの中の、母親が買ったあるものが目に留まった。

彼はそれに目を向けると、ちょっと考えてから、引き出しを閉じた。洗濯機のスイッチを入れようとして、少し考えこむと、服を取り出し、ポケットの中のものをすべて取り出して空っぽにしてから、大きなビニール袋を探してきてその中に入れた。

ほの暗い明かり。陳念の身体はすっかり洗い流されてきれいになった。北野は手袋をして床にしゃがみこみ、片手にバスクリーナー、片手にブラシを持って、床の隅々まできれいにこすっている。

「先に出てて」北野が声をかける。

彼女は動かない。

「わたしはもう終わり」彼女は言った。「北野、わたしはもう終わり」

「終わってない」北野は手袋をはずして立ち上がった。お湯が二人の若者の髪に降りそそぐ。彼は彼女の顔を両手で挟み、黒く光る眼でじっと彼女を睨《にら》みつけている。

「お前は大丈夫だ。俺に任せて」

「話してくれ、お前は……」彼は言葉を選ぶ。「あいつのどこを傷つけた？」

彼女は首を振る。「……忘れてしまった」

「ナイフで何回刺した？」

「……覚えてない」

「どのくらい深く？」

「わからない……わたし、魏莱が憎かった。どれだけ消えてほしいと望んだか。でも死んでほしいと思ったことなんか、ない」

彼女は震えている。

「彼女たちみたいなのが——どうして取り締まられなくて……こんなことがあってはいけないのに……本来あるべきではない……」

北野がぐっと彼女の頭をつかみ、彼女をじっと見つめ続け、落ち着かせる。「帰り道で、誰かに見られなかったか？」

「見られてないと思う」工場エリアは塀の向こうの端にある路地以外は、三方いずれも荒地だ。

「あいつはどこにいる？」

陳念は彼を見る。

「俺が行ってちょっと見てくる。お前の力なんてたかが知れてるから、もしかしたら怪我《けが》をさせただけかもしれない。人間はそんな簡単に死にはしない」彼はいつになく落ち着いている。

「わたしも君と一緒に……」

「俺一人で行く。何かあれば、知らせるよ」

「でも……」

「大丈夫だ。お前は俺を信じないのか?」

「信じる」

彼は前に進み出ると、ふいに彼女の濡《ぬ》れた髪をつかんで彼女を抱きよせ、前かがみになって力をこめて彼女の頬を胸に押し当てた。

陳念の携帯電話が鳴った。二人ははっとする。李想《リーシャン》からの電話だった。

「陳念、『タイタニック』の3D版がまた上映されるって。やっとのことでチケットを二枚手に入れたんだ。見に行かない?」

「わたし……勉強をしたいから」そう言うと、北野が顔をしかめて首を振っている。

李想も諦《あきら》めなかった。「入試が終わるころにはもう上映も終わってる。こういうクラシック映画は、今後映画館で見られる機会はなかなかないよ。ちょっと気分転換してもいいんじゃないか」

北野が陳念の肩をつかみ、行けと目で彼女に訴える。

陳念は唇を震わせ、ゆっくりと首を振る。彼女も馬鹿《ばか》ではない。彼があまりに用心深く、万が一のために彼女のアリバイを作ろうとしているのはわかっていた。電話の向こうの李想はまだ頑張っている。「陳念、『タイタニック』はとにかく名作なんだ。君だってきっと好き……」

狭くて質素なバスルームの中、古い映画のようなほの暗い明かり。彼と彼女の四つの目が向かい合う。相手が何を考えているのか、口に出さなくてもお互いによくわかっていた。彼は彼女の肩を力をこめてつかみ、ゆっくりと、力を込めて頷《うなず》く。

この映画はとても長い。

ポップコーンバケットが陳念の手の甲に触れる。彼女は横にいる李想に目を向けてから、バケットに手を伸ばして一摑《ひとつか》み口の中に押し込んだ。蟬《せみ》でも嚙んでいるように味がしなかった。

まるで墓場に座っているように、陳念は真っ暗な映画館の中に座っている。ようやく終わりを迎え、ジャックとローズが命綱の一枚の木切れに摑まって、海に浮かんでいるシーン。若い男は女をその上に這い上がらせ、自分は冷たい水の中に浮かんでいる。

二人の未来はまるで北極海の寒い夜のように、凍《い》てついて、真っ暗だ。

「愛してる」

「やめてくれ！……サヨナラなんて言うな」

「あまりにも寒くて」

「聞くんだ。君はここから逃れられる。無事に助かるんだ。君は前を向いて、生きていくんだ。……年を取って、温かいベッドで安らかな最期《さいご》を迎える。こんなところで死ぬんじゃない。今夜死ぬんじゃない。いいね？」

「寒すぎて、もう感覚がない」

「この船のチケットを手に入れたのは、僕の生涯で最高の幸運だった。君と出会えたから。すごく感謝している……生きていくと約束してくれ。諦めないと。……何があっても、君が絶望の境地に立たされるようなことがあっても。僕と約束してくれ。諦めないと。僕と約束したことを、忘れないでくれ」

「約束するわ」

最後に、女は彼の手を離し、必死に明かりのある方へと泳いでいく。ジャックはゆっくりと北大西洋の、真っ暗闇に飲み込まれてゆく。

映画館から出てくると、陳念の目が真っ赤になっていることに李想は気づいた。

「泣いたの？」

陳念はうなだれて、首を振る。「泣いてない」

女の子はこういう映画で感傷的になりやすいよね。李想はそう言って、彼女の肩を叩いて慰めようとしたが、手をひっこめた。

彼は紙のバケツをゆらゆらと振る。「君がこんなに食べないとは思ってなかったよ。ほら、ポップコーンはまだこんなに残ってる」

陳念は仕方なく言った。「わたし、間食するのが好きじゃないから」

「だから君はこんなに痩《や》せてるんだな」彼は腕時計にちらりと目を向ける。「もう遅いから、家まで送っていくよ」

陳念が家に帰ってから間もなく、雨風がどんどんひどくなった。

しばらく待っていたが、北野はまだ来ない。

彼女は携帯電話を取り出して彼に電話をかけようとしたが、驚いたことに連絡先リストから北野の名前がなくなっていた。考えあぐねていると、ドアを叩く音がした。

陳念はびくっとして、ドアのそばに近づく。彼の低い声が聞こえた。「俺だ」

陳念はすぐにドアをあけて彼を招き入れる。彼は全身ずぶ濡れで、水がレインコートをつたって床に滴《したた》り落ちている。

彼女はタオルを彼に手渡しながら尋ねる。「彼女、どうだった？」

「大丈夫だろう」北野は言った。

「大丈夫って？」

「お前らの学校の裏山に行って、くまなく探したけどあいつはいなかった」

「探すところを間違えたんじゃない？　わたし、君と一緒に行くべきだった」

「間違ってない。血のあとを見た。でもあいつはいなかった」

陳念は驚く。「わたしに嘘《うそ》ついてない？」

「嘘なんかつかないよ。本当だ」彼は言った。「血痕《けっこん》もほんの少しだったから、軽い傷だと思う。今冷静になって考えてみたら、お前が帰ってきたときに服についていた血も少しだけだった」

彼女は不安げに、戸惑いながらすがるように彼を見つめている。

「怪我がたいしたことなくて、自分で帰ったんだろう」北野は言う。「何回切りつけたか、深い傷かどうか、お前だってはっきりしないんだろ。あまりにも緊張して、深刻に考えすぎてるんだよ」

「そうかな？」陳念は眉をひそめ、さらに言った。「でも……彼女は警察に言うはず……きっと……」

「それはない」北野は頭を拭《ふ》きながら、レインコートを脱いでハンガーにかける。「あいつは喧嘩《けんか》して、怪我もしている。それで警察に行くか？　それに、警察に言ったら、あいつらがお前にしたひどいことも明るみに出る。その中には、まだ在学中の仲間もいるから、退学になる。ほんとうに警察に話していたら、お前はいまここに立っていられるか？」

陳念は「ああ」と言って、ぼんやりと彼を見つめる。

「自分を責めるな」彼がささやく。「お前があいつにつけた傷なんて、あいつが喧嘩したときの傷よりも軽いくらいだって」

彼女はいくらか茫然《ぼうぜん》としていたが、しばらくして、おもむろに鞄の中から一枚の携帯電話のSIMカードを取り出した。

北野はそれを受け取ると、ハサミで切り刻んだ。

陳念は言った。「ゴミ箱はそっちに」

「外に捨てておくよ」

彼女は彼を見上げる。彼は彼女の頭をなでる。右腕に結ばれている赤い紐から糸が垂れて、彼女の頰をなでた。

「あいつは大丈夫だ。考えすぎるな。真面目に勉強をして、試験の準備をするんだ」

陳念は機械的に頷いた。

雨と風の音がする。電球が頭の上で揺れ、二人の影が弱々しく揺られていて、落ち着かない。

北野はベッドのふちに腰を下ろした。疲れているようだったが、顔をあげて彼女が放心しているのを見ると、しばらく彼女を凝視していた。やがてささやくように尋ねた。「映画は面白かった?」

「え?」

「映画はどうだったかって聞いている」

「――良くなかった」陳念は首を振る。「悲劇だから。わたしは好きじゃない」

「悲劇?」

「うん、主人公の男性が生きる、生きるチャンスを、ヒロインに残してあげるの。自分は死んでしまって」

「ヒロインは?」

「結婚して、子供を産んで、長生きする」

「それはいいな」北野は笑った。

「どこがいいの?」

北野は顔を上げて彼女を見ると、口を開き、何か言おうとしたが、結局口には出さなかった。まるで深い井戸のような、まっすぐで柔らかいまなざしで、そのまま静かに見つめている。

陳念はその場に立ったまま、彼と目を見合わせたまま、ふいに泣きたくなった。二人の若者はお互いの人生の苦しみや葛藤《かっとう》、愛と絶望を読み取ったけれど、何も言えずにいる。口にしたからといって何になるのか。

彼らは弱々しい肩に、あまりに多くの耐え難い重圧を負っている。まだこんなに幼いのに、ひどい境遇にあって、頼れるのはお互いだけというのは、結局のところ幸せなのか？　それとも不幸なのか？

じっと見つめ続ける。

北野は微笑《ほほえ》むと、彼女に向かって両手を広げた。小結巴《どもり》、来いよ。

陳念は目をこすりながら、近づいていって彼の膝《ひざ》の上に座ると、彼の首にぎゅっとしがみついた。まるで子供が何よりも大事にしているおもちゃを抱きしめるように。

彼女は頭を彼の肩に預け、ぎゅっとしがみついて、彼の首のそばで雨と風のにおいをかいだ。

彼が彼女を抱きしめてゆっくりと後ろへ押し倒し、ベッドに倒れこむ。

外の雨と風の音も、もう聞こえなくなったようだ。
きつく抱きしめ合う。今この瞬間、時間が止まってしまえばいいのに。

Chapter 7

夜空の下の少年

「We are all in the gutter, but some of us are looking at the stars.──オスカー・ワイルドのこの言葉をどう訳す?」英語の先生は教壇の向こうに座って、眼鏡の端から教室に目を向ける。「誰か翻訳してみて……陳念《チエンニエン》?」

陳念がスカートをなでつけて立ち上がろうとすると、先生が手で制した。「立たなくていい」

陳念は小さな声で言った。「わたしたちはみんな溝《どぶ》の中にいるけれど、中には星を仰いでいる者もいる」

「その通り。われわれはみんな溝に落っこちてるのだが、星を仰いでいるのもいる(オスカー・ワイルド「ウィンダミア卿夫人の扇」西村孝次訳より)」英語の先生はもう一度繰り返して言うと、鼻すじの眼鏡をほんの少し動かした。「次の問題」

四日目になっても、何事もなくすべてが穏やかだった。

魏萊《ウェイライ》はあれから陳念を困らせに来るようなことはなかった。

雨季も終わりが近づいて、だんだん暑くなってきていた。北野《ベイイエ》が陳念に小さな扇風機を買ってくれた。音が静かで、勉強机の下にぶら下げて風を送ることができるものだ。

先生がまだ問題を読んでいるところに、クラス担任が姿を見せた。陳念が少し気にしていると、先生の声が聞こえてきた。「曾好《ゼンハオ》、ちょっと来なさい」

曾好は出て行った。

引き続き授業を聞いていると、まもなく曾好が帰ってきた。少し得意げに見えた。

授業が終わると、小米《シャオミー》が彼女の背中をつっついた。「曾好」

「ん？」彼女は振り返った。

「先生は何の用だったの？　何かいいことあった？」

陳念はポッキーの箱を開封した。

「わたしも食べたい」曾好が手を伸ばして一本取ると、小米も一本取って言った。

「念は最近いつもおやつを食べてるよね」

さらに通りすがりのクラスメートもみんな寄って来て取っていく。封を切ったお菓子は広場でハトに餌《えさ》をやるときのように、あっという間になくなってしまった。

「魏莱が失踪《しっそう》したって」曾好がポッキーを食べながら肩をすくめる。いかにも人の災難が嬉しそうだ。

小米が尋ねた。「失踪したからって、どうしてあなたに聞くの?」

曾好は白目をむいて睨《にら》みつける。「形だけの質問だって。前に、あの子たちがわたしにしたことは、悪ふざけじゃなくていじめだって、誰だって知ってるでしょ。あの時には〝深刻に考えすぎないように〟なんて言ってたくせに、今になってわたしに聞きにくるなんてね。ふん。彼女は他の学校の生徒のこともいじめてたんだから、恨んでいるのはわたしだけなわけないじゃない?　いずれにしてもざまあ見ろ、よ」

陳念が顔を上げて言う。「そんなにあれこれ言わない方がいいよ。もし、どこかに遊びに行ってるだけで、何日かしてまた、戻ってきたら」

曾好が唇をとがらせる。「ずっと戻ってこなければいい」

「うちのクラスの担任、また白髪が増えちゃうよ」と小米。

「白髪なんて」曾好は言った。「魏莱は退学になったんだから、もう親の責任でしょ。学校は関係ない。以前はいじめを認めたがらなくて矮小化していたけど、それでも警察沙汰《ざた》になったじゃん。今は早めに関係が切れたことを喜んでいるんじゃないかな。あやうく学校の評判が落ちるところだった、って」

陳念は徐渺《シューミアオ》が曾好の後ろにいるのに気づいて、曾好をつっついた。曾好は振り向いて、徐渺の気まずそうな表情を見ると、向き直って陳念に向かってぺろっと舌を出し、それからはもう何も言わなくなった。

夕方、陳念は校門までやってくると、いつものように通りの反対側にいる北野に遠くからちらりと目を向けた。けれど……北野は道端にいる徐渺をじっと見つめていて、彼女が家族の迎えの車に乗って去っていくまで、かすかに奇妙な笑みを浮かべていたのだった。

陳念はちょっと考えて、自分が見間違えたのだと思った。

北野も彼女に気づいて、歩き始めた。

陳念はそのまま帰り道を歩いている。

この間のことがあってから、彼女はいつも不安で、何歩か歩いては振り返って、北野の姿を見るとようやく安心できた。

陳念が向き直ったとき、李想《リーシャン》が彼女の名前を叫んでいるのが聞こえた。「陳念！」

もう一度振り向くと、北野が彼女をじっと見つめながら、ポケットに手を突っ込んだまま横に一歩寄るのが見えた。走ってきた李想が、北野の肩にぶつかった。

北野がちょっとふらつく。

「あ、すみません」

李想は彼に向かって笑いながら謝ると、陳念の方に向かって走って来た。

陳念は静かに李想にちらりと目を向けてから、また前を向いた。

どことなく気まずい空気を察した李想は、慌《あわ》てて言い訳する。「へへ、今日も叔母の家に食事に行くんだ」

「そう」

「陳念、魏莱が失踪したって聞いたんだけど」

「そうらしいね」

「両親とケンカでもして、家出したのかな」李想は言った。「それならそれでいい。もうこれ以上君に何かすることもない」

陳念は敏感に反応して顔を上げると、言った。「わたしは彼女とは関係ない。あなたがそんな風にいうと、わたしが彼女にいなくなってほしいと思っていたみたいに聞こえる。彼女はわたしには何もしなかった。曾好にはあったかもしれないけど、みんなそんなとこでしょう」

李想は驚いて、慌てて謝った。「そうだね」

気まずいまま、彼は何気なく振り返って背後に目を向けたが、笑顔をひっこめて、少し歩いてから、かがみこむようにして小さな声で言った。「陳念、この間もあの人を見たんだけど、君のあとをつけてた」

「え？」

「振り返らないで」

けれど陳念はもう振り向いていた。その瞬間、李想が彼女の手をつかみ、言った。「走ろう。彼を振り切ろう！」

陳念は驚いて北野を見たが、反応するよりも先に、李想に引きずられて走っていた。

陳念はずっと抗《あらが》っていたけれど、李想の力は強く、彼女を引きずって通りを走り抜け、「あの人」が追いかけてこないのを確認してからようやく走るのをやめた。

陳念は力を込めて彼の手を振り払い、道端にかがみこんで荒く息をした。

「なんで走るの！」不愉快だった。

彼女は普段どんなに嫌なことがあってもほとんど感情を表に出さない。今日の彼女は機嫌が悪いのだと察した李想は、少し怯《ひる》んだように、低い声で言った。「君のあとをつけている人がいたから心配で」

「誰？」彼女は胸を上下させながら、李想を睨みつける。「誰なの！」

「……あ、追いかけてはこなかったよ」陳念は顔じゅう汗びっしょりで、真っ赤になっている。「同じ道を帰る人もたくさんいるし」

「学校には人がたくさんいるのに」

「それもそうだね。でも、警戒するに越したことはないかと。ごめん」李想は申し訳なさそうに作り笑いを浮かべた。

陳念は顔をそむけた。「もういいよ」

交差点で別れたが、陳念はそのまま道端に立っていた。遠くに北野が見えると、さっきまで李想のせいで何とも言えないむしゃくしゃした気持ちになっていたのがようやく収まった。

けれど、北野は、力を込めた目を彼女にちらりと向けただけで通り過ぎ、立ち止まることなく、前に向かって歩いてゆくだけだった。

陳念は彼と並んで歩いたものの、二、三人分ほどの距離を保っていた。

あの日から、彼はもう彼女をバイクに乗せてくれなくなったが、彼女ももう自分の家には帰らなくなった。長めの昼休みも学校に残って勉強するのではなく、北野の家に行って休憩をとった。学校にいない時間の一分一秒でも長く、彼と一緒にいることでようやく安心できた。

荒地のところまで踏み入ると、陳念は彼に少し近づいた。やきもきしながら彼を見て、彼から今日学校はどうだったかと聞いてくれるのを待った。

けれど彼が話しかけてくることはなく、彼女を見ることもなかった。

しばらくしてから、陳念は言った。「機嫌が悪いの？」

「別に」そばにある雑草を何気なく引き抜きながら、彼が尋ねる。「お前は？」

「え？」

「機嫌悪いのか？」

「わたしも別に」彼女は首を振る。

夕陽が荒地の遠いところに引っかかっている。まるで大きな赤みの強いオレンジ色の卵の黄身のよう。

陳念はまた尋ねた。「さっき、なんで彼にぶつかったの？」

「誰？」

「――李想」

「ふん、へんな名前」

「なんで彼にぶつかったの？」今日の彼女は徹底的に問い詰めようとしている。「わたし見たよ。わざとだったよね」

「ムカつくからぶつかったんだよ」北野は微《かす》かに体を傾け、雑草で彼女の鼻先をくすぐる。「俺に仕返しでもするつもりか?」

「……」陳念の顔が赤くなる。しばらく黙っていたが、尋ねた。「どうして、彼のことがムカつくの?」

北野は「ふっ」と声を出すと、冷ややかに彼女を睨んだ。「わからないのか?」

陳念は手のひらの汗をぬぐいながら、項垂《うなだ》れた。「わたしは彼なんて好きじゃないのに」

「じゃあお前は誰が好きなんだ?」北野が尋ねる。

顔が真っ赤になる。

草がそっと揺れている。

答えずに、ただ柔らかな手を彼の手の中に潜り込ませた。小さな魚が泥の中にするりと潜り込むように手をつなぐと、池の底の泥のほうでもとっくに準備はできていたはずなのに、防ぐことのできない小さな穴が開いて、雪解け水が注ぎこみ、その透き通った甘い水に驚いているかのようだった。

少年が少女の手を引いて、果てしなく広い原野を歩いてゆく。真っ赤な夕陽に向かって。

工場エリアに入ってくると、耳環花《みみわばな》を目にして、北野は一輪の花を摘んで彼女の耳のところにかけ、彼女の耳たぶをつまんで言った。「ピアスの穴はあけてないんだな」

「入試が終わるまでは」

「そうか」

「一緒に行ってくれる？」

「もちろん」彼が微かに顔を横に向け、唇が彼女の頬をかすめる。子供の頃大好きだった綿あめに触れるみたいに。

彼は言った。「そのときには、俺がピアスをプレゼントする」

「……ありがとう」

「まだ贈ってないけど」

「前もって言っておくだけ。気にしないで」

手をつないで家に向かって歩いてゆく。

北野の携帯電話が鳴った。

彼は顔をしかめながら電話に出ると、冷ややかな声で言う。「正午と夜はかけてくるなって言っただろ」

彼の仲間からだと陳念は知っていた。彼女が授業を受けている間だけが、彼が友達と一緒に遊ぶ時間なのだ。あのことがあってからは、特にそうしていた。

電話を切る。

陳念は言った。「夜、夕飯はうちでつくろう」

北野も言った。「そうだな」

家の前まで来ると、桑の木に太い縄が二本かかっていることに気づいた。陳念はその縄を見て、それからまた彼を見た。北野は言った。

「ブランコをつくってやるよ。入試が終わったら毎日ここでブランコに乗れる。木についている虫はスプレーで追い払ったから」

陳念はそっと頷《うなず》いた。

家に帰ると、米がなかった。インスタントラーメンもなく、乾麺《かんめん》が一束だけ残っていた。お湯を沸かして、その麺を放り込むと、陳念は彼の方を見る。「二人分これで足りるかな?」

「足りないだろ。卵も二つ入れよう」北野が卵を割り入れる。

陳念は周囲を探す。「ねえ、小白菜《バクチョイ》があるし、マイタケもある。……あ、トマト」

何でもいい、きれいに洗って何もかもすべて鍋《なべ》の中に放り込む。

鍋に赤と緑の野菜入りの麺が出来上がると、お椀《わん》に盛り付けることもせず、そのまま鍋をテーブルに運び、本を下敷きにして置き、箸《はし》を二組持ってきて椅子《いす》に座って鍋から直接食べる。

思いのほか美味《おい》しい。

扇風機の風が吹きつける。少年と少女は汗びっしょりになって食べている。

「うまい？」北野が尋ねる。

陳念は頷く。

北野がビール瓶を彼女の方に押しやる。「ちょっと飲めよ」

陳念は瓶を抱えるようにして、口をつけるとゆっくりと顔を上に向け、一口飲む。苦い。彼女は顔をしかめた。

北野は興味深げに眺めている。

「うまい？」彼が尋ねる。

「おいしくない」陳念は口をへの字にしたが、テーブルの向かいにいる北野を見ているうちに、なんとなく、ふと口もとを緩めた。

「なんで笑う？」北野が尋ねる。

陳念は首を振る。「何も」

「楽しい？」

彼女はぼんやりとちょっと考えてから、頷いて、低い声で、小さく、まるで秘密を打ち明けるように言った。「楽しい」

北野は「うん」とつぶやいて、目を鍋の中の麺に落としたが、無意識のうちに口角が上がって、やはり笑っていた。

陳念は尋ねた。「君も楽しい？」

北野は言った。「俺も楽しい」

二人は麺をきれいに、鍋の底が見えるまで食べきった。北野が聞く。「腹いっぱいになった？」

陳念は頷く。「お腹《なか》いっぱい」

パンを焼くにおいがまた漂ってきて、彼が尋ねた。「食べたい？」

「……そうだね」

北野はそこでまた笑った。窓を乗り越えて降りていくと、しばらくして焼きたてのパンを持って帰ってきた。それから灰太狼《フイタイラン》（中国で二〇〇五年ごろスタートした人気のアニメ『喜羊羊与灰太狼』のキャラクター）の形をしたソフトキャンディのロリポップも。

陳念は封を切ると一口嚙《か》んだ。

一瞬、棚の上の『聖書』が目に留まり、かすかに顔色を変える。歩いて行ってそれを棚の中に押し込むと、二度と目に入らないようにした。

彼女はキャンディを口に含んだまま、ふいに言った。「魏萊が行方不明になった」

「うん」北野はそれほど気にかけていない様子で、牛乳パックにストローを挿すと、彼女の前に差し出した。

「彼女はどこに行ったの？」

「知らねえよ。あいつは何人もの生徒に手を出してきた。俺たちには関係ねえ」北野は言った。

「うん」

でも、もし警察が聞きに来たら、やっぱり困る。彼女は眉をひそめて考えていたが、ふと立ち上がってバスルームに入っていった。何を探しているのかわからないが、棚の中や引き出しをあちこち探しまわっている。北野も止めることなく、テーブルのそばに座って牛乳を飲んでいる。

陳念は洗面台の下の引き出しを開けたが、中は空っぽだった。彼女はさらにあちこち探しまわってから、出てきて周囲を見回し、尋ねた。「あの服は？」

「ん？」

「あの日、わたしが着てた服」

「燃やした」

「燃やした?」彼は実に慎重だった。彼女が尋ねる。「燃やして、バレないかな?」

「一日中ゴミを焼いている場所を知ってるから」

陳念はまだ何か言おうとしたが、北野が聞いてきた。「今日は勉強しないのか?」

「する」彼女がテーブルのそばに戻って腰を下ろすと、北野は立ち上がってデスクライトを運んできた。

二人はテーブルの両側に分かれて座り、彼女はうつむいて教科書を読んだり問題を解いたり、彼はマンガ本をめくったり、彼女を眺めたりしながら、時々、窓の外でうるさく鳴いているコオロギを追い払いに行く。夏の夜はそんなふうに過ぎていった。

来る日も来る日も、少年と少女は互いに寄り添って生きていた。

ある夜、列車のベルが鳴り響いてくると、陳念は目をこすり、本を閉じた。

この夜は暴風雨ではなく、とにかく静かな夜だった。

陳念は言った。「今夜は、雨は降らなかったね」

北野は窓のほうに歩いて行く。「雨季も終わりだ……」立ち止まると、空を見上げながら、ふいに言った。「小結巴《どもり》」

「ん?」陳念が振り返る。

「ほら見て」

陳念も窓辺に行って、彼と同じように首を伸ばして空を見上げる。満天の星空。

北野は窓枠に飛び乗ると、手を差し出し、彼女を窓枠の上に引き上げた。コンクリートの板の上に飛び降り、梯子《はしご》から回り込んで屋上に登る。列車がゴーッと音をたてて通り過ぎてゆく。

二人は肩を並べて、屋上の夜風の中に座って星を見つめる。

敬虔《けいけん》に穏やかに、二人は星を見上げていた。

夏の夜の星空は息をするのも忘れるほどに心揺さぶられる美しさだった。あまりにも美しくて、泣きたくなる。

ふとあのフレーズが陳念の頭の中をかすめ、声に出す。「われわれはみんな溝に落っこちてるけど、星を仰いでる人もいる」

北野は視線を下げ、彼女の方を振り返る。彼女は少しうろたえる。「よくわからない」

「北野」陳念は尋ねた。「ここでいう星を仰いでるって、どういう意味？」

「俺にとっては、この瞬間を大切にするという意味だな」北野が言う。

彼女はよくわからず、ぼんやりしている。

彼は少し微笑《ほほえ》んで、言った。「いつかはその意味をわかってくれることを願うよ」

「わかるかな?」

「わかるよ」彼は言った。「信じる?」

「君が言うなら、わたしは信じるよ」


ある日の自習時間中、担任の先生が入って来て、机をコツコツと叩《たた》いて、手元の自習をやめるよう生徒たちに促した。それからはその自習時間の半分を割いて、みんなに登下校の際の安全に関する知識と自己防衛意識について話をした。

「特に女子」担任は言った。「できる限り誰かと一緒に行動して、ひとけのないところに行かないように。公園や山には行かないように。夜は外をうろうろしないこと」

誰かが聞いた。「何かあったんですか?」

担任は言った。「何もないが、もうすぐ入試だから、いろいろ注意するように」そう言いながらまた飲食や暑さ対策といった話を始めた。けれど生徒たちは表情と言葉から察していた。何かと敏感なのだ。先生が立ち去るとすぐに、クラス内は大騒ぎになった。

「何かあったんだ。絶対に何かあったに違いない」

「先生の口調に気づかなかった？　〝特に女子〟って、ほら、ああいうことだよね」

「ああいうことって？」

「ああいうこと、でわからない？　この間、レインコートのレイプ魔の話をしたのに、みんな信じなかったよね」

「あ――」そういうことか、とすべてを悟ったようだ。

陳念は関心を寄せることもなく、口の中にドライプラムを一粒放り込む。

前にいる曾好が振り向いて、小米の机にもたれながら、陳念の方に向かって手招きをする。

陳念が近づいてゆくと、小米も体を寄せ、三つの頭が寄せ集められた。

「ねえ、先生が話していたのは、魏萊のことかもしれない」

陳念と小米は怪訝《けげん》な顔をした。

曾好が言う。「本当だよ。隠しても見え見えだよね」

陳念の口の中のドライプラムがとけて、酸《す》っぱくてしょっぱい。「彼女……どうしたの？」

曾好はためらっている。続く言葉に申し訳なさを感じたようだったが、それでもその言葉を口にした。「レイプされて殺された」

「……」

小米が言った。「本当なの？　でたらめでひどいこと言わないでよ」

「本当だってば」曾好は言った。「一週間前、雨季の最後にひどい雨が降ったとき、三水橋が崩れたでしょう」

それはみんな知っていた。三水橋は辺鄙《へんぴ》なところにある。鉄道橋だが、被害者はいなかったから、それほど話題にもならなかった。高三も残り僅《わず》かな生徒たちが気にするようなことではなかった。

「工事の人が水中で作業をしているときに、靴を片方見つけたんだって。最初はゴミだと思って岸に持ち帰ってゴミの山に捨てようとしていて。それがそのあとでわかったのが……」

小米が口をはさむ。「魏萊のだったの？」

「そう。魏萊がいなくなってから、いたるところに〝尋ね人〟の掲示があったでしょう。彼女が失踪した日に履いていた靴のこともネット上に書いてあって」

「それで？」

「当然、警察に通報があった。警察が近くを捜索したら、三水橋の上流一キロくらいのところの、川沿いの泥の中で少女の遺体が見つかった」

小米が尋ねる。「彼女はそこに埋められていたの？」

「うん。警察が引き上げたとき、全裸で、何も着ていなかったって」

「それでもあなたがいっていたような——ああいうこととは限らないでしょ」

「あんたは知らないのね」曾好は言った。「曦島《シーダオ》ではもう何人もの女の子がそういう被害に……でもその犯人は捕まっていないってこと」

〝そういう〟というのがどういうことなのかは、誰にでもわかっている。

陳念は三水橋に行ったことがあるのを思い出した。そして鄭易《ジェンイー》が以前登下校のときに気を付けるようにと彼女に注意していたこともまた思い出した。彼女は言った。

「でも、だからって死んだ人が魏萊だって決まったわけじゃないでしょう」

「それなら魏萊は失踪してどこに行ったっていうの？　わたしは魏萊だと思う。きっと彼女よ」曾好は必死に言う。

もし魏萊が事件に巻き込まれたのだとしたら、しかもそんなひどい目にあったのなら、彼女は死ぬ前きっとつらかっただろう。

だんだん甘くなってきたドライプラムを舐《な》めているうちに、興奮したような恐ろしいほどの快感が陳念の胸をよぎった。

しかし、すぐに自分の心の中にじっと目を向けた陳念は、醜いと感じて、恥ずかしくなった。

正午、陳念はベッドの上に敷いたゴザの上にあぐらをかいて座っている。北野がそのそばで室温を下げるために水を撒《ま》いているとき、彼女はそのことを彼に話した。彼は「ああ」と声を漏らしたが、それ以上は何も言わず、何事もなかったようにそのままコンクリートの床に水を撒き続けている。

扇風機の風が彼の額にかかる髪に吹き付け、目を隠しているので、表情はよく見えない。

「君は、魏莱に違いないと思う?」陳念は尋ねた。

「俺にわかるわけないだろう?」彼が視線を上げる。「俺は警察でもないし」

水を撒き終わると、扇風機の風が涼しくなった。北野もゴザの上に腰を下ろす。

「寝よう」

陳念は体を横たえて、目を閉じる。北野も横になって、目を閉じた。

ゴザの上に横たわっている二人に風が吹き付ける。

しばらくして、涼しくなってくると、彼は枕《まくら》カバーにしていたタオルを彼女のお腹にかけた。陳念が目を開ける。

北野が低い声で言った。「起こしたか？」

陳念は首を振ると、彼を見つめた。

「どうした？」北野が尋ねる。

陳念は言った。「あの日、君が学校の裏山に行ったら、魏萊はそこにはいなかったんだよね？」

「そうだ」

「あの日、君はどうしてあんなに帰りが遅かったの？」

「長い間探し回ったから」

陳念は口を開こうとしたが、結局は何も言わず、そのままっすぐに北野を見つめ続けた。

彼女にはものを言う二つの目がある。けれど、このときは彼女の目にも言葉はなかった。彼女はいくらか疑いを抱いてはいたものの、自分が何に疑いを抱いているのかわからなかった。

彼は静かに笑った。「俺がお前に嘘《うそ》をついていると思ってる？」

「そうじゃないけど」陳念は言った。

「寝よう」北野はもう一度言った。

陳念は目を閉じた。北野も目を閉じた。

昼寝から起きると、北野は陳念を学校まで送っていく。

廃工場エリアを出て、雑草の生えた土地を歩いていると、後ろから少年を呼ぶ声が聞こえてきた。「北野！」

彼の友達の、大康《ダーカン》、頼子《ライズ》だ。北野と同じようにあどけなくひょろりとしていて、不良っぽい。

陳念はぱっと北野の後ろに隠れ、彼のシャツをぎゅっとつかむ。彼女が震えているのが、彼にはわかった。例の事があってから、彼女はあらゆる不良少年たちが怖かった。北野をのぞいて。

「北兄」

「小北《シャオペイ》（北《ペイ》ちゃん）」

彼らが走ってくる。「一緒にスケボーやりに行こうぜ」

「お前ら先に行ってろ、俺も後から行くから」

風が吹いて草を揺らし、北野の背後に少女の黒い髪と白いスカートの端がちらついている。

「最近いったいどうしたんだよ。何やってるんだ？」大康が彼の背後をのぞき込もうとすると、北野はすばやく右にずれて、彼の視線を遮る。

大康はまるで敵を見るように警戒する北野の眼差《まなざ》しとぶつかった。

思わぬ事態に、大康はぽかんとしている。幼いころから一緒に育ってきて兄弟同然なのに、こんなことは初めてだ。

その二人が見つめ合っている、あるいはにらみ合っているというべきか。

頼子がそれを見て、大康の腕を引っ張ると、小さな声で丸く収めた。「オレたちは先に行って遊んでいようぜ。また後でな」

大康は北野の足元にのびる高さの違う二つの影がぴったりと張り付いているのを見つめていた。高い影と低い影。彼はもやもやして、ここ最近の不満をきつい言葉にして言いたくなって、結局口に出してしまった。「友達よりも女の方が大事ってことかよ」

ぷいと立ち去りかけると、頼子が引き戻そうとしたが、大康はそれを振り払った。

「お前もどっかいっちまえ！」

頼子は北野をちらっと見て、何か言いたそうにしていたが、彼の目つきを見て言葉を飲み込むと、言った。「あとで電話する」

彼も走っていった。

北野は背後に手を伸ばして、陳念の手を握る。彼女の手のひらは汗でびっしょりで、きつく握りしめられていて、それをゆるめるのにかなり彼は苦労した。

陳念は真っ青な顔をして、うつむいている。

「あの人たち……あなたの友達？」

「もう違う」

北野はつないだ彼女の手を、少しずつ力をこめて握ってゆく。彼女も少しずつ力をこめ、若くて未熟なふたつの力が絡《から》み合い、結ばれる。

腰の高さまで伸びた草叢《くさむら》のなかを歩いてゆく。細かいことは、言葉にしない。あの赤い紐《ひも》はまだ彼の右腕に結び付けられている。意味のない小さなものが、恋ゆえに、心の中で特別なものになる。

しっかりとつながれた少年の手。

やむを得ず放さなくてはならなくなるまで、ずっと。

通りに出ると、もう肩を並べて歩いたりはしない。

道を渡るとき、陳念は道端に立ち、北野は彼女から五、六メートル離れた大きな木の下にいる。背後から誰かが陳念の肩を叩き、振り返ると鄭易だった。

彼女は驚いて、本能的に北野の方に目を向けたくなったが、そうはしなかった。

「鄭警官……」

「陳念」鄭易は微笑んだ。「今日の昼はどうして外に？」送り迎えをしていたこともある彼は、彼女が昼休みは家に帰らないで学校にいることを知っていた。

陳念は言った。「わたし……時々昼休みに家に帰ることもあって」

「ああ、机の上に突っ伏して昼寝しても休まらないよね」信号が青に変わると、彼はあごを上げる。「行こう」

陳念は彼のあとについて歩いたが、漠然とした不安を感じて落ち着かなかった。午後二時の太陽が通りを照らし、熱気で人も蒸されてしまう。

彼女は少し考えてから、尋ねた。「あなたは……どうして……ここに？」

「ああ、君に会いに来たんだ。学校に行く前に、ここで君に会えるとは思わなかったよ」

「わたしに、何の用ですか？」

車が右折してきて、彼は彼女の腕をちょっと引いたが、少女の肌が少しひんやりとしていて、すぐに手を離して引っ込めた。

彼はよそよそしさを感じたが、しばらく会っていなかったし、勉強のプレッシャーもあるからだろうと受け止めた。「もうすぐ大学入試だから、最近の君の様子を見に来たんだ」

「相変わらず……いつも通り」

「うん。穏やかに過ごせてるなら、それでいい」しばらくとりとめのないおしゃべりをしてから、鄭易は本題に入った。「これからは学校が終わったら早めに家に帰るんだよ。放課後にはあまり人がいないところは歩かないように」

陳念は言った。「先生が……言っていました」

「うん、それならよかった」鄭易は頷いて、しばらく考えていたが、結局、曖昧《あいまい》に言った。「同世代の男子生徒とは距離を保って、簡単に彼らを信じないように。一人で男子生徒と一緒に帰宅してはいけないよ。もし何かあったら、冷静に、相手を怒らせないように」

陳念はハッとした。まるで沸騰《ふっとう》している湯の中に温度計を落としてしまったように。うしろめたくて落ち着かなかった。彼はまさか北野のことを知っているのだろうか？けれど、そうではないと思いなおした。この話の意味するところは、疑いを抱きはじめているという程度のはずだ。

陳念は顔を上げて、どういうことなのか聞きたかったが、守秘義務のある鄭意が答えるはずがないと気づいて、聞くのはやめた。

校門の前まで来ると、鄭易は言った。「ちょっと待って」彼は通りの向かいの売店に行ってソフトクリームを買うと、彼女に差し出した。

受け取ると、ひんやりとした空気が手の甲に降りてくる。

鄭易は笑って、言った。「がんばって。しっかり勉強するんだよ。僕はしばらく忙しくて、君に会いに来る時間がないんだ。入試が終わったら、食事をごちそうするよ」

陳念は言った。「わかりました」

鄭易は去っていった。陳念が見送っていると、北野の姿が見えた。

プラタナスの木の下のまだらになった木漏れ日の光と影の中に立っている。太陽の光が何本もの白い光の束になって、少年のほっそりとした体にぽつぽつと穴を穿《うが》つように降り注ぐ。

陳念はソフトクリームを手に校門の階段のところに立ち止まっている。彼女は向こうに行けないし、彼も来られない。

ちらっとこちらを見ただけで、彼は背中を向けて行ってしまった。まるでここに来たことなどなかったかのように。粉々になった光が、彼の身体《からだ》の上を流れていく。

陳念は学校に戻った。

始業時間が近づいている。教室の中は沸騰寸前になっている。どこからの情報かはわからないが、川で発見された例の女子生徒の身元が確認されたという。

本当に魏萊だった。

曾好は電球のように目を輝かせて、陳念に言った。「彼女は小蝶《シャオディエ》に付き添って行ったのよ。あ、違う、小蝶は天国に行ったけど、魏萊は地獄に落ちたんだから」

もう死んでしまった人を恐れる者はなく、憎しみも恨みももはや隠そうともしない。

午後中ずっと、小米はため息をついていた。陳念は声をかけた。「今日はどうしちゃったの?」

小米は言った。「ちょっと辛《つら》くて」

「魏萊のこと?」

「うん」小米は言った。「彼女のことは嫌いだけど、それでもかわいそうだと思う。死んじゃうくらいなら、やっぱり生きていてほしかった」

陳念はわからなかった。魏萊が死んだ方がよかったのか、それとも生きている方がよかったのか自分でもわからなかった。

小米を前にして、彼女は面目がなく、無力だった。一番の親友だったけれど、二人を隔てるものができてしまった。彼女は何から話していいのかわからなかった。

「わたしにはこの世界が理解できない」小米は言った。胡小蝶《フーシャオディエ》が飛び降りた時も、不安だった小米はこの言葉を口にしたことがあった。

小米は元気がなく、顔を洗いに行った。

陳念が教室に戻ると、徐渺がやってきて、陳念の目の前の胡小蝶の席に腰を下ろした。「魏萊は失踪したあの日、わたしに電話をかけてきたの」

陳念は表情を変えない。

徐渺がため息をついた。「あんたのことを言ってた。裏山で待ち合わせしたって。あんたが狼狽《うろた》える様子を〝鑑賞〟しに来いって。裏山だし、体育の授業だから、行っても両親にはバレないでしょって」

陳念は相変わらず彼女を見つめながら、表情を閉ざしたままでいる。

「わたしはもう魏萊みたいにはなりたくなくて、断ったの。前は誰かをいじめるのってクールで気分良かったけど、今思えばくだらない」

陳念は言った。「行かなくて、幸いだったね」

徐渺は陳念が気まずさを感じていると思ったのか、自分も少し気まずそうに言った。

「わたし今、毎日両親から厳しく言われているの。前にやってたことはもう忘れなさいって。でも陳念、あの日魏萊はあなたに何もしなかったんだよね？」

彼女の眼には、陳念はあくまでも弱々しいいじめの対象であって、容疑者であるはずがなかった。

陳念はあの日の、動画を手にした尊大で横暴な魏萊の姿を思い出していた。陳念を侮辱し、威嚇《いかく》し、脅迫し、彼女はこれからもずっとひどい目に遭い続けるのだと断言していた。陳念はうなずいた。「しなかった」

「ねえ」徐渺は顔を近づけ、小声で言った。「魏萊と個人的に会ったことは誰にもいわないで。そうしないと毎日あれこれ問い詰められるから、勉強どころじゃなくなっちゃうでしょ」

陳念は頷いた。

半日もたたないうちに、さまざまな情報が噂という羽の生えた鳥のように、校内を飛び回った。陳念が体育の授業で下に降りていくとき、下級生が神妙な様子で話しているのを耳にした。

「ねえ、アメリカの『クリミナル・マインド』ってドラマ見た？」

「見てないよ。面白い？」

「めちゃめちゃ面白いよ。ネットで探してみて。ほら、魏萊の事件みたいな。連続強《ごう》姦犯《かんはん》のコントロールが利《き》かなくなって爆発した転換点で、彼女を殺したことで連続強姦犯の犯罪はエスカレートしていって、それからはもう女の子に手を出すだけじゃなくて、みんな殺しちゃうようになるんだよ」

「えー？　ほんとなの？」

「ほんとだって。テレビでそう言ってた。レイプで得られる快感ではもう満足できなくなって、一度人を殺したら、パンドラの箱を開けてしまったみたいに、殺人を続けて快感を得るしかなくなっちゃうんだよ」

「怖いんだけどぉ。――でも、あなたすごいね。専門家になればいいのに」

「もちろん、わたしはそのつもり」

多くの生徒たちがあれこれと議論している。

彼らが被害者に抱くかわいそうだという気持ちは、人が多い時にはとりわけ強烈になり、群集心理に従って表情と言葉に表れてくる。

誰かが蠟燭をともして魏萊のために祈ろうと呼びかけ、臨時の「実行委員会」が蠟燭のサイズ、並べ方、誰が撮影するか、誰が顔を出すか、誰が微博《マイクロブログ》で発信するかなどといったことで小さないさかいも起こったが、幸いにも最終的には意見がまとまった。

けれど、まだ夜にならないうちに、教室の中で誰かが蠟燭に火をつけて遊びはじめると、何人も少年たちが加わり、喧嘩《けんか》したり騒いだり、笑ったり飛び跳ねたりして、狂ったようにふざけ合ってしまい、危うく事故になりかけ、教務主任の先生から説教され、取り決めたはずの追悼活動もなくなってしまった。

学校とは不思議な植物園だ、とときどき陳念は思う。一人一人がみな一つの花であり、一本の草であり、一本の灌木《かんぼく》だ。

美しい少年もいれば、醜い少年もいる。ときに美しく、ときに醜い少年もいる。

彼らはまるで葛藤《つづらふじ》と松の木が日光や雨水を奪い合うように、食うか食われるかの関係だったりハナゴケとサルオガセのように、ウィンウィンの関係だったりする。それ以上に多くの場合、彼らは喬木《きょうぼく》と灌木で、それぞれ自分にふさわしい場所を探して、自然を分かち合い、互いに干渉しない。

けれどここでさえも生きていけない人は、今後どうやって社会を生き抜いていけばいいのだろうか？

Chapter 8

嵐《あらし》の前夜

「地衣《ちい》類ってすごく不思議」小米《シャオミー》が陳念《チエンニエン》に向かって言った。

陳念はうつむいて机の上を片付けている。入試までのカウントダウンは一桁《ひとけた》に突入したので、たくさんの教科書や参考書を少しずつ家に持ち帰らなくてはならない。

「真菌類と藻類《そうるい》が共生して、一方は養分を吸収して、もう一方は光合成をして、地衣類に成長する。でも両者を離してしまうと、独立して生存することはできなくて、いずれも死んでいく」

前方でちょうど鞄《かばん》を片付けていた曾好《ゼンハオ》が振り返った。「小米、あなたってこんなに感性豊かなのに、早いうちに恋愛しなかったのはもったいないね。最後の数日でラストチャンスに駆け込まなくていいの？」

小米が彼女の椅子を蹴《け》飛《と》ばす。「大学にはもっといい人がいるんだから」

「そうとも限らないよ」曾好はそう言いながら、目では無意識に横を見る。

小米がそれを見て、笑う。「もう気に入っている人がいるんでしょ」

曾好も隠さない。「入試が終わったら、李想《リーシャン》に告白する」

「えー！　それなら志望も北京の学校を記入したんだよね」学期末が近づいて、みんな次第に重い雰囲気になりつつある。誰もが少しでも多くの同級生に自分と同じ都市にいてほしいと思っている。

「そうね。わたしも省内には残りたくない。ここの人たちが嫌いだから」曾好は言った。かつて胡小蝶《フーシャオディエ》、曾好あるいは陳念がいじめられていても、多くの人が見て見ぬふりをし、放置していた記憶がフラッシュバックする。

曾好は言った。「大学に入ったら、わたしはちゃんとおしゃれして、メイクを勉強して、ファッションも学んで、クラブやサークルに参加して、たくさん友達を作るんだ」

小米も思いを馳《は》せ、振り返って本やノートを片付けている陳念に目を向ける。「念、大学に行ったら、あんたはきっと学科で一番の人気者になるよ」

陳念は気だるそうにまぶたを持ち上げる。「数学科か、物理学科で、女子学生は私一人だから？」

曾好はぷっと噴き出して笑い出し、陳念の顔をつねる。「天然なんだから！」

陳念はそっと顔を背ける。

小米もゲラゲラと笑う。「学科で一番じゃないよ！　大学で一番、ミス・キャンパス！——念、工科大学に進学したら、絶対何人もの人に追いかけられるよ。どんなタイプの男の子が好きか考えたことある？」

陳念は『オックスフォード英中辞典』をカバンの中に入れると、ファスナーを上げ、小さな声で言った。「わたしが人を殺したら、火をつけてくれる人」

「……」

「……」

陳念が続ける。「でも、わたしは人を殺さないから、その人も火をつける必要はない」

曾好が彼女の腕をつつく。「ジョークもクールなんだから。あなたのためになら死ねるくらいあなたを愛してくれる人っていうことだよね。でも、今どきどこにそんな人がいる？」

小米が口をはさむ。「悪趣味もわかるようになったのね。——ねえ、真面目《まじめ》に教えてよ」

「わたしを幼い……子供扱いする人。わたしが行くところには、どこにでも……ついてくる人。わたしの姿が見えないと、その人は不安になる。その人の姿が見えないと……わたしが不安になる」陳念は言った。

「念、それって二人はクマノミとイソギンチャク？」小米は笑う。「それとも地衣？」

「だめ！　だめ！　だめ！」曾好が首を振る。「陳念、そういう考え方だと幸せは長く続かないよ。恋人同士は平等が大事。父と娘でもなければ、兄と妹でもないんだし、自分の世界と自由が必要だよ。くっつきすぎはダメ。少し考え方を変えないと」

「ふうん」陳念はつぶやいた。

三人は片付けが済むと教室を出た。曾好が提案する。「明日は一日休みだから、李想にも声をかけて、文曲星廟（学問にご利益《りやく》があるといわれる民間信仰の施設）にお参りに行こうよ」

「あなたでも神頼み？」と小米。

「山に登って気分転換するのが目的。それから小吃街（軽食の店や屋台がならぶストリート）に行くの」

「ダメだよ。こんなに暑いんだから、そういうものを食べたらお腹《なか》を壊して、入試に差し支えるよ。入試が終わったら食べまくろう」

「それなら山に登ってからゲームセンターに行こうよ」

「いいね。わたしモグラ叩《たた》きやりたい。——念、あんたも行くでしょ？」

遠く離れた校門の向かいにいる人影が目に入った陳念は、首を振る。「行かない」

「なんで行かないの？　一緒に行こうよ」曾好は言った。

陳念は鼻を鳴らしながら、「なんかちょっと……風邪気味で。薬を飲んで、明日は休みたい」

「ああ、それならゆっくり休んで、ちゃんと漢方薬飲まないと。風邪がひどくなったら、治るのに一週間はかかるから、入試直前の何日かに勉強どころじゃなくなるよ」

「うん」彼女は頷《うなず》く。

陳念はみんなと校門のところで別れた。

彼女はずっと歩き続けて、通りを抜けた荒地までやってくると、立ち止まって振り返った。

北野《ベイイエ》が歩いてくる。

横から見ると、陳念は少し前かがみになって、カタツムリの殻のように重い鞄を背負っている。ストラップの当たる部分の服が汗でびっしょり濡《ぬ》れて、しわくちゃになって肌に張り付いている。

北野は前に来ると、彼女の肩から鞄をおろす。

彼女は少し体をまっすぐに伸ばし、彼のあとからついていく。

「明日は授業ない」

「一日？」

「うん」

「勉強するのか。それとも遊びに行きたい？」

「遊びに行きたい」

「わかった」

それぞれ勝手に歩いているけれど、心は穏やかだった。

しばらく歩くと、北野が尋ねた。「昼のあの人が知り合いの警察官？」

「そう」

「お前に何の用？」

「同世代の男子生徒に対しては、警戒するように。それから――」

「それから？」

「男子生徒とは、一緒に帰ったりしないように、人が少ないところを、歩かないようにって」

北野は黙り込んだ。しばらくしてから、彼女がまだ返事を待っていると察したのか、尋ねた。「それなのにお前はまだ俺と一緒に歩くのか？」

陳念はうつむきながら、口角を少し引く。「一緒に歩いたからって、何だっていうの？」

北野は微《かす》かに笑った。

陳念は言った。「みんな言ってる。魏萊《ウェイライ》はまず……されたあとで殺されたって。前にもいくつか似たような事件が起こっている。犯人は多分同一人物だって。若くて、わたしたちと同世代の人だって」

北野はまた少し答えずにいたが、しばらくしてからふいに尋ねた。「俺がその犯人かもしれないってお前は怖くなることはないのか？」

陳念は首を縦に振る。「ならない」

北野が振り返り、黒い瞳《ひとみ》で彼女を見つめる。「仮に本当に俺だったとして、それでも怖くない？」

陳念はじっと彼を見つめながら、もう一度うなずく。「怖くない」

北野は黙り込んだが、少ししてからひとことつぶやいた。「バカだな」

陳念はエノコログサを引き抜いて手の中で縒《よ》りながら、のろのろと彼のあとを歩く。ちょっと考えて、細い茎を振り回して彼の掌《て》をくすぐると、彼はぱっと手をひっこめて彼女を振り返った。まるで大人が子供のいたずらを見るように、フンと鼻を鳴らして相手にせず、そのまま歩き続ける。

陳念はまた追いついて彼をくすぐった。

「何するんだよ？」

「明日、どこに連れて行ってくれるの？」

「明日になればわかるよ」

「そう」陳念は彼の横を歩きながら、ふわふわしたエノコログサでまだ彼の掌をくすぐっている。彼はもう慣れてしまって、素知らぬ顔で平然と、彼女がするに任せている。

「そこに行ったら面白い？」彼女は尋ねた。

「お前はどう思う？」彼が聞き返す。

「面白いよ」彼女が答える。

「面白いってどうしてお前にわかる？」彼がまた聞き返す。

「わかるから」彼女もまた答える。

「フッ。お前は仙人か？」

「仙人じゃないけど、わかる」

長い年月が過ぎた後になっても、陳念は北野とのこのときの会話をはっきりと思い出すことができた。

彼女はあまりしゃべらないが、彼もそれほどしゃべるわけではない。多くの場合、二人は静かに黙って歩いて行く。まるで互いに気づかない見知らぬ人同士のように。そんな時々の会話は、何年も経《た》ってから思い出してみれば、くだらなくてばかばかしい。けれど不思議なことに、何年も経った後になっても、陳念は北野と会話した時の気持ちをはっきりと思い出すことができるのだった。

まるで澄み切った湖面に小石を投げて、水切りしたときにできる跡のように。

………

鄭易は外の用事が終わって戻って来て、建物のロビーに入ったところで、同僚に呼ばれた。「急げ。潘《パン》チームは会議だって」

鄭易は水を飲む暇もなく、急いで会議室に向かった。

楊《ヤン》先輩は先月の二つのレイプ事件の捜査の責任者で、ちょうど報告しているところだった。「……雨季のさなか、二人の被害者はいずれも夜間に一人で行動していて襲われている。雨の音が大きくて、背後にいる人の足音も聞こえず、傘を差していて、視線も遮られていた」

監察医である朱《ジュー》医師が補足する。「容疑者はレインコートを着てフードで顔を隠していた。被害者が抵抗してもがいたときにひっかいたレインコートのビニールが、爪《つめ》の中にわずかに残っている」

楊先輩は言った。「ごくありふれたレインコートで、有力な手掛かりは得られていない。――二人の被害者によれば、相手は刃物で彼女たちを脅している。彼女たちはその人物に対し若い印象を受け、長身で、瘦《や》せていたという。我々の分析の結果、容疑者は十七から十九歳と見られる。おそらくは彼女たちと同世代の人物だ。だが、被害者からの通報があまりに遅すぎたこともあり、我々がこの二つの事件から得られた有力な手掛かりは多くはない」

誰かが言った。「この二つの事件のあと、新たな通報はありません」

楊先輩が言った。「被害者の年齢が低いせいもあって、沈黙することを選んだ人もいるに違いない」

潘隊長が尋ねる。「今回発見された遺体だが、君たちはどう考える?」

鄭易は音を立てないようにそろそろと歩いていき、そーっと椅子をひいて腰を下ろした。

楊先輩が言う。「我々はおそらく同一犯であると考えている」

楊先輩が監察医の朱医師に目を向けると、医師が口を開いた。「検死の結果、被害者の手首、肩甲骨《けんこうこつ》、脚部に、抵抗した際にできた傷と痣《あざ》があり、会陰部《えいんぶ》を負傷、膣《ちつ》には新しい撕裂傷《せつれつしょう》がありました。体内に精液の残留はなく、コンドームを使用したものと思われます。これらはすでにわかっている通り、これまでの二つのレイプ事件の被害者の状況と一致しています」

「しかし、天気のせいで、気温も湿度も高く、さらに死後に川辺の泥の中に埋められていたことから、具体的な死亡時刻を特定することが難しくなっている。おそらくは今月の中旬、五月十日から五月十六日。被害者は五月十二日に失踪《しっそう》しているので、十二日から十六日。亡《な》くなってから時間はかなりたっているものの、遺体は気密性の高い酸性の沼地に埋められていたことで、腐敗を免れている」

「鄭易、君はどうだ?」

鄭易は言った。「被害者の両親は仕事中で娘のことは見ていなかったため、十二日のいつ彼女が出かけたのか、どこに行ったのかまったく知りません。その日に電話をかけた相手は友人の徐渺《シューミアオ》だけです」

楊先輩が言った。「徐渺? この間、彼女と一緒に同級生をいじめて騒ぎになって署まで来た、あの?」

「そうです。わたしが徐渺に聞いたところ、その日に、被害者の方から電話で遊びに行こうと誘ってきたそうです。でも徐渺は学校にいて授業があるからと言って断り、さらにもう今後は連絡してこないようにと伝えたそうです」鄭易は言った。「この二人は一番の親友でした。いじめもケンカも一緒にやってきた。でも、この前の出来事があって、徐渺の両親は彼女を厳しく監視するようになり、登下校もきっちりと見張っています。時には授業中にまで学校へ彼女がさぼっていないか見に行くそうです。彼女は被害者とはほぼ絶交に等しい状態でした」

鄭易はそこまで話したとき、徐渺が何気なくつぶやいたひとことを思い出していた。「パパとママの言うことを聞いて、もう無茶なことをしなくてよかった。わたしまでひどい目にあうところだった」

鄭易は不思議に思った。「それはどういう意味？」

「あ、いいえ。ただのつまらない思い込みです」

「思い込み？」

「魏萊が殺されたのは、彼女を恨んでいる人がいるからだと思って」

鄭易はその時は何も言わずにいた。すると徐渺がまた口を開いた。「でも、レイプされたって聞いたから、それはわたしのただの思い込みだったみたい」

鄭易はずらりと並んだ同僚を見渡して、注意深く言った。「今のところ、このいくつかの事件を結び付けるには早すぎると思います。ひとつ、ずっと気になっていることがあります」

「なんだ？」楊先輩が尋ねる。

「被害者の衣服と靴は、どこにいったんでしょう？」鄭易は尋ねる。「どうしてわざわざ服と靴を遺体から離したのか？——被害者は地元の人間で、家族も友人もいて、着衣を脱がせることで警察が身元を特定できなくなることはありえません」

　捜査員たちはしばらく沈黙していたが、やがて楊先輩が口を開いた。「心理学的に言えば、服を脱がせるというのはさらなる凌辱《りょうじょく》の意味がある」

　鄭易がそこを突っついた。「それは、私怨《しえん》ということでしょうか？」

　楊先輩は一瞬止まったが、また首を振った。「そうとも限らない。容疑者がもともと女性全般に対して恨みを抱いているのかもしれない。多くの連続レイプ事件によく見られることだ」

「それは——」鄭易が言い終わらないうちに、監察医の朱医師が彼に手で合図した。

「一つ、あなたが来る前にわたしたちが話していたことで、あなたが聞いていなかったことがあります」朱石《ジューシー》は言った。「今回の被害者、要するに魏萊ですが、彼女の爪の中からも同様にレインコートの成分が見つかったのです。我々はそれを以前の二人の被害者のものと比較して分析した結果、同一のレインコートであることを確認しています」

鄭易は言葉を失う。事実は雄弁に勝る。

彼は頷いた。「わかりました」

「このほかに、爪の中に別の繊維もありました。マスクとかそういった類《たぐい》のものでしょう」朱医師が続ける。「被害者の身体《からだ》には刺し傷は一か所だけ。致命傷で、肝臓に刺さっていました。刺さった角度や傷口から見る限り、犯人は被害者よりもかなり背が高く、身長178から185センチと思われます」

隊長が軽くデスクを叩き、付け加えた。「この点は保留だ。レイプ事件が起こっていることを考えると、殺害時、被害者はおそらく横たわった状態だから、ここから身長を推測するには、証拠不十分だ」

「はい」

鄭易は検死報告書をめくる。目の前に死者魏萊の部分的な皮膚の組織写真が現れ、彼女の手首、肩甲骨、脚部には、いずれもみな生きているときにできた打撲傷があり、よくある防御創も、彼女が抵抗してもがいたことを証明する証拠だった。

まったく手がかりがない。彼はぎゅっと自分の鼻筋を揉《も》んだ。

会議が終わると、鄭易は楊先輩を自分のオフィスに招いた。水を入れたコップを手渡し、彼に座ってもらった。「頭が痛いですよ。この事件がこれ以上解決できないままだったら、唾《つば》を吐きかけられて死んじまう」

「従来の方法では、解決できない事件もある」楊先輩は水を一口飲んだ。「わたしが会議の席で言った方法を使うしか――」

「犯罪の心理学的分析」鄭易は先回りして言った。

「そうだ」楊先輩は言った。「この事件について考えてみようか。レイプ犯はどうしてレイプをするんだと思う？」

鄭易は一瞬、まとまった答えが出てこなかった。

楊先輩が言った。「四つの理由がある。一つは、権力型。自分の支配欲と征服欲の体現のためだ。二つ目は、感情型。親密な個人的関係を構築することを渇望《かつぼう》するからだ。三つ目は、発散型。自分の怒りや挫折感《ざせつかん》を発散するためだ。四つ目が、好奇型。性的な好奇心を満たすためで、未成年の一度きりの犯罪によく見られる」

鄭易は頷く。「先輩が以前書いた報告書を読みました。過去の二人の被害者の話を聞いたうえで、彼女たちの説明によれば、この容疑者は発散型に属すると推断されるとあなたは考えているんですね」

「そうだ。権力型は一般的に年齢がいくらか上になる。感情型はデリケートで要求を持っている。ひいては被害者の感情まで気にかけ、被害者と会話をすることもある」

「発散型の青少年」鄭易は何か思うところがあるようだ。

「このタイプが殺人に発展するのは、少しも意外なことではない。犯人は挫折し、腹を立て、早急に発散する必要があった。しかし被害者は必死に抵抗し、犯人を馬鹿《ばか》にし、罵倒《ばとう》した。犯人はさらなる挫折感を抱いたことで、当然のように殺人に至る。刃物による刺殺、この刺すという動作そのものがある種の強力な発散だ」

鄭易は再び頷く。「はい」それからまた口を開く。「青少年の特定の層をターゲットにしたレイプ事件の犯罪者は、一般的に同世代の青少年であることが多い」

「そうだ」楊先輩は自分のノートを開いて彼に見せた。「わたしが考えた容疑者のイメージだ」

鄭易が手に取ってみると、ノートにずらりと書かれている。
1．年齢は十七歳から十九歳、無口で内向的、控えめで頭はいい。同世代の輪に入りたいと思ってはいるが、なかなか溶け込むことができない。
2．容貌《ようぼう》は整っている（事件のあった現場付近では容疑者の目撃情報はない）。
3．中退、あるいは荒れた校風の学校に在籍（被害者はみなきちんとした高校に在学中の生徒）。

4．頻繁に授業をさぼっている、ほかの学校の近くをうろついている。
5．事件現場の土地を熟知している。近くに住んでいる、あるいは何度も下見に行っている。物事を周到に、計画的に、筋道を立てて進められる。
6．家庭に不和がある。特に母親との関係が良くない、あるいは険悪（暴行の過程において女性を辱《はずかし》めるような行為が見られた）。以下のようないくつかの可能性が考えられる。母親から虐待《ぎゃくたい》を受けてきた。母親によるネグレクトまたは育児放棄があった。母親に多数の性的パートナーがいる、または売春婦である。

鄭易は感嘆した。「さすがです。だからといってやはり捕まえるのは難しいですよね」

楊先輩は言った。「そうだな。魏萊の事件について、我々はあらためて少しきちんと整理しよう。範囲を絞りこめるだけの有力な手がかりをきっと見つけられるはずだ」

「そうですね」と言いながら鄭易はノートを返した。

「容疑者には乗り物があるはずだ。年齢を考えると、車である可能性は低いし、自転車では被害者を運ぶには不便だから、バイクである可能性が極めて高い」

翌日、二人は早起きした。

彼らは室内を行ったり来たりしながら、服を着て、髪をとかし、歯磨き粉を絞り、歯を磨いて顔を洗った。

一緒に遊びに行くようなことなど滅多にない。

陳念は鏡に向かって、整えたばかりのポニーテールをほどいてもう一度結びなおし、左右をちらちらと見て髪がこぼれていないかを確かめてから、ようやく出てきた。

朝は、暑くも寒くもなく、ちょうどいい気温だ。北野と陳念はテーブルのそばに座って、煎餅《ジエンビン》（中国式クレープ）を食べる。静かな朝食。

狭い部屋は少しずつ暑くなってくる。まるでゆっくりと加熱されてゆく圧力鍋《なべ》のように。二人は外へ出る。

北野がシャッターを閉めているとき、その横に立つ陳念は、なんとなく浮足立ってしまうのが抑えられない。

二人は工場エリアを出ると、広々とした原っぱを抜ける。ずっと軽快な足取りで、線路のそばまで歩いた。

北野が立ち止まる。朝日に目を向けると、腰をおろして地面に横になり、線路に足を載せる。それから、陳念の方を見て、隣りの草地を叩き、彼女にも横になるようにと促した。

陳念も何も聞かずに、彼の腕を枕《まくら》にしてそばに横になる。

空は高く、青い。鳥が飛んで行く。

彼女も足を線路に載せると、尋ねた。「日光浴？」

北野がかったるそうに答えた。「列車を待ってる」

「列車を待ってるの？」

「二十分で、列車が来る」

「列車が来たら、……見るの？」

北野は彼女の方を見て、少し笑っている。「列車に乗る」

「でもわたしたち、切符がない」

「大丈夫」北野は言った。

彼が大丈夫と言うのなら大丈夫だろう。彼女はしばらく空を見ていたが、やがて眼を閉じた。

風が吹いている。世界は静かだ。眠りに落ちそうになったとき、足元の線路から振動が伝わってきて、二人は目を開けた。

北野が彼女の手を引いて立ち上がらせる。緑色の列車が近くまで来ている。田舎に向かう緑色の列車はスピードが普通の列車よりも少し遅い。

陳念は瞬《まばた》きもせずに見ている。しばらくすると、おかしいことに気づいた。「あの列車は停車する？」

「停まらない」北野は言った。

「それならわたしたち、どうやって乗るの？」陳念は尋ねた。

「停まらなくても、乗るさ」北野は言う。

そう言うと、彼は彼女に手を差し出す。陳念は胸がドキドキしたが、手を伸ばして、彼の手を握る。

「小結巴《どもり》」

「ん？」

「死にたい？」

陳念は驚いて、彼の横顔を見つめる。それから前方の震えている線路を眺めながら、ゆっくりと言った。「そう思ったことはある」

「俺もだ」北野は言った。

少年と少女は期せずして同時に軽く震え、さらに強く手を握った。

「今死にたい？」

「少しはそう思う。でも、少しそう思わない」

「俺もだ」少年は言った。「俺と一緒だったら？」彼が尋ねた。

「だから言ったんだよ。少しはそう思うって」彼女はそう答えながら、彼の手をしっかりと握った。

二人の手はまるで結ばれた縄のように、きつく絡《から》み合っている。二人は震えながら、線路をじっと見つめている。

北野は言った。「準備はいいか？」

陳念は頷いた。「いいよ」

列車がだんだん近づいてきて、ビュン、と彼らの前を駆け抜け、風が吹きあがる。

北野が叫ぶ。「追いかけよう！」

陳念が叫ぶ。「追いかけよう！」

二人は手をつないで、風に逆らいながら、列車が坂を下っていくのを追いかける。鉄の梯子が彼らのそばにある。北野は陳念の手をぎゅっとつかんだ。「跳べ！」

陳念はその城壁のような堅い鉄の壁に跳び付く勇気がなかった。北野が手を伸ばして梯子をつかむと、列車の壁に跳び付いた。もう片方の手はまだ陳念とつないでいる。陳念は身体を支えきれない。北野が声をかける。「跳び乗るんだ！」

陳念は首を振る。彼女は怖かった。

「俺が受け止めるから」

陳念はジャンプした。北野が彼女の腰を抱きかかえる。二人の身体が一緒に列車の壁にぶつかる。陳念は慌《あわ》てて梯子をしっかりとつかむと、北野に目を向けた。二人は息を切らしながら互いに見つめあう。驚いて茫然《ぼうぜん》とした顔には何の感情も残っていなかった。ふいに、ゲラゲラと笑い出す。

二人は列車の上まで這《は》い上がった。

草地に湖、蓮池《はすいけ》に水田。

少年の顔にはうっすらと汗が流れ落ちたが、すぐに列車の上を吹き抜ける風がきれいに拭《ぬぐ》い去る。

列車は小さな村を通り過ぎた後、臨時停車した。

北野と陳念はこっそりと列車から降りると、手をつないで走り出した。

まばらな瓦葺《かわらぶき》の家と、一面に広がる水田のある小さな村だった。

二人は目的もなくあぜ道をゆっくりと歩く。大きな蓮池のそばを通り過ぎる。

陳念は葉っぱをゆらゆらと振り回している。きらきらした水滴が葉っぱの上を転がり落ちてゆき、ぶつかって細かく砕けては、また集まってくっつく。

蓮池の持ち主は大柄な男性で、小さな木の舟で池の奥の方から、蓮の葉をかきわけて出てきた。船の上には、青々とした蓮の花托《かたく》とピンク色の蓮の花が山のように積み上げられている。

陳念はじっと蓮の花托を見つめている。北野が尋ねた。「曦島《シーダオ》に売りにいくんですか？」

大柄な男性は言った。「そうだよ。なんなら、安く売るよ。一つ一元だ」

確かに安い。

北野は七つ買った。七本の茎を束ねてつかむ。花托は七つの鳥の頭のように、首をくねらせ、右に左にゆらゆらと揺れる。

大柄な男の人が陽気に言った。「蓮の花を二つおまけするよ」

陳念は岸辺にしゃがみこむと、舟から白とピンクの花を一つずつ取った。匂《にお》いを嗅《か》いでみると、青臭い淡い香りがした。

田んぼのあぜ道を歩きながら花托のなかの蓮の実を食べた。摘んだばかりの花托は柔らかくみずみずしく、口の中に入れると、池の澄んだ水を飲んでいるような気がした。

「もう少ししたら日が高くなる」北野は言った。彼は岸辺をうろうろしながら慎重に選び、一番大きな蓮の葉を見つけ出す。その茎を折ると、長く白い糸を引いた。

彼は蓮の葉を傘にして彼女に手渡した。

陳念はそれを受け取って、太陽を遮った。

「ほら、菱《ひし》の実がある」北野が田んぼのあぜ道にしゃがみこむ。手を伸ばしてすくい上げる。葉っぱをたくさん持ち上げると、ひっくり返してその中からいくつか実を取り出して、剝《む》いた。

陳念はスカートをたくしあげて彼の横にしゃがみこむ。「ちっちゃいね」

彼は小さな殻の中から白い果肉をむき出すと、彼女の口のそばに運ぶ。「食べてみて」

陳念はうつむいて口に含む。柔らかな唇が彼の指をなぞる。北野は葉っぱをまた水の中に投げ入れた。心の中のように池にさざ波が立つ。

「すごく甘い」陳念は言った。すっきりとした、街で売っているのと同じ品種とは思えないほどの甘さだった。

これが夏のほんとうの味なのだ。

彼らは蓮の葉の傘を差して稲田の中を歩いて行く。畑に入ってキュウリやトマトをもいでは食べ、靴を脱いで水田を歩き回った。泥を足の甲にこすりつけ、足の指の間から絞り出す。

二人はわら小屋で昼寝をした。目覚めると、足についた泥が乾いて固まっていて、そっとつつくだけでぽろりと落ちた。

さらに引き続き進んでゆく。

田んぼのあぜ道は狭く、二人は肩を並べて歩くことはできなかった。北野はわずかに一歩下がって、彼女に前を歩かせ、彼は後ろにいる。自分が前に行って彼女の手を引いたりはしない。

後ろの道はすべて田んぼのあぜ道で、とにかく狭い。彼女のそばに彼の場所はなく、彼は彼女の足跡を数え、彼女の背中を見ている。

まるで空の彼方《かなた》まで歩いたみたいに遠くまで歩いたが、二人はちっとも疲れていなかった。

空に白い月がのぼってきて、草叢《くさむら》からたくさんの蛍が浮かび上がってくるころ、二人は家に帰るために列車を追いかけた。

鉄の列車が夜の原野を抜けてゆく。二人は高い車両のてっぺんに這い上がった。

夜風が強く、少し冷たい。少年と少女は車両の上に座っている。細かく砕けたダイヤモンドのような、満天の星。

「雨が降りそう」陳念は言った。

「そうだな」

「降るかな？」

「わからない」

「雨が降ったらどうする？」陳念は聞いた。

「俺たちはびしょびしょになる」北野は言った。

「もし雨が降らなかったらどうする？」陳念はまた聞いた。

「俺たちは星を眺め続ける」北野は言った。

陳念はそこで彼の目を見つめた。

北野が手を伸ばして彼女の顔に触れ、唇にキスをする。

陳念はそっと目を閉じた。

列車の上はこんなに高い。手を伸ばせば、一つか二つ星がつかめそうだ。

星空を見上げること、それが今日という日の意味だった。

Chapter 9

静寂の部屋

大学入試まであと七日。

体育の授業の時間で、教室で勉強している人は誰もいない。みんなグラウンドで体を動かして気分転換していた。クラス担任がみんなに言い聞かせる。手を怪我《けが》するといけないから、バレーボールやバスケットボールはやらないように。縄跳びかランニング程度にしておきなさい。

曾好《ゼンハオ》が李想《リーシャン》、小米《シャオミー》そして陳念《チェンニエン》をバドミントンに引っ張っていった。

しばらくやっていて疲れた陳念は、グラウンドのまわりをぶらぶらしていた。知らず知らずのうちに、かつて北野《ベイイエ》がフェンスを越えて飛び込んできたあの片隅の木に向かって歩いていた。

彼女がそこに近づく前に、フェンスの外に白い服の裾《すそ》が目に入った。陳念は怪訝《けげん》に思いながらも喜んで走っていくと、フェンスにしがみついた。「どうしてここにいるの？」

北野は人差し指を伸ばすと、彼女の手の甲にすっと線を引くように触れた。「体育の授業中だって知ってたから」

「あと七日なの」陳念は言った。

「わかってる」

「それに試験日の、二日間を足して、十日後には、わたしたち、毎日一緒にいられるようになる」

北野は言った。「今でも毎日一緒にいるだろ」

「……ああ」彼女は頷《うなず》いた。

木の葉がまだらに影を落としている。彼の柔らかな視線が彼女の顔から移動していき、彼女の背後に落ち着くと、冷静な表情に変わり、低い声で言った。「お前を探してる人が」

最後まで言い終わらないうちに、彼はぱっとフェンスの向こうに姿を消した。

陳念が振り返ると、遠くから鄭易《ジェンイー》が歩いてくるのが見えた。いま会いに来るのは、きっと前回気を付けるようにと言っていたときよりもっと深刻なことに違いない。

陳念にはよくわかっていた。

彼女は手についた埃《ほこり》を払うと、彼の方に歩いてゆく。

グラウンドに運動器具が並んでいるところがある。陳念はスペースウォークマシンのところまで来ると、レバーをつかみ、二本の足を広げて踏板の上でぶらぶらと揺らした。

鄭易はそのそばにある腹筋トレーニングマシンに腰を下ろすと、しばらく黙って彼女が遊んでいるのを見ていたが、やがて尋ねた。「陳念」

「はい？」彼女は遊びに夢中になっているように見えた。

「もし何かトラブルがあったら、まず僕に連絡をしてくれと言ったのを覚えているかな」

「覚えています」彼女は頷いた。まるで振り子のように、踏板の上でゆらゆら揺れながら。

「でも、これまで一度も僕に連絡をしてくれたことはないよね」彼は苦笑する。

「わたし……」陳念は首を振る。「困ったこと……なかったから」

「なかったって？　魏萊《ウェイライ》たちにいじめられていることを、どうして僕に知らせてくれなかった？」彼は知ってしまったのだ。

身体《からだ》の動きがわずかに止まったが、やがてまた前後にゆらゆらと動きはじめた。

「あなたに話して……話したからって、それでどうにかなるの?」彼女は言った。

「僕なら……」鄭易は言葉が続かなかった。かつて彼に真相を話したからこそ、彼女は凄《すさ》まじい報復を受けたのだ。

そして、様々な理由から彼は彼女をそばで守れなくなった。

今となっては、彼女の登下校に付き添っていた日々が懐《なつ》かしい。彼女が路地から彼の方に向かって走ってくるとき目に浮かんでいた期待と感謝の気持ち、彼女がリュックを背負って学校に入っていく途中で振り返ったときの信頼の気持ちは、今やすっかり失われてしまった。

日差しが強く、鄭易は額に細かい汗をにじませた。

「魏萊たちは君に何をしたんだ?」

「わたしを罵《ののし》って、殴って、引《ひ》っ叩《ぱた》いた」

「それから?」

「それだけ」

「それだけ?」鄭易はじっと彼女を見つめている。

ゆらゆらと揺れていた振り子がゆっくりと止まる。陳念は彼を見つめながら、ささやくように尋ねた。「それだけでないなら、あとは何があるっていうの?」

鄭易は言いたいことがたくさんあったが、何を言っても無駄なようだ。

授業の終わりのベルが鳴っている。陳念は踏板から降りると、校舎に戻った。

鄭易は苦しさと憂鬱《ゆううつ》を抱いて職場に戻った。同僚によれば、楊《ヤン》先輩の犯罪者プロファイリングにも進展があり、彼らはその犯人像に合致する若者の捜査を開始したという。すでに中退した、あるいは職業専門学校に在学しているがたびたびさぼっている者、家庭不和で両親と一緒に住んでいない者、バイクを所有している者、等々。その犯人像に合致する容疑者はわずか二、三十人だ。

姚《ヤオ》警官がその三十人ほどの写真を持ってきて鄭易に見せた。ほとんどが名簿に掲載された証明写真だった。鄭易はしらみつぶしに容疑者を探し出すこういうやり方には反感を抱いていたから、面倒くさそうに傍らに避《よ》けた。

姚警官は彼の機嫌があまり良くないのを見て、尋ねた。「そっちは何か進展があった?」

鄭易は自分を少し落ち着かせてから、口を開く。「魏萊に羅婷《ルオティン》という友人がいる。僕は最初からどこか彼女に引っかかるものがあったんだ。何度も話を聞いてようやく彼女が話してくれた。魏萊は死の前日に、大勢で一人の女子生徒をひどく辱《はずかし》めていたんだ」

「辱めていたって、どんな?」

「殴って罵って……」鄭易は眉間《みけん》を少しこする。「彼女は先に帰ったので、その後のことは知らない、と」

「その女子生徒にも聞きに行ったの?」

「ああ。その子も話してはくれなかったよ」

「犯行現場の近くには話を聞きにいった?」

「聞き込みに行かせている」鄭易は言った。「まだ証人を探しているところだ」

「魏萊の死とその件は関係があると思う?」

「わからない」鄭易は力をこめて、自分の顔と首を揉《も》んでいる。彼はこの件をはっきりさせたい、陳念にいったい何があったのか知りたいと思っていた。こんなモヤモヤした感覚に彼はもはや耐えられなくなりそうだった。

「最近疲れすぎているんじゃない? 情緒不安定に見えるけど」

「そうだよ! 俺は情緒不安定だよ。魏萊、羅婷たちなんかとっくに捕まえておくべきだったんだ」鄭易はぱっと顔を上げると、デスクに拳《こぶし》を振り下ろした。

姚は言葉を失って彼を見た。

死のような沈黙のあと、鄭易も自分が我を忘れていたことに気づいて声を落ちつかせると、言った。「通報がなかったとしても、僕はこの件をきっちりと調べる」

「それで？」この問題はあまりにも残酷だ。

彼らの仕事において、「きっちりと調べる」は往々にして犯罪者を罰するということだ。しかし、この件ではそうすることはできない。

鄭易の心にたちまち怒りが湧《わ》き上がる。「どうして法律は……」

「鄭易、冷静になって！」姚警官が彼を呼び止める。「それならあなたはどうしたいっていうの？　全員捕まえてぶち込む？　あの子たちはまだ子供じゃない」

「子供だからって、怖いものなしでやりたい放題してもいいっていうのか？」

「いいわけじゃないけど、ぶち込んだところでそれですべてが解決するの？　まだ人格形成だってできていないのに。彼らがこんなふうになってしまったのは、我々大人にも拒めない責任があるでしょう。彼らを作り上げた社会、学校、家庭、それは我々大人が構築しているんだから。

西洋でも、東洋でも、どんな国だろうと法律というのは子供には寛容なものでしょう。彼らはまだ更生できるから」

鄭易は苦笑いする。「わかってるよ。大学で、先生が言ってた」

刑法の教師によれば、未成年の犯罪者の人格的特徴には仮象性がある。だから同じ罪を犯しても、その主観的認識と大人のそれとには隔たりがあり、多くはまだ本当の犯罪者としての人格形成には至っていない。

その柔軟性があるからこそ、教育と救済で、彼らを引き戻すことができる。厳しい追及と重い罰は、彼らを押し出してしまうことで、社会をより危険にさらすことになる。

では、被害者は？

鄭易は額に手をあてる。自分でさえさっきのように我を失ってしまうのだ。被害者はいうまでもない。どうして罪が罰せられることもなく許されるのか？　被害者の怒りと憎しみは、いったいどうすれば癒《いや》される？

「変わることができる子供もいれば、変わらない子供もいるということは否定しないけど。その変わらない子供は……」

「その子が変われるかどうか、本心か偽りの気持ちかなんて誰が判断する？　誰が判断するんだよ？　君か、俺か、それとも上司か？　人間による基準で判断したら、お前も俺もこんな商売やってるはずがないよな。もっと絶望が増えるだけだ」

鄭易はまた苦笑した。あるいは、人は最善を尽くすことを学ぶけれど、どうすることもできず無力であることも受け入れなくてはならないのかもしれない。

ただ、今のところ彼はまだ受け入れられない。

彼はうつむくと、首を振った。「姚、人に信じてもらっていたのに相手を失望させてしまう感覚って、わかるかい？

そういう感覚は死ぬほど辛《つら》いよ」

彼自身がまるで粉々になってしまったかのように、その声は低かった。

……………

放課後。

雑草の生い茂る荒地を歩きながら、北野が尋ねた。「あの警官、またお前に会いに来るなんて何の用だ？」

「魏萊のことを聞かれた」一面に広がる淡い青色のオオイヌノフグリの花が目に入り、しゃがみこんでハート形の実をいくつか摘《つ》む。

「あいつは何を聞いてきた？」

「彼は何か……」陳念は小さな実をつまんで弾《はじ》けさせると、言った。「知っているみたい」

「ああ」

陳念は彼に一束差し出す。「君もやる？」

北野は受け取ると、親指と人差し指でつまんで、澄んだ音を立てて、弾けさせた。

その夜、北野はこれといって話をすることもなかったが、陳念も気にしなかった。彼らの間に、もともと会話は多くはなかった。夕飯を食べ終わって、勉強をして、その後で寝た。

ここに泊まるようになってから、陳念の眠りは深くなった。夜中に北野が窓を開けてくれたのをぼんやりと感じていた。夜風が吹き込んで、扇風機より気持ちよかった。どのくらい時間がたったのかわからないけれど、ぼうっとしていると、ぱらぱらと浴室から水の音が聞こえてきた。

陳念はねぼけまなこでのっそりと体を起こし、ベッドから這《は》い出した。ひと筋のほの暗い明かりが、暗闇《くらやみ》の裂け目のように浴室から差し込んでいる。

陳念は目をこすりながらその光に向かって歩いてゆく。形だけ閉めてあるドア越しに、北野の裸の上半身が見える。洗面台で何かを洗っている。

少年の髪はびっしょり濡《ぬ》れていて、体が揺れたり震えたりするたびに、前髪が目を遮り、表情はよく見えない。

「北野……」陳念はそっと彼を呼んだ。

その瞬間、振り向いた少年は背後にあるものを体で隠した。二つの黒い目が、鋭く彼女を見つめている。

「何してるの?」彼女はわけがわからず、困惑していた。

「……」

数秒間の沈黙のあと、彼女は足を踏み出した。

「おい!」押し留めようとする強い口調だった。

陳念は彼を見つめる。

「パンツを洗ってる」彼は言った。「お前、見たいのか?」

陳念はぎょっとして彼を見る。少しして、何かを理解したようにうつむくと、すぐに立ち去った。

北野は冷静になると、深く息を吐いた。長い足を持ち上げ、ドアを蹴飛《けと》ばす。振り返って洗面台を見ると、蛇口の水がすでに洗面台の中の濃い赤色をきれいに洗い流していた。

北野は明かりを消してベッドのほうに戻ってきた。陳念は横向きでベッドに横たわっている。月の光が明るく輝いている。

彼女が眠っていないことはわかっていたから、彼は手を彼女の腰に載せた。二本の張りつめた弓のように、彼は彼女と重なった。

彼女は微《かす》かにアルコールの匂《にお》いをかいだ。ごくうっすらと。彼女は尋ねた。「お酒飲んだの？」

「少し」そっとささやく。

彼女は向き直って、彼を抱きしめた。

二人の若い体が互いに抱き合い、黒い瞳《ひとみ》がお互いをじっと見つめている。息をする音もことごとく聞こえる。怯《おび》えているのか期待しているのか、お互いにあるいはとっくに慣れきっているのかもしれなかった。

彼は鼻で彼女の眉毛《まゆげ》、彼女のまつげ、彼女の鼻先をこすると、彼女の唇にキスをした。

夜風がかすかにひんやりとしていて、皮膚をなでて震わせる。彼女は彼を迎え入れる。

やわらかな服をはだけると、少女の身体はまるで乳白色のバターのようだった。彼が彼女の背骨をなでる。ころころと動く連なった玉をなでるように。

二人は互いにぎゅっと抱き合うと、そっと転がった。まるでこれが、彼らの世に唯《ゆい》一《いっ》存在しうる心地よさであるかのように。

やがて疲れきって、抱き合ったまま眠った。

眠りに落ちる前に、北野がふっと目を開けて、尋ねた。「お前の家のカギは？」

「かばんの中」

「明日お前の本を運んでおく。ここは狭すぎる」

「うん」

…………

一日が過ぎ、カウントダウンの日数がまた一つ減った。

時間がことのほか耐え難いものになり、誰もがみなもぞもぞとうごめいている。

陳念は動きのない静かな水面のように穏やかに、淡々と落ち着いて勉強していた。授業の合間に、クラスメートたちは小さな扇風機を手にテレビドラマのことや謎《なぞ》のレインコートの人物についてあれこれ話し合っている。そうすることでプレッシャーを軽減しようとするかのように。

陳念はクマの形をしたグミを噛《か》みながら、机を片付けている。数冊の資料集を残して、彼女の机はほぼ空になっていた。

昼休みになると、彼女は足早に校門へと向かった。遠くから北野の姿が見えて、彼女は階段を駆け下りてゆく。彼も彼女の方に向かって歩き出した。けれどふいに一台のパトカーがやって来て門のそばに停まり、鄭易が車から降りてきた。彼女に会いに来たのだ。

彼女はもう彼の方を見ることはなかった。鄭易がドアを開け、彼女はうつむくようにしてパトカーに乗り込む。

警察署に着くと、鄭易は彼女を会議室に連れて行った。

鄭易はずっとうまい言葉が見つからず、水を取りに行ったが、頭の中では先ほど受けた電話の声がぐるぐると回っていた。「……魏萊たちがその子を殴って、その子の服をすべてはぎ取って、地面を引きずって歩いて、多くの人が取り囲むようにして見ていたのを目撃したという人が……」

手に冷たい水が触れ、鄭易ははっと我に返る。

同僚たちを外に残し、一人で部屋に入る。

制服を着た陳念が、しょんぼりとうつむいてポツンと会議室の中に座っている。

鄭易は水を彼女の目の前に差し出す。「陳念？」

「ん？」彼女が顔をあげ、静かに彼を見る。

彼女が緊張してもいなければ、疑問を抱いているふうでもなかったことで、鄭易を戸惑わせた。「君はいま何を考えているの？」

「今は、もうすぐ家に着く、頃」彼女はゆっくりと言った。

「家に着く？」

「うん」少女は頷く。「もし、ここに来ていなかったら、わたしはもうすぐ、家に着いていた」

彼女はうつむいて指をぎゅっとつかんでいる。他にはもう何も話すことはないというように。

「……陳念」彼は深く息を吐き出してから、尋ねた。「魏萊たちは、君に何をした？」

「魏萊？」

「ああ」

「わたしを殴った。引っ叩いた」

「それから」彼は言った。「その後は？」

「忘れました」彼女はそっと首を振る。「覚えて……いません」

彼女は彼を見ている。澄み切っているのにぼんやりとしたまなざしで。

鄭易は一瞬言葉につまって、マジックミラーの向こうにいる同僚たちを振り返った。再び向き直ったときには、陳念は窓の外の太陽を眺めながら、かすかに眉をひそめ、ぶつぶつと独り言をいっていた。「ご飯を食べ終わったら、昼寝をする。ゴザのそばに、水をまいて」

鄭易は部屋を出て、ドアを閉める。

楊先輩が言った。「おそらく心的外傷後の自己防衛だろう。心療内科の医師に診てもらった方がいいんじゃないか？」

姚警官が答える。「それは記憶を呼び覚ますということですか？」

「羅婷たちは先に帰ったけど、帰るときに魏萊と、彼女の知らない女子生徒数人と通りすがりの男子生徒が数人いたらしい。容疑者はその男子生徒の中にいるかもしれない。羅婷たちはその男子生徒たちのことは覚えていない。でも陳念は覚えているかもしれない」

「そうですね」

「彼女は受験するんだ」鄭易が突然言った。

「え？」

「彼女は受験するんだ」鄭易がもう一度繰り返した。

「陳念？」

「ん？」少女は心ここにあらずで、窓の外の日差しをずっと眺めている。鄭易たちが声をかけてようやく、彼女は正気に戻り、二つの黒々とした目で彼らを見た。

純粋なまなざしは、彼女のいうことが真実なのだと信じさせるにふさわしいものだった。

「君は魏萊を憎んでいるかい？」

「まあまあかな」彼女は言った。

「まあまあってどういうことだい？」

「あなたたちが名前を出さなかったら、わたしは、思い出すこともない、その人のこと」

その返事に、言いたいことも言えなくなってしまった。鄭易は一瞬どう続ければいいのかわからなくなった。

陳念は言い終わると、また窓の外を見る。今は十二時半、ちょうど夏の日差しが一番強烈な時刻だ。日差しにさらされた空気が切り裂かれて細かい結晶になっている。

楊先輩が尋ねた。「では今は、今その人の名前を出したけれど、君はその人を憎んでいる？」

陳念はまた邪魔をされたというように、振り向くと、言った。「まあまあ」

「どうしてまたまあまあなんて？」

「わたしもうその人、その人がどんな、どんな顔をしていたかも、もう、よく覚えていないんです」

彼女の吃音《きつおん》が強くなったようだ。

楊先輩も道をふさがれた。

静かになったとき、彼女がふいに口を開いた。「死んだ人、その人の顔は、生きている人の記、記憶の中で、ぼやけていってしまうという。でも死んでいない人、その人の顔は、長い間ずっと、会わないでいたとしてもはっきり、している」

鄭易には心当たりがあったが、ほかの人たちはこの言葉に興味を抱いてはいない。

楊先輩がだしぬけに尋ねた。「魏萊が失踪《しっそう》したあの日、君はどこにいた？」

陳念はゆっくりと瞼《まぶた》を持ち上げ、聞き返した。「どの日？」

よくつかう裏技は通用しなかった。楊先輩は答えるしかなかった。「要するに君が魏萊たちにひどい目にあわされた翌日だよ」

「学校にいました」

「どうして休まなかったんだい？」

「勉強しなくちゃいけないし、時間はとても、大事だから」

普通では考えられないことだが、かといって返す言葉もなかった。

「君は一日中ずっと学校にいたの？」

「はい」

　嘘《うそ》をつくことなどできないはずだ。学校に行って調べればすぐにわかることなのだから。

「夜は？」

「映画を見ました」

「映画を見た？」楊先輩の目にきらりと光が走った。「君はそんな時に映画を見ていたのかい？　勉強と時間は大事ではなくなったの？」

　彼はすごい勢いで迫ったが、彼女はのろのろと言った。「だって……すごい……名作だから」

「君は一人で見たの？」

「違います」

「誰と？」

「クラスメート」

「名前は？」

「李《リー》、想《シャン》」

「どちらが言い出したこと？」鄭易が口をはさむ。

「彼が」陳念は言った。

これも調べればわかる。みんな再び黙り込み、ちらりと視線を交わしたが、もうそれ以上聞くことはしなかった。

楊先輩は会議室から出てくると、言った。「あの子は冷静すぎる」

「何が言いたいんですか？」

「何も」楊先輩は普通に言った。「これはあの子の育った環境、個人の性格、これまでの個人的な経験のせいだろう。あるいは、最近の災難の」

姚警官が尋ねる。「それって、彼女は深い自己防衛モードから抜け出せないでいるかもしれないってことですか？」

「ああ」楊先輩は頷く。さっきのあの質問も彼女がここに来た以上、ついでにはっきりさせておくために尋ねたに過ぎないという。今見る限り特に大きな問題はないようだ。「学校の教師と同級生のその李想という男子生徒に聞いてみてくれ。彼女が嘘をついていないかどうか確かめるんだ——例の、二、三十人の容疑者のことだが、なんとかしてさらに絞りこまなくてはならん」

楊先輩はそう言いながら、何人かと一緒に立ち去った。

鄭易はそのままそこに残った。戻ってドアを開けると、陳念はまだそこに座っていて、窓の外を眺めていた。目の前に置かれたコップの水はまったく手がつけられていなかった。

こんなに暑い日に、喉《のど》が渇かないはずがないのに。

鄭易はコツコツとドアを叩《たた》いて、言った。「陳念、もういいよ」

彼は彼女を食堂に連れて行って食事をさせると、またわざわざペットボトルの水を彼女に買ってあげた。彼女は蓋《ふた》を開け、ボトルの水を半分ほど飲んだ。

食事が終わると、彼は彼女を家まで送って行った。

「陳念」彼女と話をするとき、彼は無意識に慎重になっていた。

「はい？」

「何か気になっていることがあれば、僕に話してくれてもいいんだよ」

「ありません」彼女は首を振る。

鄭易はうつむく彼女の頭を見つめながら、内心少し寂しく思ったが、結局はそれ以上は特に何か言うでもなく、「余計なことは考えずに、落ち着いて勉強して入試に備えるように」と言い聞かせるだけだった。

陳念は言った。「わかりました」

階段を上がっていくとき、陳念は自分の家の鍵は北野が持って行ったことを思い出した。けれどドアの前まで来ると、なんと鍵は鍵穴に挿し込まれたままの状態でそこにあった。こんなふうにできるのは、北野はどこか近くから見ているということだ。

彼女はすぐにあたりを見回したが、彼を見つけることはできなかった。

夏の日差しが四方八方に、まるで輝く魚の鱗《うろこ》のようにびっしりと広がっている。

彼女は目の周りに痛みを感じて、うつむいて少し揉んでみた。ふいにつらくなって、ちょっと口をすぼませたが、ようやくまた落ち着いてきて、ドアをあけて中に入った。

彼女の本はすべて運び込まれていた。彼女の服も一緒に。彼女はもう彼のあの部屋に行くことはできないのだ。二人は赤の他人でなくてはならないのだ。

テーブルの上には大きなスーパーの袋が二つ置かれている。野菜に麵《めん》におやつまですべて揃っている。冷蔵庫を開けると、中には買ったばかりの果物、牛乳、ジュース、湯圓《タンユエン》（ゴマ餡やあずき餡が入った白玉団子のようなもの）、餃子《ギョーザ》がびっしりと詰まっている。

ベッドの上のゴザは水拭きしてあり、扇風機もきれいに掃除されている。

陳念は扇風機のスイッチを入れ、カーテンを開ける。窓を大きく開くと、外には生い茂った樹木と高さが不揃いの建物が立ち並んでいる。彼女は部屋に戻って横になると、窓の外にちらりと目を向けた。そしてようやく安心して昼寝をすることができた。

彼女のことを見ていた人がいるはずだから。

昼寝から目覚めると、陳念は冷蔵庫の中から冷たい飲み物とブドウをひと房取り出した。食べながら歩いて学校に向かう。学校の門をくぐると、振り返ってちらりと後ろを見てから、ようやくまた歩き出す。

北野は道路の端に立って、彼女が振り返って見たのを見届けてから、背中を向けて立ち去った。

彼女の登下校の道はとっくに安全になっていたが、これは彼の習慣になっていたし、彼の望みでもあった。

北野は大康《ダーカン》からの電話を受けた。遊びたいから会いに来る、と。最初は断りたかったが、ちょっと考えて、自分の家に向かうようにと北野は言った。

大康は口に雑草を咥《くわ》えながらシャッターのそばで彼を待っていた。

北野はヘルメットを抱え、シャッターを開けて中に入ってゆく。

大康は後をついて入ってきた。室内はやはりじっとりと蒸し暑い。けれど大康は眉を吊《つ》り上げ、異変を察した。「お前の家の中、きれいになった？」

北野はどっちつかずに言った。「昨日片づけたばかりだから」

「お前の後ろに隠れてたあの小さな女が片付けたのか？」大康はやっかむような口調だ。

北野は冷ややかに嘲笑《あざわら》う。「とっくに捨てた」

「おっ？」大康は眉毛を高く吊り上げる。「どうしてだよ？」

「よくしゃべるから、うざい」

「ああ」大康は悟った。けれど今回のようなことは珍しい。この年になるまで、大康は北野が女の子を好きになるのを見たことがなかった。彼のことを好きになる子も彼は嫌悪《けんお》して拒絶してきた。せっかくのあの顔が、もったいない。

とっくに捨てたっていうのなら、それは気に入らなかったってことなのだろう。

大康がぱっとベッドに倒れこむと、北野は顔をしかめて彼を見たが、大康はここに来るといつもこんなふうにベッドで転げまわっていたことを思い出し、我慢して飲み込んだ。シーツも枕《まくら》もゴザもみんな取り換えてある。

「北野、頼子《ライズ》は広州で暮らすって言ってるけど、どう思う？　あいつがやっていけるのかよ」

北野はビールを二本持ってきて、テーブルの縁で蓋《ふた》を開けると、一本を大康に手渡した。

大康は受け取って大きく一口流し込むと、言った。「あの日ケンカになって、オレが文句を言ったせいじゃないよなあ？　それで本当に行っちまうなんて。あいつ、普段は怒らないように見えるけど、賭《か》け事で腹を立てると女と同じでどうしようもなくなるだろ。真夜中に電話してきて、ひどい言葉を投げつけてさよならってさ、絶交したいってことだよな？　なあ、お前にも電話かけてきたんだろ？」

北野は言った。「ああ」

大康はビールを飲みながら、尋ねた。「お前はどこにいくつもりだ？　曦島《シーダオ》に留まるのか？　やっぱり出てく？」

「行く」北野は言った。

「どこに行くんだよ？」

北野は黙り込んだが、数秒たってから、言った。「北京」

「なんともハイレベルに聞こえるな」大康は彼を皮肉った。

北野はビールを流し込み、相手にしない。

「みんな外に出てっちまう。オレだけが独りぼっちで故郷に残っているんだ」大康は少しセンチメンタルになっている。「オレたちみんな一生いい兄弟みたいでいられるんだと、オレは思ってたよ。この年になってみんなばらばらになるなんて思ってもみなかった。みんなどこかに行っちまう。養護施設のばあさんはいつも、大きくなるのはいいことだ、大きくなるのはいいことだって言ってたけど、こうやって大きくなって、くそっ、なんのいいことがあるってんだよ?」

「そうだな」北野が言う。「何もいいことなんかないよな?」

彼がそんなふうに言うと、大康はガラッと立場を変えて、彼を激励した。「行くなら行けよ。しっかりやるんだぞ。うまくいってもオレのこと忘れないでいてくれよな」

「ああ」北野は言った。「もし行ったらな」

彼はまるで一本の木で、飛んでいきたいのに根を張って飛んで行けずにいる。

「そうだ」大康がまじめな用事を思い出す。「先生から電話かかってこなかったか? 卒業証書取りに来いって」

「かかってきた」北野は彼の尻《しり》を蹴飛ばして、自分の場所を開けさせると、自分もベッドの上に転がった。腕を枕にして、言った。「あんなクソ証書なんか受け取って何になる?」

「職業専門学校を舐《な》めちゃだめだ。とにもかくにも技術を学んだことを証明してくれるんだから。今や大学生だって技術者にはかなわないっていうぜ」

「ちっ」北野は言った。「その話だってお前を騙《だま》すためのものだろ」

「ほんとだって。オレもう仕事見つけたんだけど、何年か働いて金を貯《た》めたら自分でやってやるんだ。オレはお前みたいに、伯父さんとか叔母さんがみんな金持ちで、口ではお前なんか知らないといいながら、実はこっそり大事にしてくれるなんてこともないからな」

北野は反応しなかった。大康も自分の口の軽さを悔やんで、慌《あわ》てて話題を変えた。

「おい、例のレインコートの男のこと聞いたか？　オレたちと同世代みたいだぜ」

北野が振り返って大康を見た。「なんで急にそんなこと？」

「昨日、オレはちゃっかりした連中と卒業証書を取りに行ったんだけど、変な男たちが何人か職員室にいてオレたちをじろじろ見るんだ。あの目つきと迫力、たぶん警察だ」彼は冷ややかにフンと鼻を鳴らした。「担任もやけに陰険で、まともに職についてないやつらと一緒くたにして、オレたちを容疑者扱いだよ。くそっ！」

北野は黙っている。扇風機の風に吹かれた前髪が目に入り、払いのける。

大康が再び口を開いた。「おい、お前も卒業証書、取りに行くの忘れるなよな」

「わかった」

……………

放課後になって日直の作業をしているとき、陳念は再び鄭易の姿を目にした。教室の入り口に立っていたが、徐渺《シューミアオ》に会いに来たようだ。

徐渺が陳念のそばを通り過ぎるとき、手にしていた箒《ほうき》を彼女に渡すと、言った。

「もともとあなたがやるべきことだしね。わたし、行かないといけないから」

陳念はその場に立ったまま動かなかった。

教室棟には誰もいなくなった。鄭易の遠ざかってゆく声は大きな声ではなかったが、彼女にははっきりと聞こえた。

「……君は魏萊としばらく距離を置いていたよね。本人も理解していた。魏萊の通話記録を調べたところ、一週間あまり君とは連絡をとっていなかったのに、どうしてわざわざ失踪したあの日、君に電話したんだろう？」

「わたし、あなたに話しましたよね？」徐渺の声は小さい。

鄭易が言った。「僕は君を疑っているわけじゃないんだ。ただ僕は、君が大事なことを隠していると考えてる」

徐渺が隠しているのは、魏萊がそのときに電話で話していた場所が裏山で、会う約束をしていたのが陳念だということだ。

陳念は鄭易の能力を少しも疑ったことはない。初めて彼の目を見た時、この若い警官は只者《ただもの》ではないと陳念にはわかった。

彼女は廊下に出て外を眺めた。校内はがらんとしている。鄭易と徐渺、背の高さが違う二人が、歩きながら話している。花壇のあたりでしばらく立ち止まっていたが、やがて徐渺が校門を出て家族が運転する車に乗り込むと、鄭易も去っていった。がらんとした中にそびえたつ教室棟の高いところに立っていると、不気味な危機感を覚えた。彼女を後ろから押す力を感じたのだ。

彼女がぱっと振り返ると、教室のドアは開いていたが、教室の中は机と椅子《いす》があるだけで、誰もいない。

陳念がもう一度学校の外に目を向けると、通りの向かいの飲み物を売っている店の中に白い人影があった。

陳念は教室に駆け込む。徐渺のさっきの話のことを考えて、手足が少し震えた。箒をそのへんに投げ捨て、鞄《かばん》を背負って駆け下りていくと、学校を飛び出した。北野のことなどかまっていられなかった。

彼女は必死に走り、普段は通らない遠回りの道ばかり通って、まるで何かから逃れようとするかのように、何度も何度もぐるぐると曲がった。あの慣れ親しんだ荒地まで走ってくると、彼女が数えきれないほど見てきたあの卵の黄身のような夕陽が見えた。

背後から足音が追いかけてくる。彼女はまたすぐに走り出した。飛ぶように速く走った。けれど彼にはかなわなかった。

北野が飛び掛かって彼女の腕をつかみ、眉をひそめる。「どこに向かって走ってるんだよ？」

彼女は彼を押しのけようとしたが、押しのけられない。彼は彼女の家へ向かって彼女を引きずって戻ってゆく。けれど、彼女が行きたいのは別の方向、彼の家の方向だった。

「今日はいったいどうしたんだ？」彼の眉間がこぶのようになっている。

「家に帰りたいの」彼女は彼に向かって叫びながら、彼の手を逃れようとしたが、逃れられない。

北野は背後を振り返り、そこに誰もいないのを見てから、ようやく彼女を見て言った。「お前の家はあっちだ」

「わたしは家に帰りたいの」彼女はもう一度さらに大きな声で言った。

北野は黙り込んで、少し取り乱したような彼女を見つめる。声を小さくして少し微笑《ほほえ》んで、言った。「俺の言っていることはわかるはずだよな？」

「わかってる、北野。わたしだってわかってるよ。でも……隠し切れないよ」陳念も少し微笑んで、ささやくように言った。「わたしは魏莱を殺した。隠し切れないよ」

すべて言い終わる前に、北野が彼女の後頭部を押さえつけるようにして、彼女をぎゅっと自分の胸に押し付けた。

「おかしなことをいうな」彼は力いっぱい彼女の額を胸に押しつける。「聞け。俺があいつを見つけたとき、あいつはまだ死んでいなかった」

Chapter 10

広がる痛み

夕陽がまだ名残を惜しんでいる。夜の風が桑の木の梢《こずえ》を撫《な》でてゆき、木の葉がサラサラと音を立てる。

北野《ベイイエ》がブランコに乗って、静かに陳念《チェンニエン》を見つめている。彼女は箒《ほうき》を抱えて落ち葉を掃いている。あたりにはシャッ、シャッ、シャッと箒で掃いた細い跡がついてゆく。

「わたし見たの。洗面台の引き出しの中、一つ減ってた」陳念は探るように言った。「魏萊《ウェイライ》は……されてたって……でも、本当はそれはない。あれは……」

二人はにらみ合ったまま、黙っている。

北野が軽く唇を噛《か》んでから、口を開いた。「だけど……あとから知ったんだ。魏萊はほんとうに誰かにレイプされていたって。あの日、お前が魏萊を傷つけた後で、あいつのあとをつけていたレインコートの男があいつの自由を奪った」

陳念は箒をぎゅっと握りしめる。「それって、本当?」

「頼子《ライズ》なんだ」

あの日、陳念は彼を見て、ひどく動揺していた。北野がそれで気づいたのは、あの日、現場を通りかかって魏萊と一緒に陳念を傷つけた連中の中に頼子もいたのかもしれないということだった。「俺たちは友達じゃない。頼子はよその土地に逃げた。それまでの二つの事件も、やったのは頼子だ」

陳念は黙っている。

「覚えていないか？　頼子のゴタゴタを俺が片付けに行ったことがあっただろう。あの日、お前はまだ俺の家にいた」

「彼が、魏萊を殺したの？」陳念は半信半疑だ。

「ああ」

陳念は眉《まゆ》をひそめる。彼はブランコから立ち上がり、歩み寄って彼女の顔をなでる。彼女は落ち着いて、つぶらな瞳《ひとみ》で彼を見つめる。眉間《みけん》が少しずつゆるんでゆく。

彼はのぞき込み、彼女の顔を包み込むようにして、眠りへと誘うように耳元でささやく。「信じろ。お前は誰も傷つけていない。お前は何も心配しなくていい」

彼女は軽く震えている。「わたしは、殺していない」

「そうだ。殺してなんかいない」

「君も殺してない。そうだよね？」

彼女が迫ると、彼はゆっくりと笑って、そっと頷《うなず》く。

けれど、彼女はまだ密《ひそ》かに心配していた。彼がまだ口にしていないこと、良くないこと、災いがあることはわかっていた。彼女は彼の言葉を信じたが、本当のことと本当でないことがあるような気がした。けれど、どれが本当でどれが本当でないのかは彼女にはわからなかった。

彼女はどうしようもなく不安だったが、彼もそうだった。

二人はまだ年若い少年少女なのだ。怖いし恐ろしい。それでも歯を食いしばって必死にこらえて、誰も世話したりしない野原の雑草のように、一生懸命生きている。

夕暮れどきに、二人は出窓を乗り越え階段を上がっていった。屋上で赤い砂埃《すなぼこり》でぼやけた曦島《シーダオ》の、西の空に残っていた光が消えてゆくのを、肩を並べて眺めた。鐘の音が響き、列車が夜の景色の中、うなりを上げて通り過ぎてゆく。

かすかに予感があった。大きな災いが迫っている。

「小結巴《どもり》」

「ん？」

「お前が一番欲しいものってなんだ？」

「君はわかってる、でしょう？」

北野は言った。「わかってる。でも、お前がもう一度言うのを聞きたい。言えよ」

陳念は口にした。それから彼の顔をのぞき込む。

北野は言った。「自分が言ったことが聞こえたか？」

陳念は言った。「聞こえたよ」

「それでいい。お前はこれからまだ出会えるよ」北野は言った。「でも、忘れるなよ。俺が初めてだ」

陳念は大きな石で胸を押しつぶされたように苦しくなった。そっと尋ねる。「北野、君は？」

「ん？」

「君が一番欲しいものは何？」

北野も答えた。彼の話し方はとてもゆっくりとしていた。陳念は耳を傾けながら、風の中で目の周りを真っ赤にしている。彼女は彼の顔を見たかった。彼と見つめ合いたかった。けれど、彼はうつむいてしまっている。

彼はギターを取り出して、言った。「小結巴《どもり》、詩を読んで聞かせてくれないか」

陳念は彼が指定したその詩を朗読した。

「あなたと一緒に暮らしたい
とある小さな街で
永遠の黄昏《たそがれ》といつまでも響く鐘の音とともに
この小さな街の宿で――
古時計から聞こえる弱々しい鐘の音
時間がぽたぽたとこぼれ落ちるように
時折、黄昏時に、屋根裏部屋から聞こえてくる
フルート
窓辺にはフルート奏者
窓際《まどぎわ》には大きなチューリップ
この瞬間あなたがわたしを愛していなくても
わたしはかまわない」（中国では広く知られるロシアの詩人マリーナ・ツヴェターエワの詩より）
涙がぽつりと、ほの暗い夕闇《ゆうやみ》を突き抜けてノートの上に落ちた。
北野は首を傾《かし》げて、彼女のうつむいた頭を見つめる。長い間見つめていてから、ふっと笑ったが、何も言わなかった。引き続きギターをもてあそぶ。手首の赤い紐が見えた。君と一緒に暮らしたい、とある小さな街で、永遠の黄昏といつまでも響く鐘の

音とともに。それは叶わないことだから、それなら自分は一本の鍵《かぎ》になって、赤い紐を通して、君の首からぶら下がって、心臓の近くにぴったりとくっついていたい。

彼はポケットの中からあの鍵を取り出して、彼女の手のひらにのせると、言った。

「誰にも見られるな。面倒なことになるから」

彼女は手を握りしめる。「うん」

二人ともかすかに予感していた。詩の中にあるような静かな日々は、もう二度と来ないのだということを。

翌日家を出るとき、北野は陳念に言った。「午後六時に、俺たちが初めて会った路地の曲がり角を通るんだ。早く行きすぎるなよ。時間ぴったりに通るんだ」

「どうして？」

「俺の言う通りにすればいい」

陳念はそれ以上尋ねなかった。

学校に着くと、事態が動いていることを知った。警察が学校の裏山でローラー作戦を始めたのだ。

休み時間に、陳念が宿題を提出しにいくとき、徐渺《シューミアオ》が彼女のそばにやって来て、声を潜めて言った。「ごめんね、陳念。わたしは何も言わなかった。でもあの鄭《ジエン》警官はすごいよ。魏萊の一本の電話から彼女の考えていたことを推理したんだから」

やっぱり、鄭易《ジエンイー》は魏萊が徐渺にかけたあの電話でとうに気づいていたのだ。徐渺は親に厳しく見張られていて、学校が終わったらそのまま帰宅しているから、魏萊と遊ぶ機会はない。二人は距離を置いていて、しばらく連絡していなかった。けれど魏萊は失踪《しっそう》したあの日、徐渺に電話をかけている。通話時間は三十秒にも満たない。

鄭易は推察した。魏萊はもともと学校の近くに行こうとしていて、学校の近くに来たことでなんとなく徐渺に連絡してみようと、電話をかけた。或《あ》るいは徐渺に会いたくて少しでも会えないかと誘い出したかったのかもしれない。

彼はさらに、待ち合わせの場所は裏山だと思い至ったのだ。徐家の両親が徐渺を厳しく監視していることは魏萊も知っているから、学校の外で会うのは不可能だ。校内にいるときなら、裏山だけだ。あそこは死角になっている。

陳念は首を振る。「気にしないで」

徐渺は言った。「前にあなたがいじめられたときのことも警察に知られてる。よりによって魏萊が失踪して死んじゃうなんて、邪魔されて勉強どころじゃなかったでしょう？」

「まあね」

「裏山の捜査はどうなっているのかわからないけど。あなたがあそこにいったのを誰も目撃してないことを願ってる。テレビに出てくるような髪の毛とか何かが発見されたりしないといいけど。でないと、面倒なことになる。安心して、自分が魏萊に裏山に誘われたことを言っただけで、あなたが誘われたことは話してないから」

陳念は返事をしなかった。

一日中、彼女は時折、裏山に目を向けた。徐渺が言わなかったとしても、警察はあそこで何かを発見するはずだ。血痕《けっこん》、足跡、髪の毛、繊維？　数日前の激しい雨で流されてしまっているだろうか？

もし陳念と関係のある証拠が見つかったら、すぐに公安に連れていかれるだろう。さらに厳しい尋問を受けて、彼女がそれに耐えられるかどうかを見るのだ。

或いは、決定的な証拠を見つけたら、もうそれで終わりだ。

いま、北野は何をしているんだろう？

専門学校の先生がもうすぐ退勤時間になるというとき、職員室の外から天を揺るがすようなバイクのブレーキ音が響いてきた。

不良少年がヘルメットを脱ぐと、ひそかにシャツの袖口《そでぐち》のボタンをはずしながら、階段をひょいと上がっていった。ドアをいいかげんにノックして、返事も待たずに職員室に入ってゆく。

先生は外のバイクを見て思うところがあったのか、ふいに数日前に警察が説明していた「レインコートの男」の特徴のことを思い出す。この学校に何人か一致する生徒がいたが、あの日、私服警官たちは観察していただけで確かなことは教えてくれなかった。それが今日もまたあらたに一人やって来るなんて。

北野の境遇、ああいう父親に母親。こういう子供は同世代から弾《はじ》かれ、集団の中には溶け込めない。彼はルックスがいいので、学校に通っていたときにはいつも女の子が追いかけていたが、女性を骨の髄から憎んでいるかのように、彼の態度はとにかくひどいものだった。

「先生」北野の声は微《かす》かに冷たく、苛立《いらだ》っている。

「ああ」先生はハッとして、「卒業証書を受け取りに来たんだよな」と棚の中を探しながら、話しかける。「お前はこのところさぼってばかりだったな」

北野はまったく相手にしない。

先生はようやく卒業証書を見つけ出すと、さらに何かもう少し言おうとしたが、北野は顔をしかめて奪い取った。勢いよく手を伸ばしたせいで、袖口のボタンがとれてしまった。いくつもの深い爪《つめ》あとのある腕が現れた。さらには新しい切り傷まである。先生がこのときようやく気付いたのは、このひどく暑い日に、彼はこともあろうに長袖のシャツを着ているということだった。

しかし、先生はすぐに視線を戻して、何も見なかったかのように言った。「卒業だ。しっかり仕事を探すんだぞ」

「ああ」北野はあっさりと、背中を向けて立ち去った。

冷や汗が噴き出し、足から力が抜けた先生は、たちまち椅子《いす》に座り込んだ。バイクの音が聞こえなくなると、慌《あわ》てて電話をとって警察に通報した。

陳念は携帯電話を肌身離さず持っていたが、一日中ずっと振動することはなかった。彼女はおびえているわけではなかったが、かといって落ち着いているわけでもなかった。もし裏山で彼女に関連する証人や物証が見つかったら、鄭易は電話をかけてくるか、直接やって来るはずだ。

授業の終わりを告げるベルが鳴るとすぐに、彼女は学校を飛び出した。校門に鄭易はいなかった。

どうやら今日は何も起こらなかったようだけれど、だからって明日、明後日《あさって》もそうとは限らない。

門の外には北野もいなかった。けれど二人は別の場所で約束していた。彼女は息を切らして、初めて出会ったあの路地に急いだ。

六時までまだあと十分ある。

付近をぐるぐると回ってみた。誰かが後をつけてくるのが怖かった。けれど何を避けようとしているのかわからなかった。

もうすぐ六時になるというとき、彼女はあの路地に駆け込んだ。

誰もいない路地の奥、陳念はじっと時計の文字盤を見つめている。最後の一分間、あと十秒。

彼女は夜明けの舟を待って、逃亡しようとしている難民のようだった。

一秒、二秒……

突然、遠くから勢いのある聞き慣れたバイクの音が聞こえてきた。陳念はぱっと振り返ると、まるで離れ離れになっていた肉親に会えたかのように、目に驚きと喜びをほとばしらせた。けれどバイクに乗った少年は減速することなく、前屈《まえかが》みのままフルスロットルで、彼女めがけて突っ込んでくる。

抗《あらが》いようのない勢いで、彼は彼女を無理やりバイクに乗せ、あっという間に走り去った。

彼女はまるで麻袋のようにバイクに腹ばいに乗せられた。鞄《かばん》の中の教科書が全部投げ出され、地面いっぱいにばらまかれる。

ガタガタと揺さぶられて陳念はめまいがした。どのくらい時間がたったのかわからないが、急ブレーキがかかると、彼女は彼の肩に担《かつ》ぎあげられた。

バイク、桑の木、夕日、ブランコ、階段、シャッター——ぱらぱらと流れる水のように彼女の目の前でぐるぐると回っている。

またあの薄暗い、蒸し暑くてじっとりと湿った木のにおいのする部屋の中に戻ると、彼は彼女をベッドの上に放り投げた。

彼は上からのしかかると、彼女の顔を両手で押さえ、彼女にキスをする。荒っぽいひとつひとつの動作に、彼女はくらくらしてパニックに陥った。

カーテンが光を遮り、雲の層が夕陽を覆《おお》い隠し、室内のほろ酔い加減の暗闇のなか、彼女には彼の表情が見えなかったが、彼の身体《からだ》が緊張し、ピンと張った弓のように震えているのが感じられた。

「すぐに警察が来る」彼は彼女の襟元をつかんだ。勢いよく布が引き裂かれ、思わず震える。

彼女は驚きながらも、ふいに理解したようだ。

わたしに嘘《うそ》をついたの？

口を開いたが、言葉が出てこない。何も言えないまま、首を振り続ける。

「聞いてくれ。すまない」彼の声はかすかに詰まっている。すべての力を彼女の頭を押さえつけるために使っている。彼は自分の手の赤い紐をはずし、彼女の手に結びつける。「ごめん。綻《ほころ》びはないはずだと思ってた」

魏萊の死体が見つからなければ、自分たちは捕まらないと彼は思っていた。事件現場をきれいに片付けて、血のあとを土で埋めた。彼は魏萊を人気《ひとけ》のない三水橋の上流に運び、ヘドロの中に埋めた。

けれど、手につけていた赤い紐がゆるんで左手の指にひっかかって、魏萊の靴が片方、水の中に落ちてしまった。あの晩の暴風と豪雨は、死体を遺棄した時のバイクの轍《わだち》を覆い隠してはくれたけれど、水の中に落ちた靴を拾いに行くこともできなくした。

すべての計画や段取りをやりつくしたとしても、偶然というものは起こり得る。

思いもよらなかったのは、三水橋が暴風雨の夜に崩れ落ちてしまったことだ。

「これは天が定めた予想外の偶然だ。悲しくはない」彼は命をかけるようにきっぱりと言った。

天が定めた偶然が、君に会わせてもくれたから。

不公平じゃない。

「だめだよ」彼女は首を振る。「だめだよ。他の方法が……ある……」

「ない」彼はきつく眉をひそめる。目の中に水面の輝きがよぎったかと思うと、彼女の骨の奥までのぞき込もうとするかのような、血に飢えた狂気を露《あら》わにする。「頼子じゃなくて、俺がレインコートの人物だ」

彼女はまったく騙《だま》されることなく、首を振る。「違う」

「そうなんだ」

「違う」

「そうなんだ」

「違う」

「そうなんだ！」

「違う！」

「……」

「……」

彼は憎々しげに彼女を見つめている。もうお手上げだった。

「あの夜、お前が目を覚ましたとき、水の音が聞こえただろう。俺が何を洗っていたかわかるか？」彼は低い声で、彼女の耳元でそっと秘密を囁《ささや》いた。

彼女は目を大きく見開いた。ひどく苦しそうに「ああ」と声をあげると、力いっぱい彼の胸を叩《たた》き、必死で首を振る。

「わたしのためにそんなことしてほしくなかった。どうしてそんなことを？」

まるで相手を絞め殺さんばかりに、ふたりは相手につかみかかっている。

細長い布を彼女の顔に巻き付け、彼女の口をふさぐと、彼は彼女に言い聞かせた。

「俺と一緒に破滅したいのか？　そうなりたくなかったら俺の言う通りにするんだ。わかったか？」

彼女は布を噛んで、呻《うめ》きながら首を振る。

彼が激しく彼女の顔に口づけをする。

突然明るさを増した夕日が、カーテンの隙間《すきま》から、刀のように二人の身体を切りつける。

彼女の目に涙があふれた。

パトカーのサイレンが空を切り裂く。別れの時間がやって来た。

彼女の口をふさいでいる布を彼は少しだけ緩めた。「叫べ、助けを呼べ」

彼女は叫ばない。

肉を引きちぎらんばかりに、彼は容赦なく彼女の首に噛みついた。彼女は痛みに涙をこぼす。

彼の眼の中の涙に光が集まっては散って、散っては集まる。

サイレンが近づいてくる。間に合わない。彼は彼女をつかんで引き上げる。「小結《ども》巴《り》、俺は生まれた時からゴミで、クズだった。俺の人生は何も成し得ない運命なんだ。お前にはまだ北京がある。でもお前の運命の人が俺であるはずがない。お前と結ばれるはずの人間じゃない。だから忘れるな、お前が後悔することなど何もないんだ。

でも俺は、どうしようもなかった。好きになった人がいて、ただ彼女を守りたかった。誰にも触らせないように、何も言わせないように、いじめられないように、隠しておきたかった。誰にも彼女の悪口なんて言わせない。——それだけだ」

「俺がいなくなっても、お前は負けるな。絶対に負けないでくれ」

パトカーの急ブレーキの音が下の階から響いてくると、彼はその瞬間に凶悪な光をむき出しにして、凶暴に、彼女をベッドに押し倒し、寂しげな声で言った。「助けて、と叫ぶんだ！」

陳念は歯を食いしばりながら、彼をじっと見つめている。

彼は彼女の服を引き裂く。引き裂かれた生地がズタズタになる。

「叫べ！　助けを呼べ！」

彼女はどうしても声を出さない。血のような真っ赤な目をして。

次々と足音が階段をつたって上がってくる。

彼は目を真っ赤にして、ライターに火を点《つ》け、彼女の首のあたりを突っついた。彼女が痛みに身体を縮こまらせ、彼の身体の下でのたうち回ったせいで、蹴飛《けと》ばしたベッドの板がガタガタと音を立てる。

彼は本気だった。狂ったように彼女に迫る。彼女は痛みにどっと涙を流し、憎しみをこめて彼を睨《にら》みつけたが、それでも声をあげなかった。

目でお互いを八つ裂きにしようとするかのように、二人とも強情に意地を張り合っている。

もみ合っているうちに、カーテンが引きはがされ、太陽の光が差し込んで部屋全体を真っ赤に染めた。

シャッターを叩く音が鉄板の上で震えている。突入の合図だ。彼らは外で叫んでいる。「ここを開けろ！」「手を上げろ！」「お前はもう包囲されている」

やかましい混乱の中で、北野がふいに彼女の汗びっしょりの顔を両手で引き寄せる。

目が見つめ合い、彼女ははらはらと涙をこぼした。

少年の口角が少しずつ下がってゆき、悲しげでいまにも泣きだしそうになったが、最後には笑った。彼の喉《のど》がかすかに動いて、人生で最後に言い残した言葉が奥につまっているとでもいうように、しばらくしてから、言った。

「小結巴《どもり》、大人になっても、俺のことを忘れないでくれ」

まるで心臓をナイフで突き刺されたようだった。

陳念は唇を震わせ、肩をすくめ、生まれたばかりの赤ん坊のようなしわくちゃの顔で、ひどくつらそうに痛々しい悲鳴を上げた。

「ああ!!!」

シャッターが引き裂かれた布のように破壊され、警察が突入してきた。

少年は命がけで女の子をきつく抱きしめ、彼女の唇を嚙む。彼女も容赦なく彼を嚙んだ。血なまぐさい味が口の中になだれ込んでくる。警察が包囲したが、くっついている二人を引き離すことができない。

彼は彼女の首をきつく摑んでいて、ほかの人からは彼女を絞め殺そうとしているように見える。

「その子を離せ！」

「お前はもう終わりだ！」

「北野！　抵抗はやめろ！」もう彼の名前もわかっているのだ。

「助けて！」

二人は抱き合い、噛みつきあい、唇が切れて、血を流している。二人は殴り合い、もつれあい、ようやく、なだれ込んできた人たちに引き離された。彼女はまるでぬいぐるみのように、彼の腕の中から奪い取られた。彼の胸から皮膚が一枚、肉が一切れ引きちぎられたように。

女性警官がすばやく前に進み出て陳念を自分の腕の中に保護すると、服を着せた。陳念は怯《おび》えながら、目が裂けんばかりに北野を睨みつけている。

人々が彼を蹴りつけ、殴りつけ、彼の手を反対にねじり上げ、髪をつかんで彼を床に這いつくばらせて抑え込む。初めて会った時と同じ、彼の顔は土埃の中に押しつけられている。

無数の手足が彼のほっそりとした背中を押しつぶす。少年は降伏させられ、手錠をかけられた。

彼の顔は地べたに張り付いたまま、黒い瞳が、今にも血を流しそうなほどに、瞬《まばた》きもせず彼女をじっと見つめている。

「何を見てる?!」

頭を殴られ、彼のまなざしは頑《かたく》なものになった。

女性警官が陳念を胸に抱きながら慰める。「あなたは助かったのよ。怖がらないで。大丈夫だから」

その言葉に、彼女は地面に崩れ落ち、大声を上げて泣き叫んだ。

……

……

――小結巴《どもり》、お前が一番欲しいものってなんだ？

わたしが欲しいのは、わたしをすべてから守ってくれて、不安や苦しみから救ってくれる人。

わたしが大人になるまで、この世界は怖いと感じなくていいようにしてくれる人。

それだけ。

Chapter 11

どうしていいかわからない

「わたしは何も知りません」

陳念《チェンニェン》はまぶたが垂れ下がり、まったく元気がなかった。

彼女は警察の青いシャツにくるまれている。体は痩《や》せて小さく、まるでアイスクリームの袋の中に、アイスを食べた後に残された棒のようだった。

目の前にいるのは二人の男性と一人の女性、三人の警察官で、鄭易《ジェンイー》、楊《ヤン》先輩、姚《ヤオ》という姓の女性警官と、もう一人臨時に陳念の世話をするために来てもらった女性弁護士がいる。

「記憶にないというのね？」姚警官はささやくように尋ねる。なんといっても目の前にいるのはショックを受けている罪のない少女なのだ。

陳念はしばらく動悸《どうき》が収まらないというふうに、項垂《うなだ》れている。白い手がぶかぶかの袖《そで》からひょろりと出ている。子供が辛《つら》さに目をこするようにして、真っ赤な目で彼らを見つめながら尋ねた。「それは……わたしがいけなかったということですか？」

「そういう意味じゃないの」姚警官がすぐにそう言って、横にいる楊先輩にちらりと目を向けてから、再び口を開いた。「この容疑者は被害者を尾行する習慣があるの」

少女は肩を落として、しばらくぼうっとしていた。災難にあったことでなかなか反応できなくなっているようだったが、しばらくしてからようやく口を開いて尋ねた。

「どう……して？」

姚警官は一瞬、言葉が続かなかった。楊先輩の分析によれば、レインコートの人物は緻密《ちみつ》かつ慎重だ。何度もうまく成功しているのは、ターゲットについてある程度のことを知っていたからのはずだ。知るための一番簡単な方法は尾行である。けれど、それは少女が知るべきことではない。

「これはわたしたちの手がかりなの」彼女が言った。「彼はあなたの後をつけていたはずだから、彼のことを覚えているかどうかをあなたに尋ねたのよ」

陳念は首を振った。

「何があったのかもう一度話してもらえるかな？」姚警官は出来る限り柔らかい声で言う。「怖がらなくていいのよ。もう我々が逮捕したのだから。彼は法律にのっとって処罰されることになる」

陳念はまたしばらくぼんやりしていたが、ようやくゆっくりと頷《うなず》いた。

鄭易はずっと観察しているだけだったが、この瞬間、ようやく口を開いた。「ゆっくり話せばいい。焦《あせ》らなくていいから」

陳念が彼を見る。彼のまなざしはいつもと変わらない深さで、何を考えているのか見透かすことはできなかった。

彼女はもう一度繰り返した。帰宅途中、歩いているときに突然バイクでさらわれ、口をふさがれ、廃工場に連れてこられた。北野《ベイイェ》は彼女をベッドの上に投げ捨てると、彼女の服を引き裂いた。それから、警察がやって来た、と。

楊先輩も姚警官もそれ以上聞くことはなかった。鄭易が言った。「彼のことはまったく覚えがない？」

陳念はうなずく。

「なんの接点もない？」

陳念はやはりうなずく。

「では、この電話番号に見覚えはない？」鄭易は一枚の紙を彼女に手渡した。北野の電話番号だ。

陳念は二秒ほど見つめてから、考え込んでいるようであったが、結局はまたうなずいた。

「この電話番号から君にショートメッセージが送られたことがある。君もこの電話番号にかけたことがある」鄭易はそう言って、彼女を観察している。

「そんなことが？　わたしに覚えは……ありません」彼女は尋ねた。「いつの……ことですか？」

「魏萊《ウェイライ》が失踪《しっそう》する前日だ」

陳念は眉《まゆ》をひそめ、しばらく考えてから、ようやく眉間《みけん》をゆるめて言った。「あの人が先にわたしに……ショートメッセージを送って来たんです。遅れる、って。知らない番号だったから、聞いてみようと思ってかけ直したけど、誰も出なかった。だから、そのままにしていました」

「彼はどうして君の電話番号を知ることができて、君にショートメッセージを送れたの？」

「わたしにはわかりません」陳念はぼんやりと言った。「これは……あの人に聞くべきことではないんですか？」

違う。あの日より何日も前に、彼女の携帯電話からあの電話番号に電話をかけたことがある。

突破口は陳念にある。

鄭易の視線が彼女をじっと見つめている。今にも彼女の嘘《うそ》が暴《あば》かれようとしたとき、何かを思い出したように、彼女が言った。「わたし……彼に覚えがあるかもしれない」

「なんだって？」

「いつだったか、道端で、携帯電話を貸してほしいって……電話をかけてた。気がする。彼かどうか、確かではないけれど」

これは鄭易が調べたことと一致する。

北野と陳念の電話番号の間では、一通のショートメッセージと二本の不在着信の電話の履歴だけで、それ以上は何もない。陳念の説明は筋が通っている。

考えてみればありえないことだ。一方はずば抜けて成績のいい高校生で、計り知れないほどの輝かしい未来が待っている。もう一方は職業専門学校の不良で、卒業証書を手に入れて職探し。接点などあるはずがない。

陳念の方が、落ち着きがなかった。彼の言葉が耳に残っている。「お前は負けるな」

姚警官が供述記録とペンを陳念に手渡し、彼女にサインをさせる。彼女は自分の手首に赤い紐《ひも》が結ばれているのを目にした。

陳念はペンを手に取り、その紙の最後に「こざとへん」に「東」の「陳」、「今」に

「心」の「念」を書いた。

　自分が書いた「今」と「心」を見つめる。上と下をつなぎ合わせても、見れば見るほど「念」には見えず、一字の漢字には見えなかった。

　取調室から出てくると、鄭易の足取りが少し止まった。楊先輩が振り返る。「どうした？」

「何も」鄭易は口角を少し引き上げて言った。「僕はもともと裏山が事件現場だと疑っていました。もう何日か探し続ければ決定的な証拠を見つけることができると思っていました。殺害時にもみあって犯人が残した服の繊維や頭髪といった類《たぐい》のものが見つかるはずだと」

「だが、魏莱が死んでからすでにひと月経《た》っている」楊先輩が言う。

「裏山にはほとんど人が行かないから、あるいはまだ何か遺留品が残っているかもしれないでしょう」鄭易は言った。そして再び口を開く。「だけど、まさか僕が間違った方向に進んでいたとは思ってもみなくて。結局のところ勝ったのは、あなたの容疑者のプロファイルでした」

「お前も思うところがいろいろあるだろう。早く入れ」

北野の方の取り調べも、同じように順調に進んだ。

北野の家の近くのゴミの山の中で、彼らは決定的な物証を発見した。焼き捨てたものの燃え切らずに残っていたレインコート、魏莱の血痕《けっこん》がついた男物のシャツ。しかし、凶器のナイフだけは見つからなかった。

自分が犯した罪を、北野は少しも隠そうとはしなかった。

「お前が最初に傷つけた少女について、何か覚えていることは？」

「特に覚えてないけど、胸がデカかったな」表情は乏《とぼ》しかったが、北野は質問にはきちんと答えた。「初めてこういうことをやったときは、緊張したけど、相手も怖がっていたから、反抗はしなかった。殴らないでくれって言われた」

これは楊先輩、鄭易たちがすでに知っている状況と一致している。第二の事件の被害者に関する尋問でも、北野の言っていることは合致している。

このほか、通報されていない警察も知らない被害者のことまで彼は口にした。

もはや揺るぎのない事実として、北野があのレインコートの男であることはほぼ確定した。

「どうして凶行に及ぶときにレインコートを着ていたんだ？」

「雨だったからというわけじゃない」

「何のためだ？」

「証拠が残りにくいから」北野は言った。「もみあっているときに俺の服の何かをつかまれたりしないように」

十分に慎重だった。

魏菜の話になる。「お前が魏菜を狙《ねら》ったのはなぜだ？」それまでの被害者たちはみな純情そうなタイプだったのに、なぜ魏菜だけが違うのか。

「道で偶然出会うといつも、大人びた格好をしているから、だんだん興味がわいてきて、ちょっと違うタイプもいいなと」

「魏菜が行方不明になったあの日、お前は彼女のあとをつけたのか？」

「ああ」

「具体的に。どうして犯行時刻が夜から昼に変わったんだ？」

北野は視線をいったん落とし、また上げる。気持ちが落ち着いているのかそうでないのかはなんともいえない。「最初はあとをつけて、行き先を確かめてから、いつか夜に行動に移そうと思っていただけだった。でも彼女は普段、夜は友達と一緒で、一人でいることはほとんどない。あの日の昼間、彼女の後をつけて裏山まで行った。山にはほとんど人がいないから、ちょうどいいと思った」

鄭易は傍観している。北野の答えは緻密で隙《すき》がない。

「犯行現場は裏山か？」

「そうだよ」

「……続けて」

「彼女が友達に電話をかけて、出てくるように言っているのが聞こえた。だから俺は諦《あきら》めて帰ろうとした。タイミングが悪いと思って。だけどその後で、話している中身が聞こえてきて、友達は出てくるのを嫌がっているってわかった。チャンスがまたやってきた」

この瞬間、彼は重要な情報を口にしていたが、すべて犯人以外には知りえない情報ばかりだった。

楊先輩が口を開いた。「その電話の内容を言ってみろ」

北野はざっと復唱した。彼らが把握している内容とぴったり一致する。

「どうして彼女を殺した？　それまでの数回は誰も殺していない。行動が一致していない」

「もともと殺すつもりはなかった。あの日俺はマスクをしていたんだけど、彼女にマスクをはぎ取られて、顔を見られた。通報すると言われた。俺はその瞬間、無意識に手を出していた」

　被害者の爪《つめ》の間にはマスクの繊維が残っていた。

「何回刺した？」

「一回」

「どこを？」

「このあたりかな……」北野は胸のあたりを指さした。肝臓の場所だ。すべてが合致する。

「殺してしまった後でパニックになって、誰かに見つかったら終わりだと思って、夜のひどい雨のうちにわざわざ三水橋の上流まで行って、彼女を埋めた」

　鄭易がふいに尋ねた。「どうして服を全部はぎ取った？」

　北野は彼の方を向いて言った。「長い間見つからないと思っていたんだ。たとえば、一年とか、二年とか。服を着ていたら、死んだ季節が簡単にバレてしまう。なんといっても、失踪者は誘拐されたのかもしれないし、監禁されていたのかもしれないということになるだろうと」

　この言葉に楊先輩も姚警官もはっと目を見張った。そんな細かいことまで思いつくほどに彼は緻密だった。

鄭易は彼のまなざしから何かを見極めようとしたが、目の前にいるこの少年は、表情に乏しく、落ち着いているわけでもなければ苛立《いらだ》っているわけでもなく、冷淡ではないものの、決して穏やかではなかった。

判断や研究材料になるようないかなる気配も情報も彼は発していない。口から吐き出す言葉以外には。

「彼女の服はどこに捨てた？」

「燃やした」

「どこで燃やしたんだ？」

「川辺で。バイクのガソリンをまいて、灰にして川に捨てた」

調べようがない。

「凶器は？」

「それも川に捨てた」

「具体的にはどのあたりで？」

「南城区の下の方の昔の船着き場で」

姚警官が記録をとっている。いつか誰かが川の中から引き揚げようとするかもしれない。鄭易はまた凶器の材質と形状を彼に説明させたが、検視の死亡診断書の傷口とほぼ一致するものだった。

鄭易は何を思ったのか、だしぬけに尋ねた。「どうして彼女を三水河の上流の沼地に捨てた？」

「適当に選んだだけだ。あそこなら一年や半年は誰もいかないだろう」北野はフンと鼻を鳴らす。「一生発見されないと思っていたのにな」

鄭易はそれ以上何もいわなかった。いろいろ思うところはあった。とにかく暑い気候で、死んでから二十日あまり経っていたのに、魏萊の死体は完璧《かんぺき》な状態で保存されていた。身体上の証拠もまったく損なわれていなかった。沼地の泥が天然の酸性環境に遺体を密封することになったからだ。法医学者の目からみると保存には最高の場所だ。

単なる偶然の一致なのか？

魏萊の死亡事件に関する尋問が終わると、次の事件だ。

鄭易が尋ねる。「お前はどうして陳念に目を付けた？」

「彼女は吃音《きつおん》だろ」北野は言った。

「え？」

「話しているときどもっているのを道で聞いたんだ。おかしかったから振り返って見たら、見た目もなかなか悪くない」彼はそう言いながら、珍しく軽薄な、チンピラっぽい、いかにもよく見る犯罪少年らしさをさらけ出した。

「どうして彼女を家に連れて帰ったんだ？　それまでお前の犯行はすべて外だった。今回はどうして変えた」

「刺激が足りなくて、面白くなかったから。真昼間に彼女をさらって、俺のテリトリーに連れて帰って隠しておこうと思った。従順でおとなしそうに見えたから、家に連れ込むにはちょうどよかった」

そうだ。彼女は頭の悪い、ぐずぐずした出来の悪い高校生で、自分にお似合いだと思っていた。

でも実際には彼女はすごく頭が良くて、さらには手ごわかった。だから、もっと彼とお似合いだった。

鄭易は楊先輩の方をちらりと見た。楊先輩は北野の心理的な変化は合理的なものだと考えていた。徐々にエスカレートしていき、挑発的になっていくプロセスだ。

鄭易は引き続き尋ねる。「彼女を殺すつもりだったのか？」

「場合によっては」

「場合とは？」

「満足したらキープしておく」

鄭易はふいに尋ねた。「でも彼女はお前の顔を見ている。どうして魏萊は殺して、彼女は殺さなかった？」

北野は一瞬固まったが、まっすぐに彼を見つめながら、言った。「通報するはずがないから」

「どうして？」

「魏萊が友人にかけていた電話の内容、話していたのがまさに彼女のことだった。彼女はいじめられるのに慣れていて、通報はしないし、どうせ守ってくれる人もいない」

北野の言葉は後半、速度が遅くなった。

鄭易にはその言葉の一字一字が、まるで弾丸になって連続して心臓に打ち込まれたような気がした。この言葉はわざと自分に聞かせたような気もしていた。そんなことがあるはずはない。二人はお互いに知らないのだから、後ろめたさのせいで、考えすぎだ。

それでも鄭易の頭は依然として明晰《めいせき》だった。「魏萊が電話で話しているとき、陳念へのいじめのこと以外にも、ほかのことを話題にしていなかったか？」

北野は彼を見ながら答える。「なかった」

鄭易は話題を切り替えて、尋ねた。「お前は陳念の電話番号を知っていたんだな？」

「ああ」

「どうやって手に入れた？」

北野は記憶をたどる。あの日、陳念を学校に送っていく前に、陳念の携帯電話を奪って自分の番号を入力し、用があれば電話するようにと伝えた。でもあの事件のあと、彼はこっそり陳念の携帯電話から自分の番号を削除した。そのときに、彼女が彼の番号を「小北兄（ベイ兄さん）」という名前で保存してあるのを目にした。

今このとき取調室の中に座っていながら、彼はそのときの唖然《あぜん》とした気持ちをまだはっきりと覚えている。

彼は言った。「俺は通りで彼女の行く手を遮って電話を借りた。携帯電話を忘れたからって嘘をついた」

「誰にかけた？」

「もちろん自分に」彼は眉を吊《つ》り上げた。「そうじゃなかったら、彼女の電話番号を手に入れられるはずがないだろ」

「彼女に送ったあのショートメッセージは、どういう意味だ？」

「別に。からかっただけだ」

「彼女は電話をかけてきた？」

「ああ」

「どうして電話に出なかった？」

「ミュートにしてた」

「後からどうしてかけ直さなかった？　興味があったのなら、なぜそのまま連絡し続けなかったんだ？」

「ちょうどお袋が会いに来てたせいで気分が荒れてて、かけ直す気にもならないくらい何もかもやる気がなくなってた」

彼が答え終わると、鄭易はまた数秒間質問を止《や》めた。今の言葉の信憑性《しんぴょうせい》を確認するのは簡単だ。あとで彼の母親に聞けばいい。

母親のことが出たので、楊先輩が尋ねた。「お前は自分の母親が何をしていたか知っているか？」

北野はかすかに頭を下げてから、彼を見上げた。まぶたに深いしわが寄り、笑っているような笑っていないような顔で言った。「街中誰もが知っているのに、俺が知らないわけがないだろう？　俺は目撃者だよ。あいつがやっていることを、あんたらは聞いたことがあるだろうけど、俺は見たことがある」

取調室がしんと静まり返った。多かれ少なかれ耐え難い空気が流れ、いたたまれなくなる。

楊先輩は少なからぬ若者の事件に接してきていたから、「子供の事件はみな両親の因果だ」と心の中でため息をつく。

「お前は女性をひどく憎んでいたのか？」

「まあそんな感じだな」

「被害者への性的暴行に及んだ時、お前は何を考えていた？」

「何も。そうしたかっただけだ」

「母親の影響は？」

「俺にわかるわけないだろ」

「母親のことをどう思ってる？」

「死んでほしい」

楊先輩はしばらく黙っていたが、やがてまた尋ねた。「父親は？」

「とっくに死んだ」

「父親のことはどう思ってる？」

「死んでよかった」

「お前は会ったこともないんだろう」

「俺を生みやがった」

またしばしの沈黙が流れる。楊先輩の声が小さくなる。「お前は自分の人生を嫌悪《けんお》しているのか？」

「何の意味もないのは確かだな」

強姦《ごうかん》で逮捕され早死にした父親と売春婦の母親。育った環境も推して知るべしだ。

「周囲の人のことは？」

「俺とは無関係だ」

「お前をいじめて、バカにしてきた人たちのことは？」

「みんな死ねばいい」

またしばらくして、境遇、孤児院、父親と母親、同世代の人たちの態度、社会に対して思うこと、さまざまな問題についてすべて聞き終えた。

皮をはぎ取っていくように。

証拠は明白だった。

楊先輩はこの手の悲劇を見慣れてはいたものの、それでもこの少年の運命にため息をついた。

最後に尋ねた。「お前は自分がレインコートの人物だと認めるんだな。××及び××に対する強姦、魏萊に対する強姦殺人、そして陳念に対する強姦未遂を自分がやったと認めるんだな？」

「はい」北野は答えた。

姚警官が内容を整理し、弁護士による全過程の監督のもと、彼は供述記録を取られ、調書に署名をする。

北野はペンを手にすると、考えることもなく、さっさと最後のところに自分の名前を書いた。

棺を蓋《おお》いて事定まる（人の評価は死後に決まる、の意）。

鄭易はそれを見ながら、内心複雑な思いで、不意に尋ねた。「後悔しているか？」

北野は最初答えなかったが、しばらくしてから、聞き返した。「後悔したら減刑になるのか？」

「この人のことは覚えています」李想《リーシャン》は北野の写真を指差すと、切羽詰まったように言った。「こいつです」

「君は会ったことがある？」

「こいつは、ずっと陳念の後をつけていたんです」

鄭易と楊先輩はちらっと視線を交わすと、クラス担任の方を見て、それからまた尋ねた。「君ははっきりと見たのかい？」

「もちろんはっきりと見ました。僕は二度この人に会っています。こそこそと陳念の後ろをつけていたけど、彼女も気づいていなかったと思います」李想は警察に、二度陳念と一緒に帰った時の光景を詳しく説明した。

やがて、鄭易は頷いて、もう行っていい、と彼に示した。

楊先輩がノートを開いて記録している。客観的な証拠がまた一つ増えた。

その後、徐渺《シューミアオ》も来て証言した。校門のところで北野を見たことがあり、笑ってるような笑ってないような顔で、じっと彼女を見つめていたという。イケメンだったので、彼が自分に興味を持っているんだと思っていた、と。

徐渺は言った。「まさかターゲットを物色していたなんて」

さらに多くの証拠が、北野は学校の近くをうろついて、女子生徒をじっと見て選んでは、尾行までしていたことを証明した。

レインコートの人物が捕まったという知らせは、クラスメートにも伝わって騒ぎになっていた。李想や徐渺のように職員室に行って警察と話をした同級生は、教室に戻った途端、ぐるりと取り囲まれ、状況を聞かれる。

陳念は席で暗記に集中し、聞き流していた。入試まであと二日しかない。目前に迫った今、彼女はもはやこの試験に何も期待してはいなかった。

途中、クラスメートがあれこれ言い合っているのが聞こえてきた。「拘束されてるから。見ることもできないし、面会することもできないって」

「でもそいつは父親も母親もいないんだから、面会に行く人はいないだろ」

「誰から聞いたんだ？」

「ハハハ、そいつの両親って、この親にしてこの子あり、強姦犯の息子もやはり強姦犯だったってこと」

「レベルアップして、殺人犯だよ」

言葉は不思議だ。知的なことを言っているように聞こえるけれど、後ろ指を差すだけのひどい言葉でしかない。

陳念は席から立ち上がって外に行こうとして、真正面から李想とぶつかった。彼は彼女のかわりに命拾いをしたかのような、深いため息をついた。「陳念、だから僕があのとき、あの男は君のあとをつけてるって言ったのに、どうしても信じないから」

陳念は青ざめた顔で、無表情だった。

学校中の誰もがみな、彼女が危うく〝不測の事態〟に遭遇するところだったと知っている。そして、クラスメートは順番に彼女の前にやってきて、次から次へと慰めの言葉をかける。そのついでにどんなふうに拉致《らち》されたのか、どこに連れていかれたのか、どんなことがあったのか、またどんなふうに救出されたのかと尋ねる。気遣いと慰めは正直な気持ちからだが、好奇心と詮索もまた正直な気持ちからだ。

陳念は一切答えなかった。小米《シャオミー》が彼女をかばって、質問をしに来る〝記者たち《パパラッチ》〟を追い払った。

そんなときに李想がこんなことを言ったので、小米が警告するように彼をじろりとにらみつけた。李想もまたひそかに自分の失言にはっとして、慌《あわ》てて謝った。

陳念は教室を出ていった。

けれど、どこに行っても落ち着くことはできなかった。廊下に出るとちょうど職員室から鄭易たちが出てきたところだった。隠れたかったけれど、もう間に合わない。

鄭易は楊先輩たちに先に行ってもらって、様子を見ようと陳念に近づいた。彼女は思ったより淡々としていて、気分は良くもなければ悪くもないといった様子で、極めて普段通りのようだ。

彼はいつものように勉強の様子について少し尋ねたが、彼女の答えはどっちつかずの煮え切らないものだった。

最後に、鄭易は言った。「最近のことに影響を受けないように、落ち着いて試験に備えるんだよ。あまり自分にプレッシャーをかけないように」

陳念はうつむいたまま、頷いた。

鄭易は彼女の登下校に付き添っていたあの日々を思い出していた。彼が何か言っても、彼女はやはりほとんど答えず、いつも頷くか首を振るだけだった。しかし、あの頃の彼女は今とは違った。あの頃、彼は彼女の気持ちを感じることができた。安心していて、微《かす》かに楽し気でさえあった。ひっそりした水たまりのような、いまとは違う。

彼は屈《かが》みこむようにして彼女を見下ろした。ふいに彼女のポニーテールの髪がかつてのようにきれいに手入れされておらず、だらりと項垂れたヒマワリのように、ぱらぱらと髪が零《こぼ》れ落ちていることに気づいた。

彼女は話すことに興味もないようだったし、彼もここでプレッシャーを与えてはいけないと思って、言った。「僕は失礼するよ。試験が終わったら、食事をごちそうするよ」

陳念がなぜか顔を上げ、尋ねた。「あの人……」

彼女が言いよどむ。彼は待っている。

「刑務所に入る、の？」

「それは間違いない。未成年じゃなかったら、おそらく無期懲役か死刑だっただろう」鄭易はそう言って、じっと目をこらして彼女の目を見つめている。だから、彼女は言った。「それは、残念」

鄭易はさらに言った。「魏萊は死んだけど、羅婷《ルオティン》たちのことは、僕がなんとかするから」

陳念は何も言わず、顔は相変わらず青白いまま、動揺することもなかった。

鄭易は階段を下りながら、皮肉なことだと思った。

かつて彼は曾好《ゼンハオ》と魏萊の「トラブル」の件を処理したことがあった。それから立件できなかった胡小蝶《フーシャオディエ》の事件もあったが、あの時の羅婷たちも魏萊と同じで言うことを聞かなかった。けれど今回、魏萊の死が羅婷たちを震え上がらせ、彼女たちはおとなしくなった。

「鄭警官！」声をかけられて我に返ると、曾好だった。

彼に良い印象を抱いていた曾好は、親しみを込めて声をかけたのだった。鄭易はひとしきり、試験の激励に過ぎない言葉を口にした。

そして最後に尋ねた。「陳念は、最近どんな感じだい？」

「あんな目にあったのだから、もちろん落ち込んでいるけど、彼女はもともとあまりしゃべらないし、おとなしいんです。だから何も変わらないようにも見えるんですけど」曾好はちょっと考えてから、言った。「陳念はいわゆる自分の感情を隠すのが上手な人だから」

鄭易も「わかるよ」というふうに頷いてから、また言った。「君たちみんな、もうすぐ試験だから、彼女を元気づけて、励ましてあげてほしい。彼女も君と同じで、いじめられていたことがあるんだ」

「わたし、知ってます。彼女とは仲間ですから」曾好はそういうと、何か思い出したように言った。「でも、魏萊は彼女には何もできなかったはずです」

「どうして？」

「そんな気がするんです」曾好は言った。「魏萊が失踪する前ですが、わたしが魏萊と〝和解〟したことで、そのころすべての矛先が陳念に向いてしまっていました。だからわたし、彼女に謝ったんです。でも陳念は、守ってくれる人がいるって」

鄭易ははっとした。「それは、いつ言ってたの？」

……………

鄭易は心が痛かった。そして自分を責めた。陳念が話しているその人が自分のことなのかどうか、彼にはわからない。けれど、自分は彼女を守り切れなかった。

彼ははっきりと感じた。陳念は自分と距離を置いている。

この事件は明らかにもう終わりなのに、なぜか彼はずっと、うまく言えない、何ともやもやしたものを感じていた。

彼は通路から出てくると、明るい太陽の下で思いっきり大きく息を吸った。

頭の上から若い笑い声が聞こえてくる。

鄭易が見上げると、校舎の上のほうにいる生徒たちがもう必要なくなった教科書を引きちぎってばらまいている。色とりどりの文字がびっしりと書かれた紙飛行機が空いっぱいに舞い飛び、太陽の光を切り刻んでいる。

少年たちが笑いながら、はしゃいでいる。青春って、いいもんだな。


……………


鄭易は何人か連れて北野の住まいを捜索したが、陳念のものらしき数本の髪の毛のほかには、何も新たな手掛かりは発見できなかった。陳念は北野のターゲットであり、北野に連れ込まれたのだから、何の証拠にもならない。

鄭易はさらにわざわざ北野の本をパラパラとめくってみた。何冊もなく、みんなマンガだった。

北野は日常的に本を読むタイプなのではないかと彼は推測していた。あらためて遺体が沼地に隠されていたことを思い出し、完全な状態の遺体を証拠として残すために北野があえてあそこを選んだのではないかという疑いを少しずつ打ち消していった。あの少年もこの点にまでは思い至らなかったのだろう。あるいは北野が言っていたように、人気のない辺鄙《へんぴ》なところで発見されにくいからというだけに過ぎないのだろう。

鄭易は楊先輩が彼に話してくれたある事件のことを思い出していた。犯人は人を殺したあとで見つからないようにとアスファルトの中に埋めた。しかし思いもよらなかったのは、長い年月を経ても遺体は腐乱せず、犯人を捕まえるに足る完璧な証拠が残っていたことだった。

現実ではいつも思いもよらぬ天網や天誅《てんちゅう》が、犯罪者の隙をつくものだ。まさに北野が、沼地なら人が来ることはないと思ったのに、それがかえって遺体と証拠を完璧に保存することになってしまったように。

公安局に戻ると、面通しのために被害にあった二人の女子生徒を連れている楊先輩に会った。鄭易は尋ねた。「確認の結果はどうでしたか?」

楊先輩が言う。「あの二人の女子生徒はいずれも、北野の体格は自分を襲った人物によく似ている気がする、と言っている」

鄭易はしばらく黙り込んでいたが、やがて口を開いた。「記録を見せて下さい」

最初の二人のレイプ事件の被害者たちの記録。「……彼のようです……あのときは混乱していたから、確かではないんですが……時間もたっているし……少し似ている……」

鄭易は言った。「ただ〝似ている〟というだけ」

楊先輩はしばらく観察していたが、やがて彼の肩に腕を回した。「鄭易、お前この事件に、ひっかかるものがあるんじゃないのか？」

鄭易は思っていることを正直に言った。「おかしいと思うんです。最初はどうしたって手がかりがつかめなかったのに、後になって水門を開いて放水するようにあまりにスムーズで」

「お前は経験が浅い」楊先輩が言う。「常識では説明できない事件もたくさんある。容疑者の中には強情に抵抗して何度取り調べをして何度捜査をしても、決定的な綻《ほころ》びを吐き出させることが出来ない者もいる。事件について投げやりな態度をとっていても、いったん捕まったら、何もかも吐き出して、警察を困らせることも自分を困らせることもしなくなる者もいる」

「それは、僕もわかっています。人生への向きあい方は一人一人違うものです」鄭易は言う。「でも、楊先輩、我々はやっぱり裏山をしらみつぶしに探すべきだと思います。この間は裏山を捜索する予定だったのに、容疑者が突然捕まったことで打ち切りになってしまった」

「お前は山ひとつ全部ひっくり返したいのか?」楊先輩が言う。「三日前に我々は北野を連れて裏山に行き、事件現場を確認した。鑑識チームの同僚が土を掘り起こして、土壌の中から血液反応を検出したし、土の中には北野の髪もあった。血のあとを埋めたとき、その中に髪の毛が落ちたことに気づかなかったんだ。それで証拠がさらに確実なものとなった」

鄭易は楊先輩がそう言うのを聞いて、何も言えなくなってしまった。しばらくたってから、独り言のように問いかけた。「でも、もしほかにも事件現場があったら?」

楊先輩にははっきりとは聞こえていなかった。「何だって?」

「何でもありません」

楊先輩はまだ気になっていることがあるらしい彼の様子を見て、言った。「それから、川に捨てたという例のナイフも見つかった。凶器と被害者の傷口は完全に一致した。ただ水の中に長い間浸《つ》かっていたせいで、何も採取することはできなかったが、刃にはそれでもかすかな血液反応があった。鑑識で人間の血かどうかを懸命に確認しているところだ。運が良ければ、血液型も確認できるかもしれない。

——陳念の件で現行犯逮捕。さらに本人が認めていて、さまざまな供述にも矛盾はない。お前はまだ何を疑っているんだ？」

「ひとつ、僕にはわからないことがあるんです」

「何だ？」

「彼は慎重で周到で、被害者の衣類まで全部取り除いているのに、どうして被害者の血がついたシャツと例のレインコートを手元に残しておいたんでしょう？」

「残しておいたわけじゃない。シャツもレインコートも俺たちが工場エリアの近くのゴミの山の中から探し出したんだ。焼かれていたから、証拠探しにはそれなりの手間がかかったんだぞ」

「それを捨てた範囲も近すぎるんです」

「俺はヤツに聞いてみたよ。衣類を処理するときにうっかりシャツを忘れてしまって、そのうちに時間がたっても特に動きがなかったから、もう大丈夫だと警戒を解いて、家で燃やして捨てたと答えている」

この説明にも矛盾はない。

けれど、鄭易にはやはり不思議だった。彼が何かを焼いたらその燃えかすを残すはずも、小さくても致命傷になるような証拠を残すはずもない。

でも、これはやはり考えすぎかもしれない。

この事件は、確かに終わらせなければならない。

雨季が過ぎると、気温はどんどん高くなっていった。

六月七日のその日、気温は三十八度に達した。受験生たちが猛暑の影響を受けないよう、試験会場のエアコンや扇風機は最大に設定された。

北野の事件が終わりを迎えようとしていたころ、鄭易は陳念が辱《はずかし》めを受けたあの日の通行人、魏萊と一緒に消えた男子生徒について調べ始めた。魏萊の失踪とあのことは切り離せないのではないか、と彼はかすかに考えていた。ただひとつ、あの出来事の過程だけがはっきりしないのだ。

このほか、彼は北野の友人についても調べ始めていた。

北野が学んでいたそのクラスはとっくに授業が終了していて、クラスメートたちはあちこちに散らばってしまっていた。彼に対する教師の評価はひどいもので、ほぼ楊先輩が描いていた犯罪者のイメージ通りの、人を寄せつけない冷たい感じ、といったものばかりだった。

けれど、鄭易はそれでもあちこちで孤児院のおばさんや何人かの仲間を見つけ出して、彼と比較的仲の良い友人のことを聞き出した。大康《ダーカン》と頼子《ライズ》の二人である。頼子は広東《カントン》に行ったというが、大康は曦島《シーダオ》にいて、働いている自動車修理店も探し出した。

六月八日の昼近くの強烈な太陽の下で、鄭易はその修理店を訪ねた。大康はちょうど車の修理をしているところで、彼が尋ねてきた理由を聞くと、たちまち顔つきが変わり、彼を追い出そうと、ひどく罵《ののし》った。「お前らみんなくそくらえだ！」

「あいつがレイプ犯だって？　あいつはそんなヤツじゃない。お前らのくだらない犯罪基準とかなんとか、その基準にあてはまるようなヤツなら俺は山のように知ってるよ。なんでそいつらを全部捕まえないんだよ？　両親がダメだからって、お前らはあいつを差別しているんだろ。父親は生前に罪を犯してる、だからあいつもそうするに違いない、そういうことだろ？」

鄭易は彼の前に立ちふさがると、言った。「彼自身が認めたんだ」

大康は言う。「お前らが無理強いしたに決まってる」

「昔とは違うんだ。誰も彼に強制したりしていない。僕が君に会いに来たのも、この事件の捜査をよりクリアにしたいだけなんだ」

しかし、主観的に「北野は犯人じゃない」というだけで、大康は客観的な証拠をもってはいなかった。鄭易はあえていくつかの事件が発生した時間について尋ねたが、あいにく事件の発生時刻に大康は北野と一緒にいたわけではなく、アリバイも思い浮かばなかった。

鄭易が尋ねた。「もう一人の友達の頼子というのは？　電話してみてくれないか」

「頼子か」大康はスパナを手にボルトを締めながら、ぶすっとした態度で答えた。「とっくに連絡つかなくなってるよ。あいつとはケンカしたから。気が荒い奴なんだ」

鄭易は頼子のことは印象に残っていた。最初に見た楊先輩の二、三十人の容疑者リストの中に、この頼子と呼ばれている少年の、身長・体重などさまざまな情報が揃《そろ》っていた。そういえば彼ら三人は、背丈も体格も実によく似ていた。

また手ぶらで帰ることになるなと思いながら、自動車修理の店を出た鄭易は、ふと何とも言えない奇妙な思いが脳裏をかすめた。彼は携帯電話の中から一枚の写真を選び出し、大康の前まで戻ってくると、尋ねた。「この女子生徒を見たことは？」

大康は手をのばして額の汗をぬぐい、そこに一筋の黒い油のあとがついた。目を細めてしばらく見つめている。写真は制服を着た、ポニーテールの、腕も脚もほっそりした少女のものだ。

「こいつかどうかははっきりしないけど」

「こいつ？」

「ああ。この女を見たことがある気がする」大康は言った。「あいつ、この女に金を借りてるって言ってたな。かなりの金額だって」

Chapter 12

見守る愛

六月八日の正午、学校の外には子供の試験が終わるのを待つ保護者たちが大勢集まっている。

鄭易《ジェンイー》もその人混みの中にいた。周囲の保護者たちが緊張し、焦《あせ》っている表情を目にし、自分自身に目を向けると、なんだか可笑《おか》しかった。

大康《ダーカン》もやはり何の手がかりも与えてくれなかった。彼の話では「北野《ベイイェ》には接触していた女子生徒が一人いるようだ」ということだが、それだけだった。しかも、彼はその女子生徒がどんな顔だったかも見ていないという。

試験が終わって、生徒たちが潮《うしお》のように湧《わ》き出してきた。これまで鄭易はこのような光景を見ることはほとんどなかった。陳念《チェンニエン》を迎えに来るときはいつも、とても遅い時間で、生徒たちは帰った後だったから、学校も空っぽだった。

理科総合の試験が終わったばかりで、受験生たちはあまりリラックスしているという感じではなかった。保護者が待っていない生徒は勝手に帰ってゆく。保護者が待っている生徒は人混みの中で父や母の姿を探している。

鄭易は学生たちを眺めているうちに、少し目がチカチカしたが、たまたま学校の外にいる李想《リーシャン》を見かけた。彼は今回の入試を受けないので、近くをぶらぶらしていたようだ。

鄭易は午後に会いに行って新たに話を聞こうと思っていたが、今ここで会えたので、手招きして彼を呼んだ。

暇でやることもないから、試験会場の雰囲気を味わいに来たと李想は言う。さらに聞いてきた。「鄭警官、陳念を待っているんですか？」

鄭易は頷《うなず》いた。

「またあの事件のことではないですよね？」李想はあきれたような顔になる。

「違うんだ」鄭易はちょっと笑って、尋ねた。「君の表情を見る限り、僕が学校に来ることにうんざりしているみたいだね」

李想は申し訳なさそうに頭を掻《か》いた。「それはあなたが毎回面倒なことを引き起こすからですよ」

「今回は違うんだ。彼女に食事をごちそうするために来たんだよ」

李想は言い聞かせるように言った。「試験のことは聞いてはダメですよ。受験生にとっては、それを聞かれるのが一番ウザいですから」

鄭易は言った。「わかったよ」

「そうだ。羅婷《ルオティン》たちのことはどうするつもりなんですか？」

鄭易は数秒間固まった。

いまのところ羅婷たちはまだすべてを白状したわけではないが、証拠が固まれば、処罰されるはずだ。もちろん、辱《はずかし》めを受けた方の傷はそんな処罰などとは比べ物にならない。しかし処罰の意義は、報復ではない。鄭易は心理的介入を申請して、そのときになったら自分がしっかりと監督して、加害者の子供たちとその両親に心理的カウンセリングと治療を受けると約束させるつもりだった。どれだけ時間がかかろうと。

鄭易は説明のしようがなく、ただこう言っただけだった。「安心してくれ。僕が最後まで責任を持つ」

鄭易は午後に彼に聞きに行こうとしていたことを思い出し、今ならより自然に聞ける気がして、口にした。「李想」

「はい？」

「君は二度、陳念と一緒に帰ったと言ったよね？」

「はい」

「君は普段、鋭い方かな?」

「鋭い? そんなことないですよ。僕は鈍感な方ですね」

鄭易は尋ねた。「たった二度一緒に帰っただけなのに、どうして陳念の後をつけている人物がいると気づいたんだ?」

李想はハッとしたが、しばらくたってから言った。「僕が、うっかりあの人とぶつかってしまったことがあったからです」

ぶつかった?

鄭易はかすかに眉《まゆ》をひそめた。

また徐渺《シューミアオ》の言っていたことを思い出す。北野は彼女に対して邪《よこしま》な笑いを浮かべていた、と。彼はどうしてそんなに大胆だったのか?

李想がもう行くというのを、鄭易は遮って尋ねた。「そうだ。君は陳念を映画に誘ったことがあるよね?」

「魏萊《ウェイライ》が失踪《しっそう》した夜のことですか? ほかの警官からとっくに聞かれましたよ」李想は惜しみなく説明する。「僕がチケットを手に入れて、彼女を誘ったんです。彼女が僕を誘ったわけじゃないですよ」

「同僚から聞いたよ」鄭易は言った。「でも、そのとき君たちが一緒に映画を見るのは何回目だったのかな?」

「初めてです」

「どうして陳念を映画に誘おうと思った?」

「得難い機会だと思ったんですよ。『タイタニック』ですからね」

聞くべきことなど何もないようだ。けれど、鄭易は眼の前に陳念の顔が浮かび、思わず口を挟んだ。「彼女に断られることが怖くはなかったのか?」

「え?」

鄭易は言った。「陳念の性格を考えると、断るような気がする。君はとても勇気があるね」

「ああ」李想は笑い出した。「実は、僕は前から陳念を映画に誘いたいと思っていたんです。でも、ずっと勇気がなかった。その日、たまたま小米《シャオミー》と彼女が『タイタニック』のことを話しているのが聞こえたんです。チケットはなかなか手に入らない、って彼女が言ってたから、きっと見たいはずだと思ったんです」

「なるほど」鄭易は言った。

李想は去っていった。

それからすぐに鄭易は、陳念の姿を見つけた。彼女の周囲の生徒たちはみな自分の両親に向かって走ってゆく。彼女は静かに階段を降りて、自分の道を歩いてゆく。すぐに彼の姿を見つけた彼女は、一瞬立ち止まったものの、彼に向かって歩いてきた。

鄭易は白い歯を見せて笑うと、言った。「近くを通りかかったから、君に御馳走《ごちそう》しようと思って」

陳念は頷くと、彼の横について歩いた。

鄭易の頭の中はひどく混乱していた。北野の事件はどうにもはっきりしない。陳念に何が起こったのかも、よくわからない。

自分がわからないというのは今のところどうしようもないことだが、まだ何か見落としていることがあるのではないか。

横にいる陳念は音もたてずひっそりと静かで、孤独な魂のように、まったく生気がない。以前の彼女はこうではなかった。会話はしなくても、体温が感じられた。あの日、いったい何が起こったのか彼はもっと知りたかった。

二人は遠くには行かず、学校の向かいの店で席を探した。

暑い日だったので、鄭易は壁についている扇風機のスイッチを入れた。汗で髪の毛がはりついた陳念の首に風が吹き付ける。彼女は少しずつ、ゆっくりと髪をなでつけた。

実のところ他の話題があるわけでもなかったから、鄭易は尋ねた。「試験はどうだった?」彼女はウザいと思ったりはしないだろう、と鄭易は思った。

陳念は視線を上げて彼を見た。「まあまあかな」

「難しかった?」

「それも、まあまあかな」

「それならよかった」鄭易は笑いながら言った。「さっき外に立ってたとき、問題が難しかったって多くの生徒たちが話しているのが聞こえたからね」

陳念は口をすぼめた。「たぶん、お互いに慰め合っていたんでしょう。周りの同級生たちに、自信を与えるために。なんといっても、午後にまだあと一科目あるわけだし」

「そうなのかな?」鄭易もまた笑った。

「そうです」陳念はそう言って、澄み切った目で彼を見ている。鄭易の心が動いた。

その瞬間、気持ちが軽くなった気がして、思わず息を吐いた。

自分は考えすぎていただけだ。

陳念は恵まれた家庭環境ではないので、誰かに金を貸したりすることはできないし、大きな金額ならなおさらだ。むしろ北野の方は銀行口座に、伯父と叔母が送金した十分な生活費が常に入っていて、気前よく派手に使っていた。

ぶつかったこと、映画のこと、焼け残ったシャツとレインコート、これらのこまごましたことを結びつける合理的な説明は何もない。

鄭易はそれ以上考えるのをやめ、視線を落として箸《はし》をお茶ですすいだ。陳念はしばらく見つめていたが、ささやくように問いかけた。「わたしのことを、ずっと待っていてくれたんですか？」

鄭易は顔をあげ、さっき自分が「外に立っていた」と言ったことに思い当って、笑った。「そんなにずっとでもないよ」

箸をきれいにすすぐと、陳念に一膳《いちぜん》手渡す。

「ありがとう」陳念は受け取ると、夢中で食べ始めた。試験は頭を使うから、彼女もお腹《なか》が減っていたのだろう、かなりの食欲だ。

「午後は英語の試験？」

「はい」

「英語も君は得意だよね？」鄭易はそう言いながら、彼女のお椀《わん》の中に回鍋肉《ホイコーロー》を多めに取り分ける。

「まああかな」陳念は米を口にいれながら、頷く。

鄭易は彼女が夢中で食事をしているのを見て、また少し笑った。彼女の真っ白な腕に赤い紐《ひも》があるのがちらりと見えた。「その紐の色、きれいだね」

「ええ」陳念は言った。「赤い紐は、お守りなんです」

食べ終わると、鄭易は彼女にレモンティーを買ってあげた。彼女はそのカップを手にストローを口にくわえながら、彼の横をゆっくりと歩いている。

正午の風が額の細かい汗に吹き付ける。鄭易は言った。「この事件が片付いたら、僕は何日か休みが取れるんだ。君も試験が終わるよね。どこかに遊びに行きたくて誰かに連れて行ってほしかったら、僕がいることを思い出して」

陳念は頷く。「はい」

交差点まで来ると、鄭易は言った。「早めに戻ってひと休みするといい」

「そうします」

「アラームをセットして、遅れないように」

「はい」陳念が目をあげて彼を見る。

鄭易はハッとした。そこには感謝の気持ちが見て取れた。彼女はこれまでも、自分に何かしてくれた人に対する恩を忘れるような子ではなかった。

「それじゃあ」彼女はそっと手を振ると、去っていった。

太陽の光がきらきらと眩《まぶ》しく、木陰にも光がチラチラしている。彼はしばらくその場に立ったまま、彼女の背中が小さくなっていくのを見送っていた。思わず口の端に笑みが浮かぶ。

ふと、彼は後をついていって、黙ってこんなふうに彼女を家まで送って行きたくなった。

そうして足を踏み出した彼は、その瞬間、ひやりとした空気が足の底から這《は》いあがってきた気がした。

突然、そういうことだったのかと、すべての点と点がつながった気がした。

動機が違うんだ！

後をつけていたんじゃない、見守っていたんだ！

鄭易は正午の太陽の日差しの中に立っているのに、全身が冷や汗で濡《ぬ》れていた。

……………

すぐに追いかけてはっきりと尋ねるべきであったが、彼はそうしなかった。その場に立ったまま、魂を抜かれたようにぼうっとしていた。自分の携帯電話が鳴り出すまでずっと。

「鄭さん、すぐに来てください。重要な映像を見つけました」

「どんな内容だ？」鄭易が尋ねた。

相手は言葉を失っている。一言いうのがやっとだった。「早く戻って来てください」

鄭易が会議室に着くと、姚《ヤオ》警官が中からドアを押して出てくるのに行き当たった。目の周りが真っ赤だ。

鄭易は低い声で、もう一度尋ねた。「どんな内容なんだ？」

同僚はこぶしをきつく握りしめ、手の甲に荒々しい青筋をたてて、言った。「みんなで彼女を殴って、罵《ののし》って、服をはぎ取って裸にして地面を引きずって、通りを引きずって、大声で……」

鄭易は耳を傾けながら、歯を食いしばっていた。

「……何人かの男子生徒がやって来て、魏萊たち女子生徒と一緒になって辱めて……彼女を連れて……草むらの中に……」

鄭易は無表情のまま中へ向かった。

楊《ヤン》先輩が立ちふさがる。「見るな。動画の中に登場した人物については、もう逮捕に向かっている」

鄭易に勢いよく押され、楊先輩はドアにぶつかった。鄭易の顔色は青ざめているが目は真っ赤だった。胸が波打つように動いている。彼は順番に周囲の人を激しく睨《にら》みつけてから入って行くと、「バタン」とドアを叩《たた》きつけた。

廊下は死んだようにしんと静まり返っている。ドアを隔てて、若い男が、悲しみのあまり喉《のど》を詰まらせ、抑えきれずに声もなく泣いている。

…………

愛《いと》おしさ、苦しさ、憤《いきどお》り。それでも、この職業はいついかなるときも理性的でいることを要求される。

三十分ほど経《た》ってから、鄭易は言った。「一、陳念には殺人の動機がある。二、北野の殺人の動機には誤りがあるかもしれない」

姚警官が言う。「でも、北野はすでにすべての罪を認めている」

「そうだ。彼ら二人の間になんらかの、我々の知らない関係が存在しているからこそだ」と鄭易も答える。

「成績優秀な高校生と、チンピラ。この二人の間にはいかなる接点もないように見える。しかし、念のため、陳念を連れてきて取り調べをする。北野の取り調べももう一度やり直す必要がある」楊先輩が言った。「捜査資料はすでに上に送ってある。急がないと、間に合わないぞ。今すぐ陳念を連れてこなくては」

「彼女はまだいいです。まず北野からです」鄭易は重々しく言った。


……………


北野は取り調べ室に座っている。手錠は机の下で、相変わらず投げやりな様子だ。彼の伯父が新たに依頼した弁護士が、深刻な顔で心配している。

楊先輩が単刀直入に本題に入った。「ある動画を見つけた。魏萊が失踪する前日に陳念が受けた被害のことを、我々はもうすべてわかっている」

北野は冷ややかで静かなままだった。表情はまったく動かない。

「陳念には魏萊に対する殺人の動機があると我々は考えている。あるいは、君の魏萊に対する殺人の動機は、嘘だという可能性がある。北野、君と陳念の関係は、本当に君が以前話した通り、見ず知らずの人でしかなく、君のターゲットでしかなかったのか?」

「話すべきことは、もうみんな話した」北野は言った。

鄭易は、北野が前回の取り調べのときよりも冷静だということに気づいた。それだけでなく、まったく感情を漏らす気配がない。

楊先輩がひどく早口であらためて尋ねた。「どうして最初の二人の被害者を強姦《ごうかん》したいと思ったんだ？」

「どうしても何も、試してみたかっただけだ」

「どうして魏莱を殺した？」

「顔を見られたからだ」

「どうして昼間を選んだ？」

「彼女は夜には仲間と一緒にいるから」

「どうして陳念に目をつけた？」

「話すときに吃音《きつおん》があったのが気になって、振り返って見てみたら、見た目が良かったから」

　楊先輩はこれまでに尋ねたことのある問題について、あらためて一通り尋ねた。順番をランダムに入れ替え、勢いもスピードも上げて。それでも、北野の答えには前回と矛盾するものはなかった。

　楊先輩たちが嘘《うそ》を発見するやり方を使おうと、それとなくほのめかしたり遠回しな言い方をしたりして揺さぶろうと、北野の供述に綻《ほころ》びを見つけることはできなかった。ボロが出ない。それは要するに、彼が確かに犯人であることを示すということになる。

楊先輩たちが取り調べを終えようとしたとき、鄭易はふと口を開いて、尋ねた。

「別の可能性はないのかな?」

北野が彼に目を向ける。

「お前は陳念が被害にあったことを、とっくに知っていた、違うか? お前は陳念の仇《かたき》を討ちたかったんだろう」

北野が答える。「あんた、泣いたのか?」

鄭易は言葉を飲み込んだ。たっぷり三秒は彼を睨みつけた。「魏萊に対する殺しの本当の動機は、いったい何なんだ? お前の陳念に対する感情は、前に言っていた通りなのか? お前たち二人には誰も知らないつながりがあるんじゃないのか?」

北野が聞き返す。「どうして泣く? あんたは彼女が好きなのか? 彼女のために苦しんでいるのか?」

鄭易が「ガタッ」と椅子《いす》から立ち上がり、北野を見下ろす。二人の若い男が睨み合う。

空気が凝縮してまるで石のようになる。

「お前は今日が何の日か知ってるか?」鄭易は言った。

「知ってる」北野は言った。

午後になった。最後の試験がある。

若い警官は腰をかがめ、両手をテーブルにつき、威圧的に彼を見下ろす。「お前は彼女を隠し、彼女に嘘をつき、彼女を守った。彼女に落ち着いて試験を受けてもらうためだけに」

「警察が裏山の捜索を始めると、お前は急に卒業証明書を取りに行って尻尾を出し、捕まった。警察の注意を逸《そ》らすためだけに、彼女が取り調べに巻き込まれないようにするためだけに」

ほかの人たちにはわからないだろう。ただ鄭易は賭《か》けた。目の前のこの少年はきっと自分が何を言っているのかわかるはずだと。

けれど北野は黒い瞳《ひとみ》を見開いて言う。「あんたが何を言っているのか、俺にはわからない」

「北野、死者の身体《からだ》にある防御創をどうやって判断するか知ってるか？」

北野は彼を見たが、何も言わない。

「人はもみ合っているときには手を使うが、特に虎口《フーコー》（漢方医学で用いる親指と人差し指のつけ根の間のツボ）と手首、こういうところにはたとえ明らかな傷がなかったとしても、表面的には見えない傷が皮下組織に残るものなんだ。知らないうちにどこかに膝《ひざ》をぶつけていて、翌日になってから原因のわからない青あざができているようなものだ」

彼は説明を終えると、怪しげな観点を持ち出した。自分でも完全に確信がもてるわけではない仮説だ。

「魏萊の身体の防御創が問題だ。彼女の手、足、首の皮下出血は、彼女が死んだあの日、お前が彼女を強姦したときに抵抗した際のものかもしれないが、その前日の陳念によるものかもしれないんだ」

「北野、我々は動画で見ているんだよ。魏萊が陳念を辱めたとき、陳念は抵抗して、ずっと魏萊の手足を強く引っ張って、肩や首を押していた。この程度でも十分に皮膚に青あざができて、〝防御創〟と混同しうる」

北野は聞き終わっても、依然として同じことを言うだけだった。「あんたが何を言っているのか俺にはわからない」

弁護士が抗議した。

鄭易は心を鬼にして息を吸った。「これらの問題について、僕はもう一度陳念に取り調べを行なう。もし本当に君の言う通りなら、問題はない。でももし君が何かを隠しているのなら、取り調べに対して、彼女が持ちこたえられると思うかい？」

北野は目の前にいる大人たちを見つめながら、口をすぼめて黙っている。

楊先輩が待ちきれなくなって、言った。「すぐに陳念をここに連れてきて取り調べをする」

北野の顔色が瞬《また》く間に変わった。鄭易もにわかに動揺して、まわりにほかの人たちがいることも忘れ、すぐに腕時計を見る。まだ試験会場に入っていないはずだ。それは彼が望んでいることではなかった。彼が何か言おうとしたとき、楊先輩はすでに立ち上がって外に向かって歩き出していた。

その瞬間、鄭易は追いかけようとして、条件反射で北野にちらりと目を向けた。なんと北野はふっと笑ったかと思うと、突然、話の矛先を変えて言った。「死体はもう一つある」

弁護士がぎょっとしている。楊先輩も立ち止まって、振り返った。「何だって？」

「彼女に三時間あげてくれ」北野は言った。「もう一つの死体のこと、あんたたちに教えてやるよ」

最後の試験も終わり、受験生たちは肩の荷を下ろしたように学校の中を歩きながら、カラオケに行こうとか、郊外にピクニックに行こうとか、ビリヤードをやろうとか約束をし始めた。

陳念がもうすぐ門のところにたどり着くというとき、ふいに通りの反対側に白いシャツを着たすらりとした男の子の姿が目に入った。

彼女は飛ぶように速く突き進んでいった。集まっている保護者や生徒たちを慌《あわ》てでかきわけながら、ひしめき合う人の群れや車の流れに揺られながら通りの向こうまで走っていくと、その人の服の袖《そで》をつかんで、軽く引いた。

少年が振り返る。彼ではない。

知らない少年は彼女の背後にちらりと目を向ける。陳念が手を離し、振り返ると、鄭易とパトカー、さらに数人の私服警官がいた。

彼女は歩いて行って車に乗り込んだ。一つの檻《おり》から、また別の檻へ。

「あれは誰？」楊先輩が尋ねた。

「人違いでした」彼女は表情を変え、冷ややかで静かな顔になった。

「誰と間違えたの？」

「クラスの、同級生です」

「北野に似てる？」

「みんな似ています」彼女の顔色が冷たい白さを帯びる。窓の外は、制服を着た人たちがびっしりとひしめき合っていて見分けがつかない。

公安局に着いても、ほぼ沈黙が続く。

陳念は頑《かたく》なに家族の連絡先を口にせず、かといって教頭や先生が付き添うこともひどく嫌がった。鄭易は学校には知らせず、やはりこの間依頼した例の女性弁護士に来てもらった。

鄭易が尋ねる。「どうして君が連れて来られたか、わかるかい？」

「わかりません」彼女が首を振る。後ろのポニーテールがそっと襟をなでる。

楊先輩が鄭易を見て、「彼女の言葉は信じるな」と目で彼に告げ、本題に入るよう促す。鄭易は、あの動画のことを考えながら口を開いた。彼女は引き裂かれた肉の塊だ。彼は目を閉じた。さらに力が抜けていくのを感じて、しばらく声を出せずにいた。

楊先輩は彼を睨みつけると、今度は姚警官の方を見た。彼女は女性警官なだけにいくらか柔らかい言葉で話す。「我々はある動画を見つけたの。そこには魏萊が失踪する前の日、彼女たちがあなたにひどいことをしているすべての過程が記録されていた。特に後半に起こったこと」

陳念に動きはない。

「現場で写真を撮ったり、動画を撮影したりしていた人たちがいたことは、あなたもわかっているはずよ。でもあなたは以前、覚えていないと言っていた」

動きはない。

楊先輩が言った。「もう一度聞く。君は本当にあの動画の内容を覚えていないのか?」

彼女は静かに彼を見る。射貫くようなまなざしでじっと見つめたまま、問い返す。「覚えていてほしかったんですか?」

楊先輩は一瞬言葉を失ったが、引き続き尋ねた。「どうしてわたしたちに隠した?」

彼女も問い返す。「わたしがそれを一つ一つ、詳細にあなたに説明するのを聞きたいんですね? 言葉、動き、力加減、それから?」

不気味なほどの静けさだった。

少女の肌は雪のように白く、黒い瞳が、まるで雪が降った夜のようだ。しみ一つない白いスカートは明るい月のように汚《けが》れもなく清らかで冷たい。

鄭易は知っている。彼女はもはや高校生の陳念ではないのだ。

楊先輩が言った。「動画の中に映っている者は、男であろうと女であろうと、全員有罪判決を受けて刑務所に行くことになる」

それでも、少女の顔にはまったく変化はない。彼らは彼女を見つめ、彼女も彼らを見つめている。慰めにもならないこんな言葉は、彼女には何の意味もなかった。

質問はそれでも続けなければならない。「どうして通報しなかった？」

「ああいう動画が物証にされて、あなたたちに何度も何度も詳しく見られたくなかったのかもしれません。それか……」彼女は目を見開くと、目の前にいる人々をゆっくりと見渡す。「今のあなたたちのこの同情と哀れみのまなざしを見たくなかったのかもしれません」

姚警官が一瞬、視線を落とす。

「或《ある》いは……」彼女は言った。「あなたたちに言っても、何もできないだろうと思ったからかもしれません」

鄭易はいたたまれない気持ちになった。胡小蝶《フーシャオディエ》、曾好《ゼンハオ》……それぞれの出来事で彼は彼女の信用を失っていった。

「それに、あなたたちの目には、わたしは一人の人間でもなんでもなく、モノに、証拠品に過ぎない」彼女はそっと手首の赤い紐をなでた。

「それは違う……」しかし、それ以上何が言えるのか。

姚警官が言った。「でも、今回は違う。彼らがあなたに対して犯した罪は、十分実刑に値するものよ」

「ああ。そうなんですね」陳念はそう言ったが、どうでもいいように見えた。

「ああいうことがあって、魏萊を恨んだ？」

「わかりません」

「どうしてわからないの？」

「死んだ人を、恨むことなんかないです」

前と同じような言い方だ。

必死でなんとかして忘れようとしたから、いつものように穏やかでいられるのか、それとも、魏萊がいなくなってネガティブな感情の矛先がなくなったから、昔のように冷静でいられるのか、それは誰にもわからない。

「君は北野と知り合い？」

「知りません」

「彼はどうしてあなたを守ろうとしたの？」

「わかりません」彼女はさらに冷ややかになった。

「彼はあなたの試験時間のために、わたしたちに条件交渉をしてきたの。これをどう説明すべきだと思う？」

「わかりません」

ほぼすべての質問に、彼女は「わかりません」と答えた。

ひいては、「彼はあなたを好きなの？　あなたのために彼は罪を犯したの？」という問いにも、彼女の返答は依然として「わかりません」だった。

楊先輩が言った。「君の〝わかりません〟は我々を納得させられてはいないんだよ」

彼女が問い返す。「彼がやったことを、どうしてわたしに聞くんですか？　彼の考えていることなんて、わたしにわかるわけがないでしょう？」

みんな何も言えなくなる。

そして北野の方でも、同じように行き詰まっていた。

「お前はどうして魏萊を殺したんだ？」

「彼女が俺の顔を見たから」

「魏萊を殺したのは、彼女が陳念を傷つけたからじゃないのか？」

「違う」

「陳念が魏萊を傷つけたのか？」

「違う」

「お前は陳念が好きなんじゃないのか？」

「好きじゃない」

「お前は我々と条件交渉をして、彼女の試験時間を確保した。その行為をどう説明するんだ？」

「退屈だから、やりたいようにやっただけだ」

「退屈だから、やりたいようにやる？」

「俺は生まれつきこういう人間だから、何の意義も追い求めることなく生きてるし、何ものにも束縛されない。やりたいようにやる、強姦、殺人、みんなそうだ。理由なんてない。急にそれがやりたくなっただけだ」

「彼女のために突然いいことをするのも、やりたいようにやったと」

「ああ」

「魏萊を殺したのはお前か？」

「そうだ」

「どうして彼女を殺した？」

この問いは数えきれないほど繰り返し問われた。殺人の動機、殺人の動機。北野は彼らにちらりと目を向けると、不敵な笑みを浮かべ、一字ずつ口にした。「彼─女─が─俺─の─顔─を─見─た─か─ら」

「陳念が辱めを受けたことを、お前は知っていたのか？」

「知らない」

「お前が魏萊を殺したのは陳念の仇を討つためじゃないのか？」

「違う」

「お前は確かにレインコートの男なのか？」

「そうだ」

「新たに発見されたあの死体、死者の名前は？」

「頼子《ライズ》」

「フルネームで」

「頼青《ライチン》」

「彼はお前とどういう関係だ？」

「友達」

「どうしてお前は彼の死体がある場所を知っていた？」

「俺が殺したから」

「どうして彼を殺した？」

「俺のことに気づいたから」

「お前のこと？」

「俺がレインコートの男だと気づいたから」

「だから彼を殺したのか？」

「密告する可能性があるのにそのままにしておくか？」北野は冷ややかに笑う。

もうどうしようもない、と弁護士が額に手をあてる。

「彼はお前と一緒に育ったんだろう？」

「ああ」

「それなのにお前は彼を殺すと決めた。どうしてだ？」

「秘密をばらさないのは死人の口だけだ」少年は言った。

ボロを出さない。完璧《かんぺき》だ。

楊先輩たちは取調室から出て、対策を話し合った。

二人の若者が、壁を隔てて、冷静かつ寡黙《かもく》に座っている。二人はお互いが目と鼻の先にいることも知らない。

二人の若者は、一滴の水も漏らさず、尻尾《しっぽ》をつかませない。もしこれほど肚《はら》の据わった二人でなかったら、本当のことを話すしかなくなっていたはずだ。

しかし、人はしばしば直感というものが働く。とりわけ刑事は。言葉にできない奇妙な感覚が鄭易の心に覆《おお》いかぶさっている。

しかし、現在わかっている事実を信じる方に傾く人もいる。姚警官は言った。

「我々の知らない、通報をしなかった被害者がいることも彼は知っていて、罪を隠すために自分の友達まで殺した」

「もしも」鄭易は二枚のガラスの向こうに、それぞれひとりで座っている少年と少女をじっと見つめていたが、ふと力をこめて北野を指さし、問いかける。「もしも、自分がレインコートの男だと証明するために殺したのだとしたら？」

この考えはあまりに突拍子もないものだった。

「何を言ってるんだ？」

「もしも、あのシャツを完全に処分しなかったのが、自分が殺人犯だと証明するためだったら。あのレインコートの処分が完璧でなかったのが、自分がレインコートの男だと証明するためだったら」

「彼は本当はレインコートの男ではないから、ありとあらゆる手をつかって自分だと証明するというのか？」神様の書いた本がでたらめだと聞かされたような顔で、楊先輩が問いただす。「どうしてだ？」

「魏萊殺害の動機を隠すためです」鄭易は早口になる。「もし彼がレインコートの男でなかったら、魏萊を殺す動機がなくなります。そうなると、彼は魏萊を殺す本当の動機——陳念——を隠しきれなくなるからです。

陳念のためです。彼は彼女を守りたかった！」

鄭易は声を落とした。「これは決して連続殺人事件ではないんです！」

楊先輩が反論する。「それはお前の推測に過ぎない。あの動画があるからといって、お前のいう殺人の本当の動機を証明する確かな証拠はない。それ以上に、彼はどうして魏萊殺害の動機を隠さなければならないんだ？　陳念のため？　誰かを守る守らないなんて関係ない。いずれにしても彼が殺した。彼はすでに人を殺しているというのに、まだ動機を問題にするのか？」

そう聞かれた鄭易は、額に冷や汗が噴き出し、眉のところで集まって川になった。頭の中ではありとあらゆる考えが一緒くたになっている。突然、彼は勢いよく振り返ってもう一つのガラスの向こうにいる陳念を見つめているうちに、背筋が冷たくなり、口を開いた。「……でない限りは」

「何だ？」

「陳念が共犯者だとしたら！」

鄭易の顔が真っ青になり、さらに早口になる。「魏萊の衣類をはぎ取ったのは、何か月かたって発見されたときに季節が特定されるからではなく、彼女の衣類に重要な証拠が残っていたからだ。たとえば、もう一人の共犯者の手の跡！」

口に出したその瞬間、鄭易の頭の中は真っ白になり、ふいに理由のない後悔に襲われた。

楊先輩たちは目を見開いたまま、何も言えなくなっている。

姚警官が慌てて反論する。「鄭易、あなたの推測はこれまでの一連の証拠と矛盾するものよ！　一時の感情で話を進めるのでなく、証拠で話をして。こんなやり方はフェアじゃない！」

空が暗くなり、明かりがともる。事件はもう終わりにしなければならない。

廊下の壁掛け時計がチクタクと時を刻む。鄭易の目はうつろだが、頭の中ではものすごいスピードでフラッシュバックしている。陳念、北野、ひとつひとつの受け答え、それぞれの表情。

ガラス窓の向こう側で、北野は落ち着いている。陳念も落ち着いている。

どうして？

「どうして魏萊を殺した？」

「顔を見られたから」

「魏萊を恨んでいる？」

「わかりません」

「放課後君を迎えにいこうか？」

「結構です。大丈夫」

「君は普段、鋭い方かな？」

「そんなことないですよ。僕がうっかりあの人とぶつかってしまったことがあったからです」

「彼女に断られることが怖くはなかった？」

「チケットはなかなか手に入らない、って彼女が言ってたから」

「陳念は、守ってくれる人がいるって」

「この女を見たことがある気がする。あいつ、彼女に金を借りてるって言ってたな。かなりの金額だって」

これらのすべてが、つまるところ何の根拠もない幻なのか、それとも決定的な手掛かりなのか、証明する方法はたった一つだ。鄭易はふいに歩き出すと、第一取調室に向かった。

陳念がちょうど署名して、帰ろうとしているところだった。そこに飛び込んだ鄭易は、調書とボールペンを押しのけ、彼女の手をつかみ、ぶらさげるように彼女を椅子から立ち上がらせ、そのまま引っ張ってゆく。

彼は勢いよく第二取調室のドアを開け放ち、陳念を押し込んだ。陳念は壁に倒れこみ、髪がばさばさになった。同時に、北野が突然顔を上げた。二人の目が向き合い、愕然《がくぜん》として言葉に詰まる。

次の瞬間、鄭易は陳念を引きずり出し、サッと取調室のドアを閉めて、一切を遮断した。ひと目見るだけ、けれどそれで十分だった。

なぜなら、愛、それは隠し切れないものだから。口を閉じても、目が語っている。

Chapter 13

共生関係

深夜になり、警察も、取り調べを受ける者も、誰もがみな疲れ果ててクタクタになっていた。このまま、どちらが勝つか我慢比べだ。

二人の少年は、弱々しく、やせぎすなのに、手強《てごわ》かった。

楊《ヤン》先輩が充血した目をこすりながら、鄭 易《ジェンイー》に向かって言う。「お前の推理を証明するには、一つだけ方法が残っている」

「どんな方法ですか？」

「囚人のジレンマだ」

いわゆる「囚人のジレンマ」とは、二人の共犯者が、コミュニケーションがとれない状況にあるとき、相手を信頼できなくなる、あるいは相手が裏切って自白したと知らされると、お互いが相手のことを暴露したり、真実を自白したりする傾向にあることを指す。

この種の心理戦で生き残れるものはいない。

取り調べはすぐに、それぞれ始められた。

陳念《チェンニエン》は取調室に座っている。全身が青白く、手首の赤い紐《ひも》だけがまるで血のあとのようにことのほか鮮やかだ。

無表情の警官たちがなだれ込んできたが、それでも彼女の表情は落ち着いている。

楊先輩がファイルを机の上に放り、「パタン」という音が響き渡る。ベテラン刑事は鋭い目で、じっと彼女を見つめながら、言った。「北野《ベイイエ》はもう白状したぞ」

答えを待っている彼らを陳念は見つめる。わずかな驚きも、慌《あわ》てる様子もない。

「陳念、彼はもう白状した」楊先輩は言った。「君が彼の共犯だと」

陳念は首を振る。「違います」

「魏萊《ウェイライ》は失踪《しっそう》したその日、徐渺《シューミアオ》を裏山に誘ったが、それはついでの誘いでしかなく、実際に彼女が会う約束をしたのは君だ。電話をかける必要はない。前日に彼女は君に伝えているからだ。最後の授業は体育で、君が裏山に行くには都合がいい。君は裏山に行って、彼女を傷つけた。その日、君は学校でクラスメートと映画のチケットがなかなか手に入らないという話をしていて、それを耳にした李想《リーシャン》が、その日に君を映画に誘った。君が映画を見ている間に、北野が改めて後始末に行った」

「違います」陳念は首を振る。照明が頭の上から降り注ぎ、まつ毛が落とした影が、彼女の真っ黒な目の中で揺れている。

「これは北野が自ら口にしたことだ。彼は認めたんだ。陳念、白状しなければ、君はより重い罰を受けることになるだけだ」

負けるな。お前は負けるな。

彼女は冷ややかなまなざしで、彼らを見つめている。少し考えていたようだったが、やがて尋ねた。「あなたたちは、わたしの罰を軽くしたいんですか？」

「そう。我々は君を助けたいんだ」

「助けたいと思っていて、もう確かなことがあるなら、わたしが認めようが認めまいが関係ないでしょう？」陳念は聞き返す。「自白したことにして、わたしの罪を軽くしてください」

言葉に詰まって、何も言えなくなる。

楊先輩がなんとか続ける。「では君は認めるんだね？」

「違います」

「違う？」

「あの人がどうしてそんなふうに言ったのかわたしにはわかりませんが、わたしはあの人を知りません」陳念は言った。

「彼が君たちは共犯だと言っている。三時間前に、彼は君の試験時間を確保するかわりに、別の罪を自供したんだ」

陳念はそれでも首を振る。「あの人があまりにくだらないやつなのか、それかわたしを襲っているときに失敗して捕まったから、わたしも引きずり込みたいのかもしれない。わたしの試験時間を確保するために、別の罪を自供するなんて。よく考えてみれば、その供述そのものが、わたしを引きずり込もうとするもので、実際にもう巻き込まれてしまっているんです。有罪になるかもしれないのに、試験時間を確保するなんて何の意味があるんですか？　あまりにも矛盾し過ぎてる。だから、あの人がわたしと共犯だという主張なんて、信用できないです」

彼女のロジックは明晰《めいせき》で、聞いている人々のほうが冷や汗ものだった。

彼女のこの言葉が、錯綜《さくそう》している複雑な事件にある可能性を提供したことに疑いの余地はなかった。もしかすると北野は彼女の前で失敗したのが悔しくて、彼女を陥《おとし》れようとしているのかもしれない。

「君は、彼の話はみんな嘘《うそ》だと言うんだね」

「はい」

「陳念、最後のチャンスだ。もし君が認めなければ、北野は捜査に協力的だったことで罪が軽くなる。逆に、君の罪は重くなる」

「あの人は嘘をついています」彼女はゆっくりと言った。

「確かなのか？」

「確かです」彼女はまっすぐなまなざしで、断固とした口調を崩さない。「それなら、わたしをあの人に会わせて、わたしたちに直接話をさせればいい」

「我々が君たちに対質をさせるようなことはないと君は思っているのか？」

「あいつを連れて来い！」

白くまぶしい明かりで、彼女の顔は青白く、頰がこけて見えた。

……………

女性弁護士がさっと立ち上がる。「もう十分でしょう！」

警察の負けだ。彼女は耐え抜いたのだ。

最後の希望は北野にプレッシャーをかけることだけだ。

北野に対してもう一度取り調べが行われた。冒頭から落ち着いた雰囲気だったが、圧迫感もあった。

「陳念は認めたぞ。魏萊が殺害されたとき、彼女は現場にいた、彼女が関わっていると」

「あの女は頭がおかしいのか？」北野は言った。

こっちの状況も向こうと同じで、どれほど刑罰の軽減と加重に言及しても、正直に自白すれば寛大に処理され、言い逃れをすれば厳重に処分すると言っても、北野の口をこじ開けることはできなかった。

「お前は、彼女の話はみんな嘘だと言うんだな？」

「ああ」

「北野、最後のチャンスだ。もしお前が認めなければ、陳念は捜査に協力的だったことで罪が軽くなる。逆に、お前の罪は重くなる」

「あの女は嘘をついている」

「確かなのか？」

「確かだよ。なんなら、俺をあの女に会わせて、俺たちに話をさせればいい」

この灰色を帯びた白い明かりが、北野の顔をまるで彫刻のように、これまでになく立体的に見せた。

二人の若者のまなざしは、このうえなく強靱《きょうじん》だった。

鄭易は感じていた。同僚たちはもうできる限りのことはした。それでもこじ開けることはできなかった。

これ以上何度試したところで、落ちないことはわかっていた。

あの二人には、二人だけの城があり、包囲されたところで、その城は落ちない。視線を交わし合い、みんな取調室を出ていこうとしたが、鄭易は動かなかった。彼はまだ最後の微《かす》かな「直感」にしがみついたまま手を緩めない。陳念を北野の目の前に押し出した時の、あのまなざしに、嘘があるはずがない。

なぜだ？

じっと北野を見つめた彼は北野の顔に、隣りの部屋にいる陳念と同じ、痛々しいまでの厳格な表情を捉えていた。

なぜだ？

なぜこんなふうに困難を突き進むことができる？　どうしてこんなに落ち着いて警察の尋問失敗を確信し、絶対に相手は裏切らないはずだと確信している？

うまく言葉にできない直感以外の部分、鄭易の理性までもほとんど寝返りそうになった。

そうでなければ、彼にはどうしてもわからなかった。登下校の道でいったい何があった？　二人はまったく接点のない人間なのだから、これほどまでに強烈な絆《きずな》など生まれるはずがない。

脆弱《ぜいじゃく》で、未熟な二人が、巨大な圧力と脅威に向き合って、どうしてここまで相手を信頼できるのか？　そんなことが可能なのか？

彼らの間に存在しているのは、どんな約束と生存関係なのか？

彼らは同じ梯子《はしご》の上にいたら、一緒に落ちていくのか、それとも一方が二人をつないでいたロープを切断するのか。彼の願いは、彼女のあらゆる障害を取り除いて、傷一つなく彼女に旅立ってほしいというものだ。だから、彼女は毅然《きぜん》としてきっぱりと、彼がならした道を登っていくのか？　落ちていく方と、生き残る方と、どちらの方が苦しいだろう？

そんな関係なのか？

ありえない。

想像できない。

自分は間違えたのか？

鄭易は姚《ヤオ》警官の口にした言葉を思い出し、自省し、もがき苦しみ、いまにも崩れ落ちそうになった。

楊先輩たちが立ち上がり、取調室を出て言った。事件の進展は最初に考えられていた通りのものとなった。

狭い部屋に、二人の若い男だけが残っている。

一秒一秒、滝のように、鄭易の汗が噴き出した。

遭遇、尾行、映画、裏山……

彼の考えが入り乱れ、錯綜する。

感情を振り払って彼は激しく身を乗り出すと、少年に詰め寄った。「陳念は共犯だ！　お前が魏莱の服をはぎ取ったのは、発見されたときに季節がバレることを心配したからではなくて、彼女の服に決定的な証拠、陳念の指紋がついた血のあとが残っていたからだ！」

北野は冷ややかに彼を見ているが、何も言わない。

「魏莱を遺体の保存に適した辺鄙《へんぴ》なところに埋めたのも、万全の準備をしたからだ。万が一発見されても、証拠が足りない状況では、レインコートの男にこの嫌疑がかからない。そうすれば、被害者が失踪する前に辱《はずかし》めた陳念に一番殺人の動機があることになる。だから、お前は魏莱の身体《からだ》にかかわるあらゆる証拠を残しておかなければならなかったんだ！」

さまざまな感情が渦巻いて、まったく段取りもなにもなかった。「血の付いたシャツ、レインコート、お前はわざと焼き尽くさないようにしたんだ。自分がレインコートの男だと証明するために！　道で李想とぶつかったのも、徐渺をじっと見つめていたのも、彼らがお前に疑いを持つよう仕向けるためだ」

少し目を細めた北野は、冷ややかな厳しいまなざしになった。

でも、違う。どこが違う？

北野が交換条件を提案したとき、鄭易は疑っていた。試験の時間を確保できたからって何になるのか。北野は陳念を気にかけていることを暴露してしまった。いったん取り調べが厳しくなったら、より多くの秘密が掘り起こされるし、有罪になれば、もう大学へはいけない。試験の時間を確保したところで、何の意味があるのか？

なぜだ？

北野はどうしてここまで二人が尋問という試練に勝てると確信しているのか？　陳念が心を鬼にして彼に罪をなすりつけ、何があっても決して白状したり供述を覆《くつがえ》したりしないと確信しているのか？

その自信はいったいどこから来るのか？

鄭易はがっちりと机をつかむ。ふいに、一筋の光が差し込み、彼は勢いよく立ち上がった。

「お前は――お前はレインコートの男じゃない！」

だが、検死報告書に書かれた魏萊の〝防御創〟はどこから来たものなのか？　まさか……自分の仮説……いわゆる防御創はすべて魏萊が死ぬ前日に、陳念に対する残虐《ざんぎゃく》な行為のときに抵抗にあってできた……ということなのか？


北野はレインコートの男じゃない！

誰なんだ？

似たような少年。リストにある身長体重。修理店の大康《ダーカン》。陳念が通りに急いで駆けつけた、あの白い服の少年。

「大康！――」

いや待て。

誰だ？

頭の中が高速で稼働《かどう》するマシンのようになる。動画の中の残虐な行為の画面の再生。

頼青《ライチン》の写真。動画の中で揺れる頼青に似た顔。

「頼子《ライズ》！――頼青！」

頼青こそがレインコートの男で、北野はレインコートの男についてすべて頼青から聞いて知っていたということか。

あの夜、頼青も関わっていたのだ。彼も陳念をレイプした。だから北野は彼を憎んだ。

だからってどうして、何だってレインコートの男のふりをしなければならなかったのか――

鄭易はひどく混乱して、震えていた身体と魂が一瞬にして静止し、首を押さえていた手がゆっくりと下がってゆく。

彼はあっけにとられた。目の前の白い明かりの中に溶け込んでいるような北野を見つめながら、どうしても確信が持てないというのに、ぞっとした。

いや、これほど緻密《ちみつ》でセンセーショナルな計画が、この少年から出てくるはずがない。

鄭易は高熱のあとで大量の汗をかいた病人が衰弱して虚《うつ》ろで、氷のような冷たさが骨の髄までしみ込んで、魂が抜けてしまったかのように、じっと北野を見つめている。

鄭易はよろめきながら飛びついて、北野の袖口《そでぐち》をつかんで立ち上がらせると、彼だけに聞こえるように、ごく低い、魂から絞り出されたような声で言った。

「お前はレインコートの男でなければならなかった。レインコートの男のふりをするしかなかった。そうしなければ、魏莱の死の本当の理由を隠すことができないからだ。なぜなら、陳念はお前の共犯なんかじゃない。お前が現場に駆け付けたときには──魏莱はもう死んでいた。陳念だ！　お前は現場にいなかった！

お前は頼青を恨んではいるが、殺したくはなかった。ただ彼が今後秘密をもらさず、二度と事件を起こさないという保証がなければならなかった。〝レインコートの男〟を永遠に埋もれさせたまま二度と蒸し返されないようにしなければならなかった。こうして自分が犯罪者になることで、陳念が供述を覆して自白する可能性を断ち切ったんだ。

北野、お前はどうかしている！」

彼は歯を食いしばって、襟首をつかんで力をこめて北野を椅子《いす》の上に押し戻した。

鄭易ははあはあと荒い息をついているが、北野は、手錠でひっぱられた手首のあたりをなでながら、視線を上げ、口の端を引き上げた。

「鄭警官、あんたには感心したよ。でも──」

少年、北野はただそっと首を振ると、言った。「彼女は殺していないんだ。あんたは一つだけ間違えてる——彼女は殺していない」彼は言った。「鄭警官、この点は、確かだと俺が保証する」

彼はどこで確認したのか、いつ確認したのか、誰に確認したというのか？

鄭易はぎょっとして、北野をじっと見つめた。北野も彼を見ている。

彼はいきなり立ち上がると取調室のドアを閉め、カーテンをひき、監視モニター、音声モニターなどあらゆる外界との通信ツールをオフにした。

彼は北野の目の前に戻って座り、早口に言った。「僕の分析はみな正しいが、ただ一つ、陳念は殺人を犯していない。お前が裏山に駆けつけたとき、魏萊は確かに死んでいた。お前は陳念が殺したと思った。だから僕が言ったような計画ができあがった。お前はすっかり準備を整えたが、あとから魏萊を殺したのは別の人間だと気づいた」

北野は答えなかった。表情は冷ややかで静かだ。これまで幾度となく尋問を受けた時と同じだった。

彼は懇願した。「北野、今回だけは僕を信じてくれ」

けれど少年のまなざしはよそよそしく、信頼とは言い難いものだった。

「君が僕を信じてくれないことは知っている。いま君に手続きや法律を説明するわけにはいかないけれど、北野、今君を助けられるのは僕しかないし、僕はとにかく君を助けたいんだ。いや、僕は君を助けなければならないんだ。

レインコートの男は四件のレイプ事件に加え、魏萊、頼青のふたつの罪のない命を奪ったことで、何年刑務所に入らなければならないか、わかっているのか？　たとえ君が罪を認めてどれだけ態度を良くしても、少なくとも二、三十年、君が生まれてから今までよりももっと長い年月だ！　それより無期懲役の可能性のほうが高いんだぞ！」

北野は何も言わず黙っている。

鄭易は顔を背けて言った。「陳念には？　きみはこの人生でまた彼女に会いたくないのか？」

「……会わない、会わなくてもかまわない」北野が口を開いた。穏やかだが、平然としているというほどでもなかった。

彼の口をこじ開ける唯一《ゆいいつ》の方法は、陳念について言及することだった。

「彼女に会いたい？」鄭易は尋ねた。「恋しいかい？」

「俺は彼女には会えない」北野は言った。

「僕は恋しいかどうか聞いただけだ。君は早くここを離れて、早くここから出て行って彼女のそばに戻りたいか？——たとえそばにいられなくてもかまわない、彼女のあとをついていって遠くから見守っているだけでいい。彼女はいま一人だ。早く彼女を守りに行きたいと思わないのか？」

北野はぎゅっと口をすぼめた。

鄭易は尋ねた。「君は彼女にどんなふうに言ったんだ？　自分がとどめを刺して魏莢を殺し、頼青を殺したと言ったのか？　それで彼女の退路を断って、彼女が供述を翻《ひるがえ》せないようにしたのか？」

北野は答えない。

「君は全部引き受けたが、彼女は？

北野、君が犯した過《あやま》ちの罪は引き受けても、やっていないことまで引き受けないでくれ。それは愛じゃない。それはフェアじゃない。

君は閉じ込められていて見ることはできないが、僕には見える。彼女は今やまったくの別人になってしまった。彼女は一生苦しむはずだ。彼女は口がきけなくなり、誰とも話をしない。

君は彼女のために犠牲になった。君は満足しているし、内心気分もいいだろう。でも君は彼女の退路を断ってしまった。彼女はこの事件の真相をどうやって言いだせばいいのかわからないし、或いは何が真実なのかさえわかっていないのかもしれない。彼女は僕のことを信じてはいないし、警察のことも信じていない。彼女が唯一信じているのは、君が彼女に話す一字一句だけなんだ」

北野の胸が軽く上下したが、やはり何も言わない。

自分がかつて彼女に言ったことを、彼は思い出していた。彼が一番欲しいものを、彼女は彼にあげなくてはならない。将来一人でどんなにつらくても、彼女は負けないで、彼の一番望むことを叶えてあげるのだ。彼女の意思は固く、彼女はやり遂げられると彼は知っている。

「北野、陳念が殺していないのなら、それなら僕が保証する。彼女は大丈夫だ」彼が何を心配しているのか、鄭易にはわかっていた。一言一句に力を込めて言う。「僕ら二人の会話は誰にも聞かれていない。僕は君を助けられる。彼女が大丈夫だという前提のもとで、僕に君を助けさせてくれ。僕は誓う！

北野、手術台の上の人（まな板の上の鯉）だって、何とかして生きたいと願うものなんだぞ！」

「……」

鄭易は長い長いため息をついた。この少年はどうしてこんなに岩のように固い意志を持ち続けられるのか。

鄭易はほとんど手詰まりだった。「君は彼女が好きなんだよな？」彼は低い声で、とうとう口にした。「僕もだ。だから、僕を信じてほしい。僕もできる限り全力で彼女を守ると信じてほしい」

北野のまなざしが、まるで鄭易こそが水に溺《おぼ》れそうな人であるかのように彼を捉えている。彼をしばらく見詰めていた北野だったが、結局はただ首を振るだけだった。

「鄭警官、ありがとう。でも、あんたは俺たちを救えないよ」

「どうして？　それはいったいどういう意味……」

「弁護士を呼んでくれ」北野が打ち切った。「話すことはない」

唐突に終わった。

鄭易は静かになった。ずっと北野を見つめ続けた。けれど北野は彼を見ない。十数秒間の静けさの後で、弁護士によってドアが押し開かれ、北野が連れ出される。

鄭易もゆっくりとドアのところまで歩くと、北野が振り返ったのが見えて、ちらりと隣の取調室に目を向けた。けれど陳念はもうそこにはいない。

少年は静かに、連れていかれた。

フルマラソンを走り終わったばかりのように、鄭易は足の力が抜けた。

姚警官が驚いている。「鄭易、あなたひどい顔色よ」

鄭易は力をこめて顔をこすると、気持ちを強く引き締めた。「陳念は？」

「下にいる。わたしは車の運転ができないから、誰かに送って行ってもらいたくて」

「僕が行こう」

鄭易はとにかく疲れきっていた。陳念を送っていく道中、互いに口を開くことはなかった。彼女はまるで幽霊のように暗く冷ややかな顔のままだ。

彼ら二人が落ちることはないとわかっていた。それでもまだ最後まで諦《あきら》められないでいた。「陳念、今回だけは僕を信じてくれないか？」

けれど、彼女は「あなたには誰も救えない」と言うだけだった。そして振り返ることもなく階段を上っていった。

鄭易は深夜のがらんとした空き地に立っていた。疲れていたし、苦痛だった。地面に倒れてそのまま寝てしまいたいとさえ思った。そのとき姚警官から電話がかかってきた。

「鄭易、早めに寝なさいよね、明日は最後の会議だから」

思わず一瞬で目が覚めた。

明日の午前中に最後の会議がある。チームはこの事件の整理を終え、調書と証拠が確定したら、裁判所と検察に送らなければならない。

その段階までいったら、北野の調書が確かな証拠とされ、後から北野が後悔して撤回しても、その後に何を言ってももはや信用はされない。

「姚警官」鄭易は声をかける。「手伝ってくれ」

…………

早朝三時の会議室の中で、姚警官はうとうとしている。こんなに長い時間をかけて探したのに、目にしたのはすべて北野が罪を犯したことを証明するものでしかなかった。

姚警官はどうして自分はこんなわけのわからないことをしているのかと疑問に思っていた。

白く輝く明かりの下で、鄭易はまだ丁寧に証拠資料をチェックしている。

姚警官は頬杖《ほおづえ》をつきながら言った。「鄭易、帰って休みましょう」

鄭易はまったく耳を貸さない。

彼は頼青こそがレインコートの男ではないかと疑っている。頼青の死のあと、同僚たちが殺害現場を捜査し、証拠を手に入れるために彼の家にも行っている。

けれど鄭易がそのときの資料を広げてみても、頼青の部屋におかしなところは何もなく、頼青がレインコートの男だと疑いを抱かせるような怪しいところもなかった。

鄭易は現場写真に写った机を見ている。姚警官が近づき、彼の手から資料を取り上げる。鄭易は顔を上げた。目は充血して真っ赤になっている。

姚警官はぎょっとして、力なくため息をつきながら、なだめるように言った。「鄭易、よく聞いて。直感がかならずしも正しいとは限らないのよ」

目がつらくてピクピクしていたが、鄭易は腹を立てたように言った。「それなのにまだ君は残って資料を探してくれるっていうのか？」

「あなたが最近、おかしくなってしまったみたいだからよ！」姚警官は言い終わると、顔を背けることもなく息を吐いた。また静かになってから、彼の方を見ながら言った。「当事者である北野が話していることと一連の証拠は完全に一致している。それなのに、あなたはいつも直感直感って、机上の空論で、北野はレインコートの男じゃない、魏萊も殺していない、と言う。北野がレインコートの男である頼青を殺した、と。本音を言えば、あなたの言っていることを聞いて、わたしもその推測はとても合理的で、そういう可能性も少しはあると感じたわ。でも、少しだけ。なぜなら、ひとつとして動かぬ証拠はないじゃない！」

鄭易は必死になって言った。「僕が疑っているのは頼青だ」

「疑い、疑い、また疑い」姚警官が言い返す。「頼青は死んだ。死人に口なし。北野はいくらだって頼青がやったと言うこともできるのに、どうしてそう言わないの？」

「北野は真相を口にしたくないんだ。陳念を巻き込んでしまうことを恐れて」

姚警官は声のトーンを上げる。「殺人を犯したのは頼青だと言ったら、それがどうして陳念を巻き込むことになるの？」

鄭易は不意に声を詰まらせ、苦しげになる。「いまそれを考えているんだ」

姚警官は彼をしばらく見つめていたが、疲れきったように首を振った。「鄭易、あなたは疲れすぎているんだと思う。帰って休んだ方がいい。もうこれ以上時間を無駄にしないで」

鄭易は話を続けようとしたが、姚警官は耳を貸すことなく自分の荷物を片付けている。

「最初から考えてみると、陳念は辱めを受けた後、何事もなかったかのように学校に通っていた。映画のチケットのことをほのめかして、体育の授業のすきに裏山に消えた。彼女は魏莱に会いに行って、魏莱を傷つけたはずだ」

姚警官は鞄を机の上に叩《たた》きつけ、息をとめて鄭易を見る。「司法解剖の鑑定書を見てないの？　魏莱の身体の傷は一か所だけ、そしてそれが致命傷だった」

「……」再びぐっと言葉に詰まり、黙り込む。

「あなたはもう理性的でなくなっているのよ！　どうしてあなたの言うことなんか聞いて一晩無駄にしたんだろう」姚警官はバッグを背負うと、勢いよくドアを開けて飛び出していった。

鄭易はまるで彫像のようにそのままそこに突っ立っている。

深夜のがらんとした建物の中で、この世で唯一目を覚ましている人であるかのように彼は孤独だった。

彼はゆっくりと元の場所まで歩いて行くと、腰をかがめて資料の整理を始めたが、ふいに、勢いよく倒れてしまった。資料がテーブルの上に叩きつけられ、四方に散乱する。

彼は息をついた。疲労のあまり足がつってしまった。

彼は椅子の上に横になり、ぼんやりと天井を眺める。

そうだ。魏萊の身体の傷はたった一つ。どうして頼青が彼女を殺すことができる？

彼女は殺していない、と北野は言った。まさか北野が？　違う。北野はあのとき鄭易の他の推測は否定しなかった。北野が行った時には、魏萊はもう死んでいたはずだ。

これはいったいどういうことなのか？

どうすればこの袋小路から抜け出せるのか？

清掃スタッフがドアをあける音に驚いて、鄭易は深い眠りから目を覚ました。空はすっかり明るくなっている。携帯電話を見たとたん、冷や汗が噴き出した。七時五十分！

会議は八時に始まる。けれど鄭易は依然として何の糸口も見つけてはいなかった。トイレに駆け込んで顔を洗うと、洗面台に手をついて無理やり自分を落ち着かせたが、なぜか心臓が激しく高鳴っている。

会議に行くんだ。もうできるだけのことはやった。証拠を受け入れるときだ。けれど、忌々《いまいま》しい直感がずっと頭の中で叫び続けている。

これは冤罪《えんざい》だ、これは冤罪だ、これは冤罪なんだ！

彼は自分の頭をつかみ、疲れ切って鈍くなった脳を、懸命に高速回転させた。

昨日の夜、単独で北野と話をしたときの一瞬一瞬をじっと思い返す。自分の直感は間違っていないはずだ。きっとどこかに問題がある。

魏莢を殺したのは別の人物だ。

だけど、どうして北野は認めない？

北野が望んでいるのは陳念を守ることだけだ。鄭易はすでに陳念を守ることを約束したし、彼女を好きだということまで正直に白状した。けれど、どうしてそれでもまだ彼は口を割らないのか。たとえ重い判決を受けることになろうと！

どうして彼らは自分を信じてくれないのか！

鄭易はふいに振り返り、容赦なくドアを蹴《け》りつけた。けれど頭の中で北野の最後の表情がちらついている。ごくわずかに微笑《ほほえ》んで、こう言ったのだ。「鄭警官、ありがとう。でも、あんたは俺たちを救えないよ」

北野は彼を信じたのだ！　でもなんらかの理由が北野を阻み、運命だと諦めさせているのだ。

鄭易の心を、突然搔《か》き立てるものがあった。これは、何があっても自分がやるべきことなのだ。

だが、すぐに穏やかではいられない悲しみに襲われた。直感はさらに確かなものになっているのに、証拠を見つけるなんて果たしていつのことになるのかわからない。恐怖に包まれ、彼は歯を食いしばりながらトイレの中で足早にウロウロしていた。いったいどうすればいいのか？

この事件は北野に金城鉄壁を築かれ、まったく突破口がなかった。

どうして彼は本当のことを話さないのか——やめよう、時間が迫っている。これ以上、彼の考えにかき回されていては駄目だ。視点を変えるんだ、鄭易、視点を変えるんだ。

北野はもういい、陳念はもういい。自分の心の中の本当の殺人犯から始めるんだ。頼青！

鄭易はすぐにとびだしていくと、飛ぶように階段を駆け下りていった。エントランスのところで楊先輩に出くわした。「おい、どこに行くんだ？ もうすぐ会議だぞ！」

鄭易は耳を貸さず、車に滑り込んでエンジンをかけると、スピードを上げ、ハンドルを回す。電話を取り出すと、姚警官にかけた。「姚、最後の頼みだ、時間を引き延ばしてくれ。送検しないでくれ。午前中いっぱい僕に時間をくれ」

電話の向こうから声が聞こえてくる。「鄭易、いまさら何をするつもりなの？」

「今は僕にもわからない。でも、もし僕の推理が正しければ、間違いなく証拠を見つけられるはずだ」

「鄭易、どうしちゃったの……」

「姚、頼む！」

「……」

「……」

「……どれだけ引き延ばせるかはわからないけど」

「ありがとう」
…………

Chapter 14

悲しい憎悪《ぞうお》

大康《ダーカン》が自動車修理店のシャッターを開けた瞬間、一台の車がほぼ真正面から突っ込んできて、急ブレーキをかけた。鄭易《ジェンイー》は車から飛び降りると、真っ向から尋ねた。

「頼子《ライズ》に別の住処《すみか》はないのか。警察が捜索したあそこ以外に」

「あんたが何を聞きたいのか……」

「君は北野《ベイイエ》を救いたくないのか？」最後まで言わせずに遮る。

大康は彼の顔色が鉄のように険しいのを見て、それ以上尋ねることはせず、慌《あわ》ただしく助手席に乗り込んだ。「案内するよ」

車はハイスピードで飛ぶように走ってゆく。大康は助手席で大きく息を吐くこともできずにいた。鄭易は何度も何度も腕時計に目をやり、そのたびにアクセルを踏み込むのだ。

「あんたは……本当に小北《シャオベイ》がレインコートの男じゃないと信じているのか？」大康

は探るように尋ねた。

「北野はどうしても自分だと言うんだ」鄭易は苛立《いらだ》ちを込めて、冷ややかに笑う。

「レインコートの男の犯行はあれだけ何度も繰り返されてきたんだ。そのうち一回くらい、彼にはアリバイがあるはずなんだ。なのに彼はそれを使おうともしない」

鄭易の苛立ちが伝わってきて、大康は何も言えなかった。

「四月十日の夜十時、四月二十一日の夜十一時、五月一日の夜十時」

「何だそれ？」

「この日にちを覚えておいてくれ」鄭易は冷静に託した。「僕には北野の生活習慣はわからないし、彼にどんな知り合いがいるのかも知らない。君たちが親しい人の多くは卒業したら働きに出ていってしまっただろうけれど、なんとかして一人一人に連絡をとって、この三日のこの時間帯に、北野と会った人がいないかどうか確かめてくれ」

大康の目が光った。「一人でも見つけられたら、あいつはレインコートの男じゃないってことになるのか？」

「とにかく、話は見つけてからだ」

「わかった。あ――左に曲がって！」

…………

大家が合い鍵《かぎ》でドアをあけると、埃とプラスチックの匂《にお》いが鼻をつく。部屋はとても狭く、一部屋にトイレがついているだけだった。中はぐちゃぐちゃで、自転車、古い炊飯器、模型、古いビデオカメラといったものがところ狭しと散らばっている。

鄭易は大康を外に待たせ、シューズカバーをつけて中に入って行った。

「ヤツはあまりここには来ないけど」大康がのぞき込む。「ここを物置にしてた」

鄭易は相手にしなかった。顔色は前よりずっと悪くなっていた。

部屋の中をそろそろと歩く。あまりにも乱雑で、何の手がかりもない。密《ひそ》かな焦《あせ》りがまた湧《わ》き上がってくる。彼が大きく息を吸うと、口の中に腐ったような古びた臭いが入りこんできた。彼はクローゼットに近づき、扉を開くと、ハッとした。

クローゼットの中は小さなものから大きなものまで男物の服でいっぱいで、まったくといっていいほど空いているスペースはないのに、左側の服をかける場所の半分は空っぽだった。ほかに何着かロングサイズの服がぎゅうぎゅうに詰まっているが、ここにはわざわざ空きが残されている。

鄭易は高いところをさっと見渡した。ここにもともとかけられていたのはおそらく数着のレインコートに違いない。

彼の手が少し震えている。忌々《いまいま》しいことに、これが証拠になるはずはないということだけは確かだった。

携帯電話が鳴った。電話に出るとき、鄭易はもう九時になっていることに気づいた。

「鄭易、この事件はもうこれで終わりになりそう」姚《ヤオ》警官は小声で、どうやら廊下で話しているようだった。「現在の一連の証拠でもう十分で、まったく不備はないって」

「頼むから、隊長に言ってくれないか。北野の口述書を残しておけないかって」

「そんなことできるわけがないでしょう」

「それなら、まだ書類の送検は……」

「この事件は、もうこれまでもずいぶん引き延ばしてきた。わたしがそんなことを言ったからといって、隊長が聞いてくれるはずがないでしょう」

「姚」鄭易は力をこめて深く息を吐いた。「この事件はあまりにも特殊すぎる。物的証拠に乏しく、証言が重要なんだ。魏《ウェイ》萊《ライ》も頼青《ライチン》も死んでしまっていて、死人に口なしだ。だからこそ、北野の供述が決定的なものになる。もし送検してそれが証拠として認定されれば、もう供述を翻《ひるがえ》すことは不可能だ」

もうほとんど電話を握りつぶしてしまわんばかりだった。「これが証拠になってしまったら、彼がこれから発言することがあっても調書と矛盾するからといって信憑性《しんぴょうせい》がなくなってしまう。彼は一生刑務所にいることになるかもしれないというのに！」

「まだ北野が供述を翻すことを期待しているの？　弁護士は彼の伯父が雇ってくれた人なのよ。その弁護士にも彼の口をこじ開けることができないんだから、彼がここまで揺るがないのは、本当のことを口にしているからだと、どうしてあなたは信じないの？」

「そんなことは、僕にはどうでもいいんだ」鄭易は自分の髪をつかんで、顔を真っ赤にしている。「書類を送検してはダメだ。僕に少し時間をくれ。もう少し時間をくれたら、僕がきっと証拠を探し出して見せる」

彼は電話を切ろうとして、部屋いっぱいのこまごましたものを眺め、無力感に耐えながら、言った。「桂葉街《グイイエジエ》237号に、鑑識課の誰かを寄こしてくれ」

「みんな会議に参加しているのよ！」姚警官はもうこれ以上耐えられなくなった。

「それなら実習生でもいい！」

「切るからね」

「姚！」鄭易は彼女を呼び止める。「僕はさっき見たんだよ！」

「……」

「頼青がレインコートの男だ。本当にそうなんだ。今朝、君は約束してくれたよな。

今度だけだ、僕を信じてくれ。鑑識課の実習生を来させてくれ!」

「十一時に会議は終わるから。彼らが何を見つけるのか見てやろうじゃないの! まったく狂ってるんだから」

ツーツー。

鄭易は電話を切った。胸が上下している。

部屋の中の一つ一つのものをひっくり返してゆく。アダルト雑誌、ポルノビデオ、アダルトグッズ、新品の女性用ショーツ、山のように手がかりはあるが、よりによって証拠になるものは一つとしてない。

時間は刻々と過ぎてゆく。まるで時間が進んでゆく音が聞こえそうなほどに。

彼は汗だくになるまで探して、ひと休みすることにした。

レインコートの男の目印はレインコートだけだ。すべて処分されてしまっていたら、目印は何も残らない。

レインコートの男だという証拠が手に入らないとしたら、視点を変えて、魏萊の死だ。

彼はちらりと腕時計に目を向ける。九時半。

少し整理してみよう。もし頼青が魏萊を殺した証拠が欲しければ、彼は現場に行ったことがあることになるから、服と靴に血と泥がついたにちがいない。彼は毎回自分を覆《おお》い隠すためにレインコートを着るが、服と靴はきれいにするだけで、捨てたりはしないはずだ。犯行のたびに毎回捨てるなんて、そんな金の余裕はないだろう。

それから凶器——ナイフ。北野はナイフを川の中に捨てたと言った。ちょっと待て。これではまた袋小路に戻ってしまう。

北野が魏莱の遺体を埋めたのは、彼が最初、魏莱は陳念《チエンニエン》が殺したのだと思っていたからだ。これは陳念が少なくとも魏莱を傷つけたということを説明している。それなのに、彼はのちに殺したのは陳念ではないと確信した。

それなら、どうして死者の身体《からだ》に傷口は一か所しかないのか？

この問題は解決しようがない。何を言っても無駄だ。

ひどく暑く陰気くさい部屋の真ん中に立っているせいで、汗びっしょりだ。傷口は一か所だけ。彼は頭の中で数えきれないほど何度も繰り返し見た遺体の傷を再生する。

ふいに、目の前にある画面が浮かんだ。

今朝、疲労困憊《こんぱい》でうつらうつらしていたとき、姚警官が彼の手から資料を取り上げたが、そのとき彼はある机を見ていた。

鄭易の心臓がかすかにきゅっと引き締まった。それは頼青の家の事件現場にあった机で、隙間《すきま》に木のしおりが挟まっていた。机の隙間……

ある考えが、電気のように彼の身体を突き抜けた。

こんなにもおかしな胡散臭《うさんくさ》い傷口、信じられるものか！

鄭易は大股《おおまた》で出てくると、大康のそばにやって来た。「北野は頼子と同じナイフを買ったことはあるか？」

大康がぽかんとしている。

「君に聞いているんだ」

「どうしてあんたが知ってるんだ？」大康の話が終わらないうちに、鑑識課のスタッフが通路に入ってきた。鄭易は階段を駆け下りていくと、言った。「３０１号室だ、君たちでしっかり服や靴といった類《たぐい》のものを調べてくれ」そう言いながら、彼らとすれ違って、足早に階段を下りて行く。

鄭易は北野に会うために、電光石火で拘置所に駆けつけた。

がらんとした廊下をゆっくりと歩いてゆく。波打つ心を落ち着かせることはできなかった。腕時計に目をやると、十時半だ。

扉が開くと、出てきた看守は言った。「弁護士がまだ来ていないので、もう少しお待ちください」

鄭易は彼を押しのけて飛び込む。看守は連れ戻しに行ったが、鄭易は振り返って手を伸ばした。「彼をどうこうするわけじゃない。ちょっと融通をきかせてくれないか」

顔見知りの看守は、その断固とした表情に見て見ぬふりをすることにして出ていき、扉を閉めた。

鄭易は北野の前に座った。呼吸が安定しない。朝からずっと極度に緊張しっぱなしで、少し力が抜けていたが、顔色にはかなりの疲労が表れ、徹夜明けなのが見て取れる。

北野が静かに彼を見ている。

鄭易もしばらくは黙っていた。そして急に少し悲しくなった。目の前にいる少年は言い逃れをするようなことはなく、陳念の万が一の危険を食い止めるためだけに、無期懲役に直面しても口を割らずにいるのだ。想像しがたいことだった。

しばらくしてから、彼はささやくように尋ねた。「君は僕たちが陳念に不当な仕打ちをすることを恐れていたのかい？」

北野のまつ毛がかすかに震えた。

「そうなんだね。北野、君はあまりに慎重すぎる。昨夜、僕が君の計画の全貌《ぜんぼう》を暴《あば》いて、頼青こそがレインコートの男だと言ったとき、君はほんの一瞬、僕に真相を話したくなった。——そうだよな。生涯刑務所で過ごすなんて、誰だって怖くなるはずだ。陳念が殺していないのなら僕が保証する、彼女は大丈夫だと言った時、君は真実を話すべきかどうか、心の中で迷っていたはずだ。だから、君は無意識に僕に余計なことを少し口にしてしまった。君の本心の言葉だ。

もしあの言葉がなかったら、おそらくこの事件は君の計画通りに収まっていただろう。北野、これは君が見たかったものなのか？」鄭易はかすかに前かがみになって、机を挟んで北野の黒い瞳《ひとみ》をのぞき込んだ。「いや、僕が保証するから彼女は大丈夫だと言った後、君は実際少し動揺していた。本当のことを話して自分の身にかけられている罪の一部を晴らしたくなった。早く出てきて陳念に会いたくなった。

しかし君は、結局はそれも放棄した。陳念のためにはわずかなリスクも冒したくなかったからだ。

君は僕の推理の全部を認めることはできなかった。いったん認めてしまったら、陳念を巻き込んでしまう。〝傷口が一か所しかない〟ことがどうしても説明できない。君は真相を知っているが、話すことはできない。なぜなら証拠がないからだ。もし僕らが信じれば、君は自分のものではない罪を晴らすことができる。もし僕らが信じなかったら、陳念は危険にさらされることになる」

北野の瞳の光がかすかに動いた。

「そうだ。僕はどうして傷口が一つしかないのかということに気づいたんだよ。北野、君が何を考えているか、僕にはわかる」鄭易は両手を広げ、机の上にその手をついた。「二次的な傷口は鑑識で本来なら特定できるはずだが、二本の同じようなナイフであったらその難易度は増す。加えて死体の傷口はすでに腐敗が始まっていて、特定できなくなってしまった。だが僕でも思いつくくらいだから、このことで、僕らが陳念に濡れ衣を着せるようなことはないということだよ。

北野、昨夜、僕が申し出た陳念についての保証が口先だけだと君は考えているのかもしれない。でも、いま僕は傷口の問題を見抜く力があることはもう君に証明した。あらためて君に、陳念は大丈夫だと保証する……」

最後まで言い終わらないうちに、携帯電話がまた鳴った。

鄭易が目を向けると北野はもう目を閉じていた。

鄭易は携帯電話を手に廊下に出ていくと、ドアを半分だけ閉じる。「もしもし？」

「鄭易、会議は早めに終わりそうよ」

鄭易は動揺して、ストレートに言った。「電話を隊長に渡してくれ」

姚警官にはその勇気はなく、低く抑えた声で言う。「何言ってるの？」

「携帯電話を隊長に渡してくれ」鄭易は抑えた声で言った。

電話の相手が変わった。

「鄭易か」隊長の声は不機嫌そうだ。「お前のことは聞いているが、お前はなあ、若いからしかたないが、しっかりと証拠を……」

「隊長、北野はレインコートの男ではありません」彼は震えながら上司の言葉を遮ったものの、それは怖がったからではない。「どうかお願いですから、書類を送検するのをもう少し待っていただけませんか」

これはもはやかなりの非礼だ。隊長はこういっただけだった。「お前には資格も十分な理由もない」

「僕には、あります！　もうすぐ見つけます。あと半日僕に、せめて一時間でもいいので時間をください！」

ドアの隙間の奥で、二つの黒い目が静かに彼を見ている。この祈るような態度なら相手に通じるとでもいうように、彼が何度も腰をかがめるのを見ている。

北野の視線があっさりひっこめられた。

隊長の威厳は絶対的だ。「証拠があるというのなら、見つかってから裁判官に追加で提出してくれ」

「あの自供の重要性はあなたもご存知でしょう、隊長！」鄭易はほとんど叫んでいた。「証拠を追加で提出することは簡単ですが、自供を翻すことは難しいでしょう。この事件は性質が異なるんです。あの自供が協議で真実と認定されて有効になってから提出されたら、苦しむ人がいるんですよ！」

彼ははあはあと息をついて言った。「隊長、北野はレインコートの男ではありません。僕に一時間ください。必ず……」

「会議は終わりだ」相手は電話を切ろうとした。

「僕は警察手帳を賭《か》けます！」

静かになる。

ドアのすきまの奥で、北野が振り返った。狭いところから鄭警官の横顔を見つめている。彼はもう腰を曲げてはいない。まるで軍隊式の敬礼をしているように、まっすぐに立っている。顔中汗びっしょりで、手が激しく震えている。

「隊長、時間をください。もし僕が間違っていたら、警察手帳を返却して、辞職します」

……………

鄭易はドアを押して入っていった。顔がひどく汚れている。まだ午前中だというのに、彼の汗は幾筋も流れては風が乾かしてゆく。

北野は彼を見なかった。机をじっと見つめて、何か考えている。

鄭易が歩み寄る前に、ドアが再び押し開けられ、弁護士が入ってきた。

弁護士は最初から一貫して不満を抱いていた。北野の伯父に雇われて北野の代理人となったものの、北野は罪を認め、山を動かせた愚公ですらその決意を覆《くつがえ》せないほど、まったく揺るがない。彼は自分の能力を発揮する機会もないうえに、毎日毎日北野の伯父からのプレッシャーに耐えている。その上今度は警官が自分の依頼人にこっそりと会っているのを目にして、さらにひどく腹を立てていた。

「出ていってください！　わたしの依頼人はあなたに会いたいとは言っていない。これは接見手続きにおける違反ですよ！」

鄭易は説明しようとしたが、弁護士は彼につかみかかり、外に押し出そうと、ぐいぐいと押している。ふいに北野が落ち着いた声で言うのが聞こえた。

「自供を撤回したい」

…………

鄭易が目の前に座ると、少年は条件を出した。「陳念が魏萊につけた傷口は深くなかった。魏萊は頼青が殺した。陳念を殺人の罪に問うことはありえない」

鄭易が口を開く前に、弁護士が口をはさむ。「わたしはよくわかっていますよ。安心してください。もし警察が余計なことをするようであれば、陳念を裁判で勝訴に導くことをわたしが保証してもいい」

鄭易もためらったものの、北野が何も言わないのを見て、ようやく言った。「今から言うことは、僕の立場では言うべきではないことだ。だが――警察は今のところ陳念が魏莱を傷つけた、あるいは殺害したといういかなる証拠もつかんではいない。特に物的証拠は何もない」

そこで北野は頷《うなず》いた。

彼は魏莱を殺していない。

彼が裏山に着いた時、魏莱はすでに死んでいた。

彼女の身体の傷を調べると、傷は一つだけで、非常に深いものだった。かすかな刺し傷やひっかき傷などはなく、ほかに出血しているところもなかった。

けれど、陳念はナイフで魏莱を傷つけている。だからはっきりしているのは、陳念がもみあっているうちにそのナイフが魏莱を刺し殺したということだ。

魏莱のブラウスには血の手形が残っていた。北野が手を伸ばして大きさを比較して、それが陳念の手だとわかった。

鄭易がそのときの心理状態について尋ねると、北野は言った。とても落ち着いていた、と。一瞬通報しようとも思ったが、すぐに一蹴《いっしゅう》した。警察は陳念がどうしてナイフを持っていたのか、魏萊に陳念を殺そうという意志があったのかどうかを調べるはずだが、おそらく結果は、魏萊には陳念を殺害しようという意思はなく陳念がナイフを携帯して自己防衛をする必要性はなかったということになるだろう。魏萊が彼女を辱《はずかし》めたにせよ、陳念がナイフを持って魏萊に会いに行ったにせよ、この二つに関する取り調べは陳念にとって甚大《じんだい》な災難になる可能性がある。

北野は素早くある計画を思いついた。レインコートの男を偽装するのだ。彼は家に帰ると引き出しの中から母親が残したバイブレーターを持ち出し、コンドームを被《かぶ》せると、魏萊がレイプされたように見せかけた。頼青が同じレインコートをたくさん持っていて、ちょうど一着借りたまま返していなかったので、彼は魏萊の爪《つめ》でそれを何か所かひっかいた。

それから彼女を遠く離れた三水橋の上流まで運ぶと、泥の中に埋めた（万が一発見されてしまったときには、犯人が男性であると思われるように、魏萊の死体が完全な状態で保存されていてほしいと彼は願った）。手の跡が残ってしまっているから、ブラウスは必ず持ち去らなくてはならない。

風と雨がバイクの轍《わだち》を消してくれることを彼は知っていた。そんなところに行く人などいないことも知っていた。彼の計画では遺体が発見されることはないはずだった。しかし、魏萊の靴が片方、川の中に落ちてしまった。さらには山水橋が崩れてしまったことで作業員が水の中に入った。

遺体が発見され、彼はどうしてもレインコートの男の身代わりにならなければならなくなった。彼には魏萊を殺害する動機がない。警察は遅かれ早かれ陳念を探し出すことになるだろう。

ただ彼がレインコートの男である場合のみ、彼には魏萊を殺害する動機があり、陳念は完全に無傷で逃れることができる。

「いつ頼子がレインコートの男であることに気づいたのか」と鄭易は彼に尋ねた。

北野は言った。「二度目の事件を起こした時だ」と。その女子生徒は通報していなかったため、のちに北野がその名前を警察に伝えたことで自分がレインコートの男だと証明することになった。

頼青は罪を犯したそのときに、うっかりナイフで自分を傷つけてしまった。だが病院に行く気にはなれず、北野を呼んでガーゼと薬を買ってきてもらって止血した。北野は彼を罵《ののし》り、二度とこんなことはするなと言った。けれど、彼はまた三回目の事件を起こし、また北野に薬を買ってきてくれるよう頼んだ。

彼は鄭易に向かって言った。「自分は頼青を殺さなくてもよかったんだ」と。

けれど、陳念が頼青に会った時に見せた本能的な反応から異常なものを感じ、彼はひそかに疑いを抱いた。あの夜、陳念を穢《けが》した通行人の中に頼青がいたのではないか、と。だが、確信はなかった。

このほかにも、頼青がもし今後また事件を起こしたら、本物のレインコートの男の正体がばれてしまい、自分の計画がすべて水の泡になってしまうことを彼は恐れた。ある日の深夜、北野は頼青に会いに行った。頼青が死ねば、もうこれ以上事件を起こすことはできなくなる。頼青が二度と事件を起こさなければ、北野がなりすましたレインコートの男はもう蒸し返されなくなるのだ。

しかし、彼は手を下すことはできなかった。

頼青は夜中までゲームをして、ビールを飲んで串焼《くしや》きを食べているとき、しばらく会っていなかった友人に気づき、彼の肩を抱き寄せた。「北兄《アニキ》」と声をかけて、一緒に飲もうと引っ張り込んだ。頼子は実際には三人の中で一番年上だった。けれど、家族も友人もなく、孤児院ではいじめられた頼子には、大康と北野しかいなかった。彼は何かあればいつも北野を頼り、いつのまにか彼を北兄と呼んでいた。

北野は頼子よりも年は下だったが、いつもアニキと呼ばれていたので、いつのまにか頼子の面倒をみることに慣れてしまった。手を下すことはできなかった。心の中で長い間もがいていたが、結局、北野は頼子を殺すことができず、頼子に告げた。お前は逃げろ、と。

彼は頼子に言った。もしずっと曦島《シーダオ》にいたら、レインコートの男のことは隠しきれないだろう。レインコートの男という正体を捨てさせ、もう二度と事件を起こさないよう、彼は頼子をこの土地から離れさせようとしたのだ。罪を犯せば、いつかは捕まる。これは我々にはあずかり知らぬ神の意思なのだ。いつか女性に手を出さずにいられなくなってしまったとしても、レインコートは着るな。捕まるようなことがあっても、曦島でレインコートを着て事件を起こしたことは自供するな。

頼青は彼の言うことを聞いて、同意し、その場で大康に別れの電話をかけた。

二人は最後に酒を酌《く》み交わした。

陳念はまだ家にいる。北野は帰らなければならない。立ち去る前にふと聞いてみることにした。陳念が辱《はずかし》めを受けたあの晩、彼は傍観していたのか否《いな》か、彼女を穢《けが》したのか否か。

口を開こうとしたとき、頼青が彼の肩に腕を絡《から》めた。「お前の言う通りにするよ。

でもな、俺ってすごくツイてるんだぜ。やることやっても痕跡《こんせき》は残さないし、見つかりもしなかったし」

ひけらかすような口調だった。前にレイプしたときのことも、その後の人を殺したときのことも。

北野が尋ねた。「人を殺した？」

そうだよ。魏萊だよ。

頼青はグラスを置いた。「魏萊は気が荒いだろ、ヤッたらきっと楽しいだろうと思って。あいつは普段いつも誰かをいじめているから、ずうずうしく通報なんてできやしないだろうし、そんなことをしたら噂《うわさ》になってグループにもいられなくなるだろうしな」

そのとき、魏萊は怪我《けが》をしていて、胸の傷口から血が流れていた。誰かに電話しようとしていたところに、頼青が現れ、彼女の口をふさぎ、手足を縛り付け、レイプした。

事が終わって、頼青が立ち去ろうとすると、魏萊の口をふさいでいた布がなぜか緩み、ほどけてしまった。彼女は彼のマスクを噛《か》みちぎり、もうろうとした意識の中で

敷なく力を込めた。

頼青は十秒ほどのごく短い空白のあと、ナイフを陳念が刺した傷口に挿し込み、容赦なく力を込めた。

「去勢してやる」と言い放った。

頼青は串焼きの竹串を手にすると、テーブルの隙間に差しこんだ。ぐっと力を入れ、テーブルの隙間に竹串を突き刺す。

北兄、不思議だと思わないか？　オレのあのナイフがその傷口とぴったりだったんだ。オレたちが一緒に買ったナイフは幸運のナイフなんだよ。でも、血がこびりついちゃったんで、川に捨てた。オレを責めたりしないよな？――とにかくラッキーだった。そのあとで、今度は死体がなくなっちまったんだ。おそらく自分が殺したと思いこんだあの魏莱にいじめられてた女の子の家族か誰かがこっそり埋めたんだ。

北野はもう自分の気持ちがわからなくなっていた。

陳念ではなかった。頼青だったのだ。

頼青は得意満面だ。もしオレのやったことがばれたら、オレはあの女の子に罪を着せてやるんだ。オレは血を流していまにも死にそうだった魏莱をレイプしただけだってね。あの子はオレのスケープゴートだよ。しっかり身代わりになってもらうんだ。魏萊の手足の青あざは、前の晩にできたものだしな。ハハハ。

北野はアルコールで重たくなった頭を支えながら、しばらく沈黙した後、尋ねた。

「前の晩って、どういう意味だ?」

前の晩だよ。魏萊が女の子に明日裏山に来るようにって言ってるのを、俺は聞いたんだ。

頼青はもうどうしようもないほど酔っぱらっていて、頭を揺らしながら笑っている。

路地を通ったら、ラッキーでさあ、魏萊たちが全身素っ裸の子を引きずりながら、大安売りだ、投げ売りだ、って叫んでて。

恥ずかしくて近づけないまま、ちらっと見ただけで去っていったヤツらもいた。でもオレと一緒で、美味《おい》しい思いができるのに乗らない手はないというヤツらも何人かはいたね。オレは録画もしたんだぜ。お前も見たいか?

頼子は携帯電話を取り出すと、動画を再生した。少年たちの狂ったような、常軌を逸した恥知らずな笑い声と罵声《ばせい》が流れてきた。

――×、こっちに連れてこい。オレにキスしろよ。

――また倒れたぞ。くそっ、支えてもちゃんと立てないのかよ。死んだふりか?

――この女、さっきあの女たちに殴られて気絶したのかな。反応がないぞ。死んだ豚みたいで、白けるなあ。

――これはこれは、すげえすべすべだぁ。

後半のこのセリフは頼青の声だ。

これが聞こえてくると、頼青は笑い出した。

彼女の身体がどれだけ瑞々《みずみず》しく柔らかかったか、何度か撫《な》でまわして、何度か口づけただけで、未経験の連中はあっという間だった、と思い出しながらしゃべっている。

頼子は女の子の柔らかな身体と肌をヘラヘラと描写し続けているが、頼子は知らない。それが、北野にとってどれほど大切で愛《いと》しい人であるかいうことを。

北野の目の縁が真っ赤になっていることに、頼青は気づかなかった。

あの夜家に帰って携帯電話を取り出し、動画を楽しんでいたその時、同じ街の別の片隅で、まるで死んでしまったようにバイクから滑り落ちてしまいそうな陳念を抱きかかえた北野が、暴風雨の中で号泣していたことも、頼青は知らなかった。

アルコールのせいか。北野が立ち上がったとき、ほっそりした体が少しゆらりと揺れた。

頼青はじっと画面を見つめながら、激しく熱狂した声で、動画に迫って叫んでいる。

「口をこじ開けろ」

頼青は気づかなかった。北野がしゃがみこんで工具箱のそばからスパナを手にとったことに。顔を上げたときには、顔中涙でぐしゃぐしゃの北野が、振り向きざまに頼青の頭に向かって叩《たた》きつけていた。

最後まで聞き終えた鄭易は、長い間言葉が出なかった。

弁護士が尋ねる。「これまでどうして言わなかったのですか？　どうして頼青がレインコートの男で、殺人犯であることを言わなかったのですか？」

「言っても意味ないだろ」北野は言った。「警察は俺のいうことなんか信じるはずがない」

もし頼青が生きていたら、頼青は告発されるが、陳念を陥《おとし》れ、陳念を終わりのない取り調べに巻き込むことになる。あの日、陳念は自発的にナイフを持って行ったのだ。この点は説明し難いものだ。魏萊の猛々《たけだけ》しい父親と母親が彼女を見逃すはずはなく、彼女があの夜経験したことも、さらに多くの人たちに知られることになってしまう。たとえ一万歩譲ってきちんと説明できたとしても、彼女が魏萊をナイフで傷つけたことには、別途判決が下されるだろう。北野は陳念の経歴がほんのわずかでも汚《けが》されることが我慢ならなかった。だから、彼はさっき鄭易に条件交渉をしたのだ。

しかし事実として頼青は死んでいる。告発は死人に口なし状態になってしまった。

誰も北野の言うことなど信じてくれないだろう。彼が自分の処罰を軽減するために、死者に罪をなすりつけたと誰もが思うに違いない。

彼はレインコートの男のイメージにぴったりの少年だ。母親は売春婦で、父親はレイプ犯だから、その息子も当然犯罪者のはずだ。彼の話に信憑性などない。同じ傷口を、前後して二人の人間が刺した。死体は腐敗し始めている。誰が信じる？

自分のことは信じてもらえなくてもかまわないが、陳念を危険にさらすことはできない。

その万が一の可能性のリスクを避けるためだけに、彼は何があっても決して認めない。たとえ一生涯の自由を犠牲にしてでも。

突き詰めれば、「信（しんじる）」と、「護（まもる）」それだけだった。

鄭易は受け入れた。自分は北野に負けたのだ。

……………

弁護士はようやくほっと息をついたが、鄭易の方は気持ちを緩めることなどできない。もっと有利な証拠を見つけるためにありったけの知恵をしぼらなければならない。

このとき、再び携帯電話が鳴った。姚警官は柔らかい声で言った。「鄭易」

彼は彼女のそんな声には慣れていなかった。「どうした？」

「鑑識課の実習生たちが靴を見つけたの。靴底の泥の中に血痕らしきものを発見して、すでに持ち帰ってＤＮＡと土壌成分の解析をしている。隊長が、あらためて裏山の捜索をしろって」

鄭易は強くガッツポーズをして、これまでの鬱憤《うっぷん》をすっかり吐き出した。

「鄭易」

鄭易はしばらく待っていたが、彼女が何も言わないので、声をかけた。「どうした？」

「別に。あなたの名前、いい響きだなって」

…………

Chapter 15

消えた白いスカート

誰かのために、命がけで頑張ったことがあるか？

鄭易《ジェンイー》は明るい太陽の下で、北野《ベイイエ》が口にしたこの言葉を思い出していた。

通りの向こう、校内では高一、高二の生徒たちが授業を受けているが、とても静かだ。

彼は腕時計にちらりと目を向ける。陳念《チェンニエン》はもうすぐ出てくるはずだ。

また電話がかかってきた。姚《ヤオ》警官の声が聞こえてくる。「鄭易、あなたが北野のために書いた報告書、読んだ」

彼は頑張って報告書を書いた。北野は罪を認め、態度も良好で、警察がレインコートの男の事件の真相を突き止めるにあたって重要な協力と多大な貢献をした、と。

北野は供述を翻《ひるがえ》してのちには、自身のアリバイ、さらに多くの頼青《ライチン》に関する手がかりを証言した。彼は大康《ダーカン》の家に大康本人にも気が付かれないように犯罪のビデオディスクを隠していた。後をつけていたときの動画や猥褻《わいせつ》動画を含む何台もの携帯電話も。

北野が隠していた例のナイフも見つけた。警察が以前凶器について尋ねたとき、北野が「川に捨てた」と言ったのは、警察を試していたからだった。もし警察が頼青のあのナイフを探し出し、さらにそこに魏萊《ウェイライ》の血痕《けっこん》がついていることを証明することができていたら、彼はもっと早く供述を翻していたかもしれない。今になって実際に見つかりはしたものの、水の中にあまりにも長い間浸《つ》かっていたので、かろうじて魏萊と同じO型の血であると確認できただけだった。

鄭易はさらに、頼青があの日送信した一通のショートメッセージから彼が裏山にいたことも証明することができた。その他にも、鑑識課がさらに裏山を捜索した際、落ち葉の下からうっすらと血の付いた指紋のあるタバコの吸い殻を見つけ出した。

さまざまな新しい証拠と専門的な分析が、魏萊を殺した人物が頼青であることを証明した。遺体は長い間放置されていたが、法医病理学者たちのたゆまぬ努力を経て、魏萊がレイプされたのは生前であったことも最終的に判明した。

事件は解決した。ここ数日、鄭易はとても落ち着いていた。

そんなときに、姚警官から文才があると言われ、鄭易は言った。「君はそんなことのために電話をかけてきたのか?」

「違うわ。さっき思考の訓練をしていたんだけど、あなたとシェアしたくて。楊《ヤン》先輩の想像力がさすがにすごかった」

「へえ?」鄭易は向かいのガランとした学校を眺めている。英語の勉強をしているクラスがあるようだ。まだ陳念の姿は見えない。

「事件が解決するたびに、無責任な分析ゲームで遊ぶいつものやつだろ?」

これは鄭易も知っている。みんな事件が解決したあとはとりとめのない話をして、発散的思考《ダイバージェントシンキング》を訓練するためのブレーンストーミングをするのだ。

「楊先輩の陰謀論では、北野はあなたを利用してあなたを騙《だま》したかもしれないって」

「聞かせてくれ」

「あなたがあの夜、北野について分析したことを話した後で北野は、陳念は殺していない、と言った。これはあるいはトレード心理学の暗示かもしれない。彼はあなたが口にする一つ一つにすべて同意して、唯一《ゆいいつ》この点だけに同意しなかった。このとき、あなたはそのほかの部分に賛同してもらえたことで、彼が言及したそのことは正しいのだと信じてしまう傾向がある。彼はあなたの直感を呼び覚ましつつ間違った方向に導いて、言葉による暗示であなたを彼の望む方向へと進ませた」

鄭易は話を引き継いで言った。「結局のところ、僕が頑張って彼に自供撤回の道筋をつけて、彼は供述を翻しはしたけれど、それは最初から彼自身が仕組んでいた虚偽の供述だったというわけだね？」

「そう。楊先輩が言うには、魏萊と頼青の死において、彼の話は真実にもなり得るし、偽りにもなり得るって。北野が緻密《ちみつ》でかなり高いＩＱを持つと仮定して、魏萊と頼青に関してはすべて死人に口なし、北野が全体をコントロールし、二本の同じナイフと頼青の血のついた靴とさらにさまざまな証拠を自分で用意する。頼青は魏萊をレイプはしたが殺してはいなかった。北野がとどめを刺した、或《ある》いは陳念による過失致死で魏萊は死んでしまった。頼青は瀕死《ひんし》の人間に対してズボンを脱いだって」姚警官はそう言いきってから、さらに言い足した。「楊先輩の想像力ってすごいよね？　事件が解決するたびに、好き勝手な分析をして遊ぶんだけど、いつも勝つのは楊先輩ばかり」

「次回は僕も加わろう」鄭易は言った。心はもうここにあらずで校内に釘付《くぎづ》けになっている。

「そうね。でも楊先輩はこんなふうにも言ってた。十七歳の子供がこんなことを画策できるはずがない、まるでスパイじゃないかって」

「うん」鄭易はかすかに目を細めた。遠くのあの小さな点は陳念ではないか。「言ってみれば、彼は優れた隠蔽《いんぺい》の達人だ。こちらがどんな作戦で向き合ってもまったくボロを出さず、どれだけきつい尋問を受けても、それでも潰《つぶ》れなかった。精神的な素質がほんとうにタフなんだ」

「隠蔽の達人？　楊先輩もまったく同じことを言ってた。先輩が言ったのは陳念のことだったけど」

「陳念？」

信じられないことに、彼女は大学入試で力を十二分に発揮した。長い間学年で二、三十位をウロウロしていた彼女が、なんと第一位、市内の状元《トップ》の結果を出したのだ。

彼女の冷静さは恐ろしいほどだ。凄惨《せいさん》な被害、取り調べ、誹謗《ひぼう》中傷、次から次へとあんなにも多くのことが起こったのに、まるでそんなことなどなかったかのように振るまっていた。彼女は北野の前でも自分の前と同じようなのか、先生やクラスメートの前と同じようによそよそしくてつれないのか、鄭易は知らない。

でも、そんなことはないはずだ。

「楊先輩はなんて？」

「楊先輩いわく、彼女はああいうとんでもなく大きなことが起こってもまったくその気配を見せない人間。あるいは最も簡単な方法で、無理やり外界と断絶し、自分の世界の中だけで生きている。あるいは、内面がきわめて複雑で冷酷で、プログラムを厳密に設定し、自分自身に冷酷に命令し、ロボットのように正確に実行し、とある目標と信念を実現する」

鄭易はこの冷ややかな内容を聞きながら、心がかすかに痛んだ。姿が大きくなってくると、やはり陳念だった。

「それから楊先輩は、こういう人間には、北野と同じで、善人であってほしいと願う、と。もし彼女が悪人になったとしたら、我々はおそらく彼女を逮捕することはできないからって」

「彼らは善人だよ」鄭易は言った。

学校の中から次第に近づいてくる姿を遠くに眺めながら、鄭易は言った。「姚、僕の〝直感〟は冷静になったよ。僕は北野を信じるし、陳念も信じる」

電話を切ると、彼は校門に目を向け、陳念を見て、内心ふと思った。この位置だ。かつて昼休みと夕方にいつも、ここに立って見守っていたとき、少年はどんな気持ちだったのだろう。

夏の太陽が大地にじりじりと照りつけ、熱くなった空気が揺らいで波光にきらめく湖のようだった。

鄭易が目を細めれば、立ちのぼる熱気の中に陳念の白いスカートが広がっているのが見える。彼女は校門のところの階段を下りてきて、遠くから彼を見ているが、近づいてはこない。

鄭易のほうから近づいていき、手にしていたアイスティーを差し出した。カップの側面にはびっしりと冷たい水滴が噴き出している。陳念は受け取って、ストローを挿して飲み始めた。

日差しがアオギリの枝を透かして、彼らの身体《からだ》の上を星のように流れてゆく。鄭易は思い出した。少年の北野が彼女と肩を並べてこの通りを歩く機会はこれまで一度もなかった。彼はずっと彼女の後姿を見守っていた。

鄭易は尋ねた。「出願は終わった？」

「はい」

「どこの学校？」

「北京」

「いいね」鄭易は言った。「トップにはたくさん奨学金が出るよね？」

「うん」陳念は言った。

「何を学ぶんだい？　数学か物理？」

「法律」

鄭易ははっとした。しばらくしてから、ようやくゆっくりと頷《うなず》いて、言った。「いいね。法律はいい」

陳念は話しかけてこなかった。鄭易はまた尋ねた。「いつの列車？」

「今日の午後六時」

「そんなに早く？」

「うん」

鄭易は少し黙っていたが、言った。「君がむこうに着いた頃に、手紙を書くよ」

陳念は何も言わない。鄭易がまた口を開く。「あとで一緒に食事をしよう。それから裁判所へ行こう」

彼女が偽証したことについては、裁判官による指導があったのみで処罰はされなかった。しかし北野の法廷尋問に、彼女は証人として出廷しなければならない。そのときに、彼女は北野に会える。鄭易は彼女がもっと喜んでくれると思っていたが、彼女は首を振った。「あとで、一人で裁判所に行きます」

鄭易がなんとも返事をしかねていると、陳念は尋ねた。「わたしが逃げるんじゃないかって心配しているんですか？」

「いや——君はこの土地を離れるんだし、食事をごちそうしたいんだ」

陳念はしばし黙りこんでいたが、やがて言った。「用事があるから」もうすぐ北野に会えるのだ。彼女にも準備がある。

「お別れに、食事は必要ないです」彼女は手にしていたアイスティーを掲げて、「一杯のお茶で十分」

また胸に矢が刺さった。

途中まで歩いて、もうチャンスはなくなるかもしれないと、鄭易は口を開いた。「判決を受けて、一定期間服役したら、面会に行くこともできるよ」

陳念は何も言わない。

彼はさらに言った。「君は向こうにいったら、心置きなく勉強を頑張って。こっちは、僕が時々彼に会いに行くから」

少し間をおいてから、陳念が言った。「ありがとうございます」

「大丈夫だよ」

「頑張って粘ってくれたことも、ありがとうございました。もしあなたでなかったら、背負うべきではない罪まで彼は背負うことになっていた。あなたが彼を助けてくれた——わたしのことも助けてくれた」

「……」

「鄭警官、あなたは良い警察官ね」

鄭易は深く息を吸った。

言葉が続かない。

しばらく歩きながら、話したいことはたくさんあるのに、何も言いだせなかった。

交差点に着き、彼女は「もう行きます」と言った。

鄭易はがっくりして、「うん」と声を出し、頷いただけだった。紙コップの水滴がまとまって細い筋になって流れて、ぽたぽたとタイルの上に落ちる。彼の心に滴《した》り落ちるかのように。

彼女は相変わらず青白い顔でひっそりと静かだ。

彼はかつて彼女の送り迎えをしていた頃のことを思い出し、いくらか感傷的になって、手をのばして彼女の肩を軽く叩《たた》いて彼女を激励したくなった。けれど彼女はそっと背中を向けた。彼の手は、切なく苦しく宙に浮いたままだった。

そろそろお別れだ。けれど、まだひとつ心残りがあって、尋ねずにはいられなかった。「陳念、北野から聞いたんだ。あの日、裏山から戻ったあと、君は自首したがった、けれど彼が君を止めたって」

「わたしはそんなこと考えなかった」陳念は言った。「思いもよらなかった」

陳念は彼にちらりと目を向けたが、すぐに視線を戻した。「鄭警官、わたしと北野がどんなふうにわかりあっていたのか、気になってます？」

鄭易は彼女を見た。

陳念は自分の目を指さすと、その指をゆっくりと下の方へ移し、今度は自分の胸を指さした。

「鄭警官、口にする言葉の多くは、本心なんかじゃない。あなたは警察官をやってて、わかりませんか？」

鄭易はハッとした。人には潜在意識というものがある。そして嘘《うそ》には二種類ある。自覚的な嘘と、無自覚な嘘。

「彼はいつもわかっていた。わたしが本当に言いたいことは何なのか、ほしいものは何なのか」陳念は言う。「わたしも、彼のことは同じようにわかっていた」

鄭易は驚きつつも怪訝《けげん》に思った。目と心でわかりあう。だから、言葉にしなくてもひと目見れば相手が何をしてほしいかわかる。だから、たとえ言葉にしたとしても相手がほんとうは何をしてほしいのか、さらにはまったく把握できない状態におかれているときの相手の潜在意識さえも見極めることができる。

「あの……あの晩、僕が君を隣の取り調べ室まで引っ張っていったとき、彼の眼は何と言ってた?」

陳念は答えなかった。軽くストローを噛《か》みながら、ぼんやりと前の方を見ている。彼女は本当に行ってしまうのだ。

鄭易はあまりに切なく苦しくて、あやうくむせて喉《のど》がつまりそうになる。

「陳念」

「はい?」

「これからはしっかりと生きてくれ」

「……どういうしっかり?」

「人生は一度だけだ」

「そう、一度だけ」陳念は言った。「でも、ちゃんと生きられたら、一回で十分」

「もし、間違えたら?」鄭易は言った。

「それはそれで仕方がないです」陳念は言った。

自分でもなぜかはわからないけれど、鄭易はそっと口角を上げた。

苦笑いではあったが、少しずつその笑いを顔から消し去ってから、言った。「すまなかった、陳念」

少女は首を振って、言った。「あなた一人のことじゃないから」

鄭易はなんともいえない複雑な思いのまま、胸に刺さったあの矢を抜いて解放された。解脱《げだつ》。

ただ、鄭易は彼女に伝えていないことがあった。羅婷《ルオティン》ら、あの晩先に帰った子供たちは依然として厳しい処罰を受けてはいない。けれど彼女たちとその両親に対する教育及び心理的介入が上手くいき、彼女たちも彼女たちの家庭も変化し、生まれ変わって、いまでは希望にあふれている。

いまのところ、まだ陳念には話せない。いまの彼女が受け入れられるのか、また四年後、法律を学んだ学生となれば受け入れられるのか——彼にはわからない。間違いを犯した子供に対する選択肢の寛容さは、社会の善意である。こうして、彼女の苦しみは最終的に羅婷らの成長の足がかりとなり、不良少女たちの改心の指標となった。

陳念は去っていった。鄭易は彼女の後ろ姿がだんだん小さくなって、人ごみの中にのまれていくのを見つめた。

彼女と北野の取り調べを終えたあの夜、全身敵意むき出しで周囲を寄せつけなかった彼女を家まで送っていったとき、彼は尋ねた。あえてなにげなく映画のチケットのことを李想《リーシャン》に対してほのめかしたのは、彼をアリバイ証明に利用したかったからではないのか、と。

　彼女は答えた。「そうです」

　彼はさらに尋ねた。ナイフを持って裏山にいったのは、魏萊を殺したいという思いが頭の中にあったからではないか、と。

　彼女は答えた。「そうです」

　辱《はずかし》めを受けた翌日も彼女が何事もなかったかのように学校に姿を見せたのは、ただ魏萊との約束の場所に行くためだった。

　鄭易は尋ねた。君のそういう思いを彼は知っていたの?

　彼女は答えた。彼のほうがずっと頭がいいから、と。

　静かに、そして穏やかにすべてを覆《おお》い隠している今日とは違って、あの夜の彼女は全身で敵意をむき出しにして周囲を寄せつけなかった。かつて曽好《ゼンハオ》が言っていたように、陳念は自分の感情を隠すのが上手な人間なのだ。秘密を隠し、感情を隠し、冷酷なまでにまったくボロを出さずに隠し通すことができる。

　鄭易にはよくわかっていた。あの夜、彼女はわざとあんなふうに正直に白状したのだと。思考と行動の間にはギャップがあり、邪悪な思いが必ずしも犯罪に結びつくわけではないことを、彼は知っている。

私は善良な人間でどんなに苦しい経験をしても魏萊を悪く思ったことなどないと、自分を弁護することも彼女にはできた。

けれど彼女はあいにくそうはしなかった。彼女は彼に自身の変化を見せることで、静かに彼に平手打ちを食らわせ、彼の胸にナイフを突き立て、そして背中を向けて去っていくのを彼に見送らせるのだ。

初めて彼女と会った時、彼は警察の立場から「何かあったら僕を頼って」と声をかけた。けれど、結果として彼女をさらに深刻な災難に陥《おとしい》れることになってしまった。もしも彼が彼女の信頼を失っていなかったら、彼女は魏萊を刺してしまった後に彼に電話をくれて、悲劇は避けられたかもしれない。

しかし、この世界にはあらゆるものが存在しても、「もしも」は存在しない。

幸いなことに、彼は北野を諦《あきら》めなかった。彼は一生懸命、粘り強く頑張って、再び間違いを犯すことはなかった。

こうして自分を慰めるしかなかった。

太陽がとても大きく、目がくらむほど眩《まぶ》しく照らしている。

鄭易は陳念の小さな体が灰色のコンクリートの上で、車の流れと人混みに押し流されてゆくのを見つめる。

一瞬、彼女の後ろにもう一人の姿を見た気がした。白いシャツの少年は、永遠に彼女の後ろをついてゆく。

鄭易は知っている。彼女は彼とずっと一緒にいるのだ。

お前はどうなんだ。誰かのために、必死になって頑張ったことがあるか?

…………

あるよ。

けれど、遅かったようだ。

鄭易は彼女の白いスカートが完全に消えてしまい、二度と見られなくなるのがわかっていながら、それでも見つめ続けた。うつむくと、潤《うる》んだ目を手で覆った。

Chapter 16

変わらない思い

陳念《チェンニエン》は家に帰ると、シャワーを浴びて髪を洗い、新しいスカートに着替えた。『オックスフォード英中辞典』を探し出し、ページをめくると、乾燥した耳環花《みみわばな》がひらりと机の上に落ちた。

ごく薄い、あわいピンクで、透き通っていて、細い模様がついている。

彼女は買ってきた木製のしおりを取り出して、そこにごく薄く糊《のり》を塗ると、二輪の花をそっと張りつけ、透明のしおりの袋にまた入れて封をした。

それから学校の近くまで戻ると、セレクトショップで一番いいタンブラーを買って、郵便局から鄭易《ジェンイーあ》宛てに送った。

守衛室のところまで歩いたとき、午前十一時五十分になって、授業の終わりを告げる鐘が鳴った。高一、高二の生徒たちがどっと学校から出てきた。

あと何日もしないうちに、彼女は彼らのような生活から脱出する。

彼女は通りの向かいの位置にちらりと目を向けると、階段を下りて、家に向かった。遅くもなく、速くもなく、彼女のいつもの速さで曲がり角のところまで来ると、習慣的にふと振り返って背後に目を向けた。

緑の木々に花々、制服を身に着けた少年たちの楽し気な笑い声が、青春の真っただ中にある。

青信号で進み、赤信号で止まる。通りを抜け、雑草の生い茂る荒地にたどり着く。しばらくそこに留まっていたが、また歩き出す。がらんとした静かな工場エリアまでやってくると、あのシャッターのあるボロボロの家の前まで歩いていった。

桑の木はたっぷりと葉をつけていて、ブランコは元の場所にぶら下がっている。これから、きれいな木陰は思い出の中だけのものになる。かつてどれほど多くの日が落ち、月が昇ったのか。一本の木、一つの部屋。これが少年の家。これからは、それぞれ遠く離れたところで生きてゆく。

彼女は急ぐことなくゆっくりと階段を上る。鍵《かぎ》を取りだしてシャッターを開ける。一人でシャッターを押し上げると、ガシャンという音がして、埃《ほこり》が舞い上がる。彼女はぱたぱたとあおぎながら部屋に入り、またそっとシャッターを閉じた。

何日も人が暮らしていないせいで、部屋の中は湿った木の匂《にお》いがさらにきつくなっていた。けれど、彼女はけっこう好きだった。

彼女はテーブルにしばらくつっ伏していた。彼のギターをなでながら、取調室に倒れるように引き込まれたとき、見つめ合った彼のあのまなざしを思い出していた。

彼女は小さなナイフを取り出すと、二人が数えきれないほどの時間向き合って座っていた机のうえにゆっくりと力をこめて、文字を刻み込んだ。

「北《ベイ》兄、わたしが大人になったら、戻って来て君を守るからね」

そっと息を吹きかけると、木屑《きくず》が舞い飛んだ。

彼女は窓から這《は》い出すと、避難梯子《ばしご》から屋上に上がって、街と線路を眺めた。澄み切った青い空。屋上の風に吹かれながら自分を抱きしめるようにして座った。鐘が鳴ると、列車がガタゴトと音をたてて通り過ぎてゆく。金色のパンを焼くにおいが漂ってくる。

彼女は屋上から降りて、高い塀の上に立った。足が震えたが、深く息を吸って、飛び降りた。

足の裏から痛みが全身を貫いて、頭のてっぺんまで直撃した。

彼女は少しふらついてからしっかりと立つと、ゆっくりとパン屋に向かい、焼きたてのココナツパンを二つ買った。

一人で入口の前に座って、少しずつゆっくりと食べきった。

最後に、彼女は太陽の下に立つと、少年の家のあの窓を見上げて、長い間見つめていた。

やがて頭を下ろすと、彼女はゆっくりと歩き出した。歩きながら手の甲で、力をこめて目をこすったけれど、泣いてはいなかった。

泣くことなんか何もない。


……………


法廷で、鄭易はひどく驚いた。

数時間会わないうちに、陳念は耳の付け根のあたりまで短く髪を切っていた。

すぐに法廷のもう一方の端にいる北野《ベイイエ》の方を見る。拘留されていたので、彼の髪も短く切られている。

けれど、奇妙なことに、同じ空間に姿を現したときから、二人はまるで他人のように、視線を交わすことがなかった。

陳念は法廷の中央に座って質問に応じている。

「君たちが初めて会ったのはいつですか？」

路地の入口、110、お互いの顔を見る間もなく、無理やりにキスをさせられた。

そのとき、彼女は嫌悪《けんお》し、恥ずかしさを感じた。しかし、それが、二人の運命にとって生涯忘れられない結び付きになるなんて誰に予想することができただろう。

路上で見かけた横暴ないじめを、彼女が無視せず、放置せず、携帯電話を取り出して警察に通報しようとしたことが、彼女のために自分の自由も命も犠牲にすることをためらわない少年として返ってきて、人生をかけて愛することと守ることで彼女に報いることになるということも、誰に知ることができただろう。

「家に帰る途中で、前方に何人かの人が……」

陳念は小さな声で、異常にゆっくりと話したが、吃音《きつおん》ではなかった。一字一字熟慮された、心の底からの言葉らしく、彼女の声はびっくりするほど柔らかく、耳ざわりのよい声だった。

あの日、北野は彼女をレイプしようとしたのではなかったこと、彼はレインコートの男ではないことを彼女は証言した。その日の夜、北野が酒を飲んでいたことを証言した。

このとき、鄭易は彼女の手首に巻かれていた赤い紐《ひも》がなくなっていることに気づいた。かわりに赤い紐を通した鍵が首にかけられ、胸の位置にぶら下がっている。

今日の陳念はとりわけ美しい。切ったばかりのショートヘアを、ライトグリーンのへアピンで耳の後ろのあたりで留め、月のように白く透き通った耳と頬をのぞかせている。

そして月は北野のいるところに向けられている。

出廷した彼女は、制服のスカートを身に着けている。さっぱりとした美しさ。ブラウスの左胸にある小さなポケットには、摘んだばかりの耳環花が赤紫色の小さなラッパを美しく咲かせている。

そして彼女の耳にも、ピアスを付ける位置に二つの小さな花が描かれている。

彼女は……

彼女は被害者らしくもなければ証人らしくもなかった。まるでデートにやってきた恋人だった。麗《うるわ》しい表情、優しい愛のささやき。

鄭易はあらためて意識した。彼と彼女の間には、部外者が永遠に入り込めないある種の向き合い方がある。

北野は一貫してまともに彼女を見なかったし、彼女もそうだった。

彼らはまるで二本の平行線のように、それぞれに悲しみがあり、喜びがあり、互いに無関係だった。

北野の弁護士は力の限りの弁護をしたが、北野はそれでも冷静で落ち着いていた。

さまざまな人物が証人として証言し、犯罪の事実が立証され、さまざまな告発と証拠のつながりを前に、少年北野は淡々と頷《うなず》き、認め、ひとつひとつ答えていった。

「はい」「わたしです」

陳念は席に戻ると、目の前に広がる透明の砂漠を見つめるように、前方を見据える。

最終的に、裁判は無事に結審した。

裁判官が言い渡す。「全員起立！」

ザザーッという音。

北野が立ち上がり、陳念が立ち上がり、すべての人が立ち上がる。

その場がひどく静かになる。「……衝動的に……飲酒……頼青《ライチン》殺害……証拠は極めて確かなもので、包み隠すことなく供述……罪を認め、態度は良好、自発的に供述……警察がレインコートの男の事件を解決するための手がかりを提供し、前向きに過《あやま》ちを認めたこと……未成年であること……懲役七年に処する」

木槌《きづち》が振りおろされる。

閉廷。

人々が話し始め、喧騒《けんそう》が続く。警察が少年を連れて行こうとする。

人影がすれ違うとき、陳念はふいに北野の方を見た。北野もちょうどその瞬間、陳念の方を見た。

神様だけが知っている。わたしがどれほどあなたを愛しているか。

そう、隠し切れない。口を閉じても、目が語っている。

まなざしがぶつかり合ったその瞬間、ぴったりとくっついて、別れではあるけれど、それでいて別れらしくはなかった。二人の子供は、視線をしっかりと絡《から》ませる。手をつないでも、抱き合っても、たとえキスをしても届かない親密さ。恐いくらいの執念。二人は入り乱れる人影の中でお互いを確認し合った。涙でもうろうとした、どこまでも名残惜しく、どこまでも痛々しく悲しいまなざし、それでいて満ちあふれる感激。

彼女は胸の鍵をぎゅっと握りしめる。警察に引っ張られながら、彼の唇がわずかに動く。声に出さずに一つの文字をつぶやく。「念《ニエン》」

北望今心、陳年不移（「陳年」は「陳念」と同じ発音で長い歳月の意）。北野は、陳念の今の心を遠くから見続け、陳念の心は長い年月を経ても変わらない。

かつて、夏のきらきらと輝く日差しの下、木の枝で自分の名前を書いて、「今」「心」と、少年に伝えた人。

かつて、目線で促して彼女に名前を唱えさせ、舌で甘酸《あまず》っぱい飴《あめ》を渡してきた人。

かつて、彼女の手を引いて廃墟《はいきょ》の工場エリアを飛ぶように走り、数えきれないほどの家々の明かりが灯《とも》る魔法を見せた人。

かつて、雨の中の屋外舞台で階段を駆け上がり、若い手を握り合った人。

そして、思い出の中から目覚めたら、自分がゆっくりと走る列車の車窓の内側にいることに気づいた人。

インスタントラーメンの匂いとガヤガヤと騒がしい声が満ち溢《あふ》れる車内で、窓の外の何度も歩いた荒野と卵の黄身のような月を眺めているのは、ダーウィンを思い出し、生物の問題を思い出し、クマノミ、イソギンチャクと地衣類のことを思い出している人。

共生関係とは、種の異なる生物が互いに利益を受けながらともに生活することで、お互いを失うことが生活にきわめて大きな影響を与え、ひいては死に至ることを指すものだ、ということを思い出している人。

六月、草が生い茂っている。列車の窓から北野の家の屋上があっという間に見えなくなっていく。二筋の涙がにわか雨のようにこぼれ落ちる。
あの日、
高い屋上に座っていた二人。彼女は尋ねた。

――北野、君が一番欲しいものは何？
――好きな人に、俺がハッピーエンドをあげたい。
ただそれだけ。

解説

阿井幸作

今から十五年ぐらい前だろうか。中国留学を終えて地元に帰ったとき、「中国にはいじめがないのか？」と友人から聞かれたことがある。彼の情報源は一冊の本だった。タイトルはもう忘れてしまったが、世界各国のいじめの状況をまとめた内容で、その中で中国の子どもは「勉強（大学入試）に忙しい」という理由でいじめをする暇もないからいじめがほとんどないと書かれていた。眉唾《まゆつば》だと思ったが、中国の学校事情に全然詳しくなかった私は言葉を濁してその話題を終わらせた。

それから数年後の二〇一〇年代前半、当時は間違いなく中国の誰も彼もが使っていたSNS微博《ウェイボー》のタイムラインにとある動画が流れてきた。それはジャージ姿の少女たちが棒立ちの少女を取り囲んで次々に平手打ちする様子を収めた動画で、明らかに中国の中高生によるいじめ現場だった。その投稿には、この動画は中国のどこどこで撮影されたもので現在警察が介入中という説明と共に大量のコメントがついていて、人々が義憤に駆られるのには十分な内容だったが、「やっぱりいじめは中国にもあるのか」と妙に納得したのを覚えている。本書の著者の玖月晞《ジウユエシー》も、この物語を書き始める前に同じ動画を見たかもしれない。彼女は自分にできることを考えてみて、本作のまえがきでもささやかと自嘲《じちょう》する文章を書いたのだ。

いじめやこの世の理不尽に苦しめられる十代の若者のロマンチックな恋愛と人生をかけた偽装工作を描いた本書『少年の君』の原著『少年的你，如此美麗』は、二〇一五年に中国のネット小説サイト晋江《ジンジャン》文学城に掲載され、翌一六年に書籍版が出版、二〇一九年に曾國祥（デレク・ツァン）監督による映画が公開されている。二一年には日本でも公開されているので、本書を手に取った人の大半は、薄幸の優等生と孤独な不良少年を演じた周冬雨《ジョウドンユィ》と易烊千璽《イーヤンチエンシー》の演技に魅了され、そして中国の社会問題に興味を持った方々だろう。

ただ小説と映画には大きな違いがある。また、映画は東野圭吾色が強かったせいで悪い意味でも有名になり、本作をミステリーとして評価しづらくさせた。

大学入試を間近に控えた陳念《チェンニエン》が、飛び降り自殺したクラスメートの胡小蝶《フーシャオディエ》に関して警察官鄭易《ジェンイー》から事情を聞かれるシーンから物語は始まる。しかし陳念を含む他のクラスメートにとって胡小蝶の自殺はすでに過去のことであり、クラスから生徒が一人いなくなったぐらいでは、過酷な受験戦争で前に進まなければならない彼女らは止まらない。陳念は彼女の自殺の理由を知っているが、下手なことを言えば今度は自分が魏《ウエイライ》萊たちのいじめのターゲットになると分かっているし、真実を語ったところで状況が好転するとも思っていないから鄭易《ベイイエ》に何も知らないと嘘《うそ》をつく。その日の下校時、チンピラたちにボコボコにされている北野を助けようとしたところ捕まり、無理やり彼とキスさせられる。そして間髪容《い》れず翌日、学校のトイレで魏萊から暴力とともに胡小蝶の件を口止めされる。

チャプター1の「逃れられない青春」では、陳念の身に次々と降りかかる不幸が、その酷さを顧みる暇もないほどの速度でどんどん過去の出来事になる。なぜなら彼女の最優先目標が大学入試合格だから、そのためならどんなことでもやせ我慢し、終わったこととしなければいけないからだ。「努力も、奮闘も、言ってしまえば、今のこの苦境から抜け出すため」――十代の少女にこう言わせるほど、現実は残酷だ。

しかし北野との出会いが彼女を変える。勉強や入試とは無縁の北野から学校以外の現実を教えられ、陳念の世界に彩《いろど》りが戻っていくのが読者の私たちにも伝わってくる。優秀だが学校のヒエラルキー最下層の内気な少女と、レイプ魔の息子として不良仲間からも蔑(さげす)まれている狂犬のような少年という、本来なら交わることもない二人がバイクに二人乗りして嫌いな町を駆け抜ける。そして魏萊の矛先が自分に向き、学校にも家にも頼れる人がいない彼女がアンタッチャブルな存在である北野にボディーガードを頼むことで、二人の共生関係はさらに強まっていく。

ここから魏萊のいじめ……というよりもリンチがさらに過激になっていき、町を震撼《しんかん》させるレインコートの男の出現によって、物語は青春小説からサスペンス小説の様相を呈してくる。すでに映画を観ている読者も、魏萊やレインコートの男が陳念にした所業に驚き、読み進めるのがつらくなったのではないだろうか。これらの描写は日本語訳版だから特別に収録されたわけではなく、原著の時点からあるということは強調しておきたい。

冊子として挟み込まれた番外二篇は私の手元にある二〇一六年版にはなかったため、日本限定版かと勝手に色めき立ったが、中国で二一年に出版された新装版に収録されたものらしい。「元気ですか。」から始まる鄭易の手紙と四年後の陳念の返信によって、かつて陳念と同い年だった読者たちは自身の精神の成熟具合を振り返り、答えを求められる。

中国で映画公開当時、ネットに次のような感想が散見された。「陳念はもう一人の私だけど、私には小北《シャオベイ》（映画版の北野の愛称）はいない」「全《すべ》ての陳念に小北がいるわけではない」——この世界にはたくさんの陳念がいるが、北野のように出自のせいで差別されている子どももおり、誰かが誰かを一方的に守るのでは不公平だ。冒頭の「君は世界を守れ、俺が君を守る」というメッセージの真意は、人は誰かに支えられれば世界すら守れ、世界を守れる人間でさえも誰かから守られなければならないという弱さの発露だ。

いじめが描かれているため勘違いしてしまいそうだが、本書のテーマは復讐《ふくしゅう》ではなく守護だ。弱い者同士が守り合い、大人が子どもを守るという自明の理を説いているが、問われているのは、胡小蝶のような少女は言うに及ばず、魏萊らのような反省のかけらもない子どもにも救いの手を差し伸べられるかどうかだ。あれだけのことをされた陳念は魏萊の最期《さいご》を想像した自分のことを「醜いと感じて」恥じたが、彼女と同じ心境になって子どもたちを選り好《えごの》みせずに取りこぼさずにいられるか。それはまず誰かを信じられるかどうかにかかっている。

ここで『少年的你，如此美麗』（直訳：若いあなたはこんなにも美しい）というオリジナルタイトルについて触れたい。同作の映画が日本で公開されると聞いたとき、どういうタイトルになるのか気になった。なぜなら中国語の「少年」は「少女」も含む、もっと印象的な話をすると「少女」が組み込まれている言葉で、この一語で男子と女子を表すため、直訳すると誤解を招きかねないと思ったからだ。だが邦題は分かりやすさを優先してか『少年の君』となり、本書もまた混乱を避けるためかそれを引き継ぐ形で同名のタイトルとなっている。しかし著者がこのタイトルの中で一番言いたかったことは、世界は醜く大人も汚いかもしれないが若いあなたがたは「如此美麗（こんなにも美しい）」というエールではないだろうか。ただ『少年の君』というタイトルは、唐突にこちらに放り投げられた感があり、内容に目を通す前からその意味に思いを巡らせられるという点で良いタイトルだと思う。

　そしてこれは考察レベルの話だが、作者が登場人物の名前に施した仕掛けにも注意したい。主人公の陳念の名前は中国語で大人を意味する「成年《チェンニエン》」にかかっており、北野は陳念が目標とする「北京」、魏莱は「未来《ウェイライ》」、鄭易は「正義《ジェンイー》」、李想は「理《リー》想《シャン》」という意味らしい。読者はこれが悪趣味な皮肉だとすぐに気付くだろう。何より、人一人の人生を奪っておきながらも、懲《こ》りずにまた別の少女を傷つける人物が「未来」という名前なのがいやらしい。しかも魏莱は、いい大学に入るのが人生の最善の道と疑わない高校を愚行によって退学し、自らの未来すら閉ざしているのだ。また、警察官の名前が「正義」のもじりで、そんな彼が警察能力の限界に悩みながら正義を体現していくさまはとても青臭く見える。ただ、本作のように犯罪者に同情的な作品に登場する警察や探偵は、たいてい自らの意志を貫き通した結果、犯人を不幸にするが、鄭易の場合は真摯《しんし》に犯人のためと思って行動し、それが陳念と北野のためになっているのだから、著者は本当に彼を模範的で理想的な警察官として描いたのだろう。同僚に「あなたの名前、いい響きだなって」と言わせるのはやりすぎだと思うが。

最後に、本書を翻訳した泉京鹿さんの心労を慮《おもんぱか》ると本当に頭の下がる思いだ。古くは郭敬明《グオジンミン》の『悲しみは逆流して河になる』（二〇一一年、講談社）、最近では林奕含《リンイーハン》の『房思琪《ファンスーチー》の初恋の楽園』（二〇一九年、白水社）という、無防備な若者が傷つき苦しむ作品を翻訳している。読者ですら息が詰まるほどしんどい描写を何度も読み込み、ときには目を背けたい事実と向き合わなければならなかった著者に思いを馳《は》せながら、難儀な仕事をしている。実話をもとに塾講師の女子生徒への性暴力を描いた林奕含は自著刊行後に「かすかな希望を感じられたら、それはあなたの読み違い」と述べた。陳念もまた手紙に「希望というのは、一部の人だけにある」と書いている。希望より絶望が勝る他国の創作物を翻訳し日本に広めるのは、読者の顔を曇らせるためではない。本書を通じていじめや教育問題の議論や理解を深め、他人を信じられる社会を目指すという動機ゆえだろう。

もう一つ、ここぞというところで出てくる陳念と北野の名前をつづった「北望今心、陳年不移」の詩の翻訳にも、泉さんは頭を抱えたのではないか。シンプルにいくか、名前を絡《から》めて訳すか、その葛藤《かっとう》は苦しいが、過酷な作業の中で味わえる翻訳者の醍醐《だいご》味《み》とも言える。

いじめ、受験戦争、少年犯罪……本書に出てくる問題は中国にだけあるものではなく、それらとの向き合い方は人によって異なる。本作の結末に納得できない人も多いだろう（何せ小説と映画ですら結末が異なるのだから）。では、何が正しい対応なのか、私たちはどうすべきかなど話し合うべきことはまだたくさんある。明るい話題ではないが、本作は中国人と普遍的な社会問題を論じるきっかけになるだろう。

（令和六年十月、中国小説翻訳家）

玖月晞《ジウユエシー》著作リスト

【小説】

怦然心动（2015）
他知道风从哪个方向来ϕ（2015）
天使离开的夏天（2016）
亲爱的阿基米德＊（2016）
亲爱的弗洛伊德＊（2016）
少年的你、如此美丽＋（2016）※本書。二〇一九年に、デレク・ツァン監督、チョウ・ドンユイ、イー・ヤンチェンシー主演で映画化
小南风＋（2017）※二〇二四年に「微暗之火」としてドラマ化
亲爱的苏格拉底＊（2017）
因为风就在那里ϕ（2017）
一座城、在等你＃（2017）※二〇二三年に「我的人间烟火」としてドラマ化（邦題「消

せない初恋」）
若春和景明★（2018）
你如北京美丽★（2019）※二〇二四年に「你比星光美丽」としてドラマ化
白色橄榄树★（2019）※二〇二四年に同題でドラマ化
南江十七夏#（2020）
再见李桥＋（2020）
八千里路（2020）
玻璃（2023）

（※配信のみの作品を除く。*は亲爱的シリーズ、ϕは追风シリーズ、#は城池シリーズ、＋は十字シリーズ、★は恒星シリーズ）

本書は、本邦初訳の新潮文庫オリジナル作品です。

本作品中には、差別的表現ともとれる箇所がありますが、作品の主題となる社会的・文化的背景に鑑み、原書に忠実な翻訳をしたことをお断りいたします。

（新潮文庫編集部）

L・ホワイト
矢口　誠訳
気狂いピエロ

運命の女にとり憑かれ転落していく一人の男の妄執を描いた傑作犯罪ノワール。あまりに有名なゴダール監督映画の原作、本邦初訳。

D・E・ウェストレイク
木村二郎訳
ギャンブラーが多すぎる

ギャンブル好きのタクシー運転手が殺人の容疑者に。ギャングにまで追われながら美女とともに奔走する犯人探し——巨匠幻の逸品。

P・ベンジャミン
田口俊樹訳
スクイズ・プレー

探偵マックスに調査を依頼したのは脅迫された元大リーガー。オースターが別名義で発表したデビュー作にして私立探偵小説の名篇。

W・グレアム
三角和代訳
罪の壁

善悪のモラル、恋愛、サスペンス、さまざまな要素を孕み展開する重厚な人間ドラマ。第1回英国推理作家協会最優秀長篇賞受賞作！

D・ヒッチェンズ
矢口　誠訳
はなればなれに

前科者の青年二人が孤独な少女と出会ったとき、底なしの闇が彼らを待ち受けていた——。ゴダール映画原作となった傑作青春犯罪小説。

D・R・ポロック
熊谷千寿訳
悪魔はいつもそこに

狂信的だった亡父の記憶に苦しむ青年の運命は、邪《よこしま》な者たちに歪められ、暴力の連鎖へ巻き込まれていく……文学ノワールの完成形！

R・トーマス
松本剛史訳
愚者の街（上・下）
腐敗した街をさらに腐敗させろ——突拍子もない都市再興計画を引き受けた元諜報員。手練手管の騙し合いを描いた巨匠の最高傑作！

H・マッコイ
田口俊樹訳
屍衣《しい》にポケットはない
ただ真実のみを追い求める記者魂——。疾駆する人間像を活写した、ケイン、チャンドラーと並ぶ伝説の作家の名作が、ここに甦る！

E・アンダースン
矢口　誠　訳
夜の人々
脱獄した強盗犯の若者とその恋人の、ひりつくような愛と逃亡の物語。R・チャンドラーが激賞した作家によるノワール小説の名品。

M・ラフ
浜野アキオ訳
魂に秩序を
〝26歳で生まれたぼく〟は、はたして自分を虐待していた継父を殺したのだろうか？　多重人格障害を題材に描かれた物語の万華鏡！

R・トーマス
松本剛史訳
狂った宴
楽園を舞台にした放埒な選挙戦は、美女に酒に金にと制御不能な様相を呈していく……。政治的カオスが過熱する悪党どもの騙し合い。

J・ノックス
池田真紀子訳
トゥルー・クライム・ストーリー
作者すら信用できない——。女子学生失踪事件を取材したノンフィクションに隠された驚愕の真実とは？　最先端ノワール問題作。

O・ヘンリー
小川高義訳

賢者の贈りもの
―O・ヘンリー傑作選I―

クリスマスが近いというのに、互いに贈りものを買う余裕のない若い夫婦。それぞれが一大決心をするが……。新訳で甦る傑作短篇集。

安藤一郎訳

マンスフィールド短編集

園遊会の準備に心浮き立つ少女ローラが、あるきっかけから人生への疑念に捕えられていく「園遊会」など、哀愁に満ちた珠玉短編集。

カポーティ
村上春樹訳

ティファニーで朝食を

気まぐれで可憐なヒロイン、ホリーが再び世界を魅了する。カポーティ永遠の名作がみずみずしい新訳を得て新世紀に踏み出す。

モンゴメリ
村岡花子訳

赤毛のアン
―赤毛のアン・シリーズ1―

大きな眼にソバカスだらけの顔、おしゃべりが大好きな赤毛のアンが、夢のように美しいグリン・ゲイブルスで過した少女時代の物語。

テリー・ケイ
兼武進訳

白い犬とワルツを

誠実に生きる老人を通して真実の愛の姿を美しく爽やかに描き、痛いほどの感動を与える大人の童話。あなたは白い犬が見えますか？

L・M・オルコット
小山太一訳

若草物語

わたしたちはわたしたちらしく生きたい――。メグ、ジョー、ベス、エイミーの四姉妹の愛と絆を描いた永遠の名作。新訳決定版。

バーネット
畔柳和代訳

小公女

最愛の父親が亡くなり、裕福な暮らしから一転、召使いとしてこき使われる身となった少女。永遠の名作を、いきいきとした新訳で。

ヴェルヌ
波多野完治訳

十五少年漂流記

嵐にもまれて見知らぬ岸辺に漂着した十五人の少年たち。生きるためにあらゆる知恵と勇気と好奇心を発揮する冒険の日々が始まった。

ディケンズ
加賀山卓朗訳

オリヴァー・ツイスト

オリヴァー8歳。窃盗団に入りながらも純粋な心を失わず、ロンドンの街を生き抜く孤児の命運を描いた、ディケンズ初期の傑作。

ボーモン夫人
村松　潔訳

美女と野獣

愛しい野獣さん、わたしはあなただけのものになります――。時代と国を超えて愛されてきたフランス児童文学の古典13篇を収録。

フローベール
芳川泰久訳

ボヴァリー夫人

恋に恋する美しい人妻エンマ。退屈な夫の目を盗み重ねた情事の行末は？　村の不倫話を芸術に変えた仏文学の金字塔、待望の新訳！

J・M・バリー
大久保　寛訳

ピーター・パンとウェンディ

ネバーランドへと飛ぶピーターとウェンディ。彼らを待ち受けるのは海賊、人魚、妖精、人食いワニ。切なくも楽しい、永遠の名作。

E・ケストナー
池内紀訳

飛ぶ教室

元気いっぱいの少年たちが学び暮らすギムナジウムにも、クリスマス・シーズンがやってきた。その成長を温かな眼差しで描く傑作小説。

ルナール
高野優訳

にんじん

赤毛でそばかすだらけの少年「にんじん」を、母親は折りにふれていじめる。だが、彼は負けず生き抜いていく――。少年の成長の物語。

ライマン・フランク・ボーム
河野万里子訳
にしざかひろみ絵

オズの魔法使い

ドロシーは一風変わった仲間たちと、オズ大王に会うためにエメラルドの都を目指す。読み継がれる物語の、大人にも味わえる名訳。

マーク・トウェイン
柴田元幸訳

トム・ソーヤーの冒険

海賊ごっこに幽霊屋敷探検、毎日が冒険のトムはある夜墓場で殺人事件を目撃してしまい――少年文学の永遠の名作を名翻訳家が新訳。

サガン
河野万里子訳

悲しみよ こんにちは

父とその愛人とのヴァカンス。新たな恋の予感。だが、17歳のセシルは悲劇への扉を開いてしまう――。少女小説の聖典、新訳成る。

サガン
河野万里子訳

ブラームスはお好き

パリに暮らすインテリアデザイナーのポールは39歳。長年の恋人がいるが、美貌の青年に求愛され――。美しく残酷な恋愛小説の名品。

ヘッセ
高橋健二訳
知と愛
ナルチスによって、芸術に奉仕すべき人間であると教えられたゴルトムント。人間の最も根源的な欲求である知と愛を主題とした作品。

サリンジャー
村上春樹訳
フラニーとズーイ
どこまでも優しい魂を持った魅力的な小説……『キャッチャー・イン・ザ・ライ』に続くサリンジャーの傑作を、村上春樹が新訳！

カミュ
窪田啓作訳
異邦人
太陽が眩しくてアラビア人を殺し、死刑判決を受けたのちも自分は幸福であると確信する主人公ムルソー。不条理をテーマにした名作。

カミュ
清水徹訳
シーシュポスの神話
ギリシアの神話に寓して〝不条理〟の理論を展開、追究した哲学的エッセイで、カミュの世界を支えている根本思想が展開されている。

カミュ
宮崎嶺雄訳
ペスト
ペストに襲われ孤立した町の中で悪疫と戦う市民たちの姿を描いて、あらゆる人生の悪に立ち向うための連帯感の確立を追う代表作。

カミュ
高畠正明訳
幸福な死
平凡な青年メルソーは、富裕な身体障害者の〝時間は金で購われる〟という主張に従い、彼を殺し金を奪う。『異邦人』誕生の秘密を解く作品。

デュマ・フィス
新庄嘉章訳

椿姫

椿の花を愛するゆえに〝椿姫〟と呼ばれる、上品で美しい娼婦マルグリットと、純情多感な青年アルマンとのひたむきで悲しい恋の物語。

ゾラ
古賀照一訳

居酒屋

若く清純な洗濯女ジェルヴェーズは、職人と結婚し、慎ましく幸せに暮していたが……。十九世紀パリの下層階級の悲惨な生態を描く。

ゾラ
川口篤
古賀照一訳

ナナ

美貌と肉体美を武器に、名士たちから巨額の金を巻きあげ破滅させる高級娼婦ナナ。第二帝政下の腐敗したフランス社会を描く傑作。

アベ・プレヴォー
青柳瑞穂訳

マノン・レスコー

自分を愛した男にはさまざまな罪を重ねさせ、自らは不貞と浪費の限りを尽してもなお、汚れを知らない少女のように可憐な娼婦マノン。

バルザック
石井晴一訳

谷間の百合

充たされない結婚生活を送るモルソフ伯爵夫人の心に忍びこむ純真な青年フェリックスの存在。彼女は凄じい内心の葛藤に悩むが……。

バルザック
平岡篤頼訳

ゴリオ爺さん

華やかなパリ社交界に暮す二人の娘に全財産を注ぎこみ屋根裏部屋で窮死するゴリオ爺さん。娘ゆえの自己犠牲に破滅する父親の悲劇。

少《しょう》年《ねん》の君《きみ》

新潮文庫　　シ－44－1

Published 2024 in Japan
by Shinchosha Company

令和六年十二月一日発行

訳者　泉《いずみ》京《きょう》鹿《か》
発行者　佐藤隆信
発行所　株式会社新潮社
郵便番号　一六二—八七一一
東京都新宿区矢来町七一
電話　編集部(〇三)三二六六—五四四〇
読者係(〇三)三二六六—五一一一
https://www.shinchosha.co.jp

価格はカバーに表示してあります。
乱丁・落丁本は、ご面倒ですが小社読者係宛ご送付ください。送料小社負担にてお取替えいたします。

印刷・株式会社三秀舎　製本・株式会社植木製本所

ISBN978-4-10-240641-0 C0197